Suzanne Collins, 1962 geboren, US-amerikanische Autorin, schreibt seit 1991 sehr erfolgreich für das amerikanische Kinderfernsehen. 2003 erschien ihr erstes Kinderbuch »Gregor und die graue Prophezeiung« als Beginn einer fünfteiligen Abenteuer-Reihe für junge Leser mit starken Nerven, die sich schnell zum internationalen Bestseller entwickelte.

Suzanne Collins

GREGOR

UND DER FLUCH DES UNTERLANDES

Aus dem Englischen von Sylke Hachmeister
Mit Vignetten von Joachim Knappe

Oetinger Taschenbuch

Außerdem bei Oetinger Taschenbuch erschienen

Gregor und die graue Prophezeiung (0002-1)
Gregor und der Schlüssel zur Macht (0003-8)
Gregor und der Spiegel der Wahrheit (0004-5)

MIX
Papier aus verantwortungsvollen Quellen
FSC® C083411

Das Papier dieses Buches ist FSC®-zertifiziert und wurde von Arctic Paper Mochenwangen aus 25% de-inktem Altpapier und zu 75% aus FSC®-zertifiziertem Holz hergestellt. Der FSC® ist eine nicht staatliche, gemeinnützige Organisation, die sich für eine ökologische und sozialverantwortliche Nutzung unserer Wälder einsetzt.

1. Auflage 2012

Oetinger Taschenbuch GmbH, Hamburg
Juli 2012

Originaltitel: »Gregor and the marks of secret«

Dieses Werk wurde vermittelt durch die
Literarische Agentur Thomas Schlück GmbH, Garbsen
Aus dem Englischen von Sylke Hachmeister
Titelbild und Vignetten: Joachim Knappe
Druck: CPI – Clausen & Bosse, Leck
ISBN 978-3-8415-0005-2

www.oetinger-taschenbuch.de

Für Rosemary Stimola,
Kate Egan und Liz Szabla

TEIL 1

DIE KRONE

1. Kapitel

Gregor saß auf dem Bett und fuhr mit den Fingerspitzen über die Narben. Es gab zwei verschiedene Sorten. Die dünnen Linien, die kreuz und quer über seine Arme verliefen, stammten von den tückischen Ranken, die ihn in den Unterland-Dschungel hatten zerren wollen. Die tieferen Narben, die seinen ganzen Körper und vor allem die Beine übersäten, hatte er den Kiefern der Riesenameisen zu verdanken, gegen die sie gekämpft hatten. Die Narben waren zwar nicht mehr ganz so tief, aber durch ihre silbrig-weiße Farbe fielen sie sofort auf. An T-Shirts oder kurze Hosen war deshalb nicht zu denken. In der kalten Jahreszeit, als man sich sowieso warm anziehen musste, war das egal gewesen, aber jetzt, im Juli, bei über 30 Grad im Schatten, sah das natürlich anders aus.

Er nahm ein Döschen aus Stein von der Fensterbank, schraubte den Deckel ab und verzog das Gesicht. Der fischige

Geruch der Salbe verbreitete sich sofort im ganzen Raum. Die Ärzte im Unterland hatten sie ihm verschrieben, damit die Wunden schneller verheilten, aber er hatte sie nicht besonders gewissenhaft benutzt. Eigentlich hatte er kaum einen Gedanken daran verschwendet, bis er eines Tages im Mai in Shorts ins Wohnzimmer gekommen war und die Nachbarin Mrs Cormaci gerufen hatte: »Gregor, du kannst unmöglich mit nackten Beinen rausgehen! Da fangen die Leute doch an, Fragen zu stellen!«

Sie hatte recht. Es gab ungefähr eine Trillion Sachen, die seine Familie sich nicht leisten konnte … und Fragen standen ganz oben auf der Liste.

Während Gregor sich das Zeug auf die Beine schmierte, dachte er sehnsüchtig an den Basketballplatz, die großen Wiesen im Central Park und das Freibad. Wenigstens konnte er ins Unterland gehen. Ein kleiner Trost.

Was für eine Ironie des Schicksals, dass das Unterland, das er immer so gefürchtet hatte, in diesem Sommer eine Zuflucht für ihn geworden war. Die stickige New Yorker Wohnung war viel zu klein für sie alle – Gregor, die ans Bett gefesselte Großmutter, den kranken Vater und Gregors jüngere Schwestern, die achtjährige Lizzie und die dreijährige Boots. Und doch hatte er immer das Gefühl, dass jemand fehlte … der leere Stuhl am Küchentisch … die unbenutzte Zahnbürste im Halter … Manchmal ertappte Gregor sich dabei, wie er ziellos von einem Zimmer ins andere ging, als würde er etwas suchen, und dann merkte er, dass er hoffte, seine Mutter zu finden.

In vielerlei Hinsicht hatte sie es im Unterland besser. Auch wenn sie sich meilenweit unter ihrer Wohnung befand und die Familie schrecklich vermisste. In Regalia, der Stadt der Unterlandmenschen, gab es Ärzte und reichlich gutes Essen, und die Temperatur war immer angenehm. Seine Mutter wurde dort unten behandelt wie eine Königin. Abgesehen davon, dass in Regalia jeden Moment ein Krieg ausbrechen konnte, war es gar kein so übler Ferienort.

Gregor ging ins Bad und wusch sich die Hände mit dem einzigen Mittel, das gegen die Fischsalbe ankam: Scheuerpulver. Dann ging er in die Küche, um Frühstück zu machen.

Dort erwartete ihn eine freudige Überraschung: Mrs Cormaci war schon da, sie verrührte gerade Eier und schenkte Saft ein. Auf dem Tisch stand eine große Packung Donuts mit Puderzucker. Boots saß auf ihrem Kinderstuhl, Puderzucker um den Mund, und mümmelte an einem Donut. Lizzie tat so, als würde sie ihr Rührei essen.

»Hey, gibt's heute was zu feiern?«, fragte Gregor.

»Lizzie fährt ins Ferienlager!«, sagte Boots.

»Genau, kleines Fräulein«, sagte Mrs Cormaci. »Und wir sorgen dafür, dass sie vor der Abreise noch ein großes Frühstück bekommt.«

»Ein goßes Frühstück«, bekräftigte Boots. Sie fasste mit ihrer klebrigen Pfote in die Packung und hielt Lizzie einen Donut hin.

»Ich hab schon, Boots«, sagte Lizzie. Sie hatte ihren Donut noch nicht mal angerührt. Bestimmt konnte sie vor lauter Reisefieber nichts essen.

»Ich hab aber noch keinen«, sagte Gregor. Er griff Boots' Handgelenk, führte den Donut zu seinem Mund und biss kräftig hinein. Boots kicherte und bestand darauf, den ganzen Donut an ihn zu verfüttern, wobei sie sein Gesicht mit Puderzucker beschmierte.

Da kam Gregors Vater mit einem leeren Tablett herein.

»Wie geht's Großmutter?«, fragte Gregor und schaute seinem Vater auf die Hände. Wenn sie zitterten, stand ein schlechter Tag bevor. Aber heute schienen sie ruhig zu sein.

»Ach, ganz gut. Du kennst sie ja, einen anständigen Donut weiß sie immer zu schätzen«, sagte er mit einem Lächeln. Dann bemerkte er, dass Lizzie ihren Teller kaum angerührt hatte. »Sieh zu, dass du etwas in den Magen bekommst, Lizzie. Heute ist ein großer Tag.«

Da platzte es aus Lizzie heraus, als wäre ein Damm gebrochen: »Ich glaube, es ist besser, wenn ich nicht fahre! Ich muss hierbleiben, Dad! Was ist, wenn irgendwas passiert und ihr mich braucht oder wenn es Mom schlechter geht oder wenn ich nach Hause komme und ihr seid alle weg?« Ihr Atem ging hastig. Gregor sah, dass sie kurz vor einem hysterischen Anfall stand.

»Das passiert aber nicht, Schätzchen«, sagte sein Vater. Er kniete sich hin und nahm ihre Hände. »Hör zu, uns allen geht's hier gut, und du wirst es im Ferienlager auch gut haben. Und deiner Mutter geht es von Tag zu Tag besser.«

»Sie möchte, dass du fährst, Liz«, sagte Gregor. »Sie hat bestimmt zwanzigmal wiederholt, dass ich dir das sagen soll. Außerdem kannst du sie ja sowieso nicht sehen und …«

Mit einem Blick brachte sein Vater ihn zum Schweigen. So was Blödes! Wie konnte er nur so was Idiotisches sagen! Lizzie hatte immer wieder versucht, sich zu einem Besuch im Unterland zu überwinden, um ihre Mutter zu sehen. Aber jedes Mal hatte sie schon vor dem Schacht im Wäschekeller eine Panikattacke bekommen. Zitternd und schweißgebadet hatte sie dann neben dem Trockner gekauert und um Atem gerungen. Sie wussten alle, wie gern sie ins Unterland wollte. Sie schaffte es nur einfach nicht.

»Ich meine, tut mir leid, ich wollte bloß …«, stammelte Gregor. Aber es war schon zu spät. Lizzie sah niedergeschmettert aus.

»Deine Schwester ist eben die Einzige in der Familie, die einen Funken Verstand hat«, sagte Mrs Cormaci. Sie flocht Lizzies Zöpfe neu, obwohl sie tadellos aussahen. »Mich würden keine zehn Pferde in dieses Unterland kriegen. Mich nicht.«

Im letzten Frühjahr war Gregor so verzweifelt gewesen, dass er Mrs Cormaci in das unglaubliche Familiengeheimnis eingeweiht hatte. Er hatte ihr alles erzählt, angefangen bei dem mysteriösen Verschwinden seines Vaters vor dreieinhalb Jahren. Er hatte erzählt, wie er Boots im letzten Sommer durch einen Schacht im Wäschekeller gefolgt war und wie sie meilenweit in die Tiefe gefallen waren, bis sie in einer merkwürdigen, dunklen Welt unterhalb von New York gelandet waren – im Unterland. Dort lebten riesige sprechende Tiere – Kakerlaken, Fledermäuse, Spinnen und viele andere – und außerdem blasse, violettäugige Menschen. Sie hatten Regalia erbaut, eine wunderschöne Stadt aus Stein. Mit einigen Tieren waren die Unterlandmenschen befreundet, mit anderen verfeindet, und Gregor fand das alles ziemlich verwirrend. Drei Mal war er jetzt schon im Unterland gewesen, das erste Mal, um seinen Vater zu retten, das zweite Mal, um gegen eine weiße Ratte zu kämpfen, die man den Fluch nannte, und dann noch einmal vor ein paar Monaten, um den Bewohnern im Unterland zu helfen, ein Heilmittel gegen eine furchtbare Pest zu finden. Auch Gregors Mutter hatte sich damit angesteckt, und keiner wusste, wann sie wieder nach Hause konnte. Gregor hatte Mrs Cormaci außerdem von den Prophezeiungen erzählt, in denen er als Krieger bezeichnet wurde – und zwar nicht als irgendein Krieger, sondern als derjenige, der die Regalianer vor dem Untergang retten sollte. Und er hatte ihr anvertraut, dass er sich nach einigen gewaltsamen Auseinandersetzungen auch noch als Wüter erwiesen hatte. Ein Wüter war ein besonders gefährlicher Kämpfer, im ganzen Unterland gab es nur eine Handvoll von ihnen.

Mrs Cormaci hatte ihn kein einziges Mal unterbrochen und nichts zu alldem gesagt. Am Ende war ihr einziger Kommentar: »Na, das schlägt ja dem Fass den Boden aus.«

Das Erstaunliche war, dass sie ihm offenbar glaubte. Natürlich stellte sie ein paar Fragen. Und sie wollte das Ganze noch mal von seinem Vater hören. Aber sie hatte schon lange vermutet, dass in seiner Familie merkwürdige Dinge vorgingen. Als sie die Wahrheit erfuhr, wirkte sie fast erleichtert. Endlich hatte sie eine Erklärung für das Verschwinden von Gregor, seinem Vater und Boots, für Gregors Narben und dafür, dass Boots zu jedem Kakerlak »Hallo« sagte. Dass das Unterland so eine fantastische Welt war, fand Mrs Cormaci nicht weiter befremdlich. Schließlich warb sie auf Handzetteln damit, dass sie die Zukunft aus Tarotkarten lesen konnte. Aber an diesem ersten Abend, als Gregor Mrs Cormaci im Wäschekeller eine riesige sprechende Fledermaus vorgestellt hatte, war sie doch ein wenig aus der Fassung geraten. Sie machte höflich Small Talk mit der Fledermaus, redete mit ihr übers Wetter, und als ein paar Flusen vom Trockner herüberwehten und im Fell der Fledermaus hängen blieben, sagte Mrs Cormaci einfach: »Halt mal still. Du hast da was am Ohr«, und nahm die Flusen weg. Doch als die Fledermaus wieder fort war, musste Mrs Cormaci sich erst mal ins Treppenhaus setzen und verschnaufen.

»Alles in Ordnung, Mrs Cormaci?«, fragte Gregor. Er wollte ja nicht, dass sie einen Herzinfarkt bekam, nur weil er sie in den ganzen Schlamassel mit hineingezogen hatte.

»Ja, ja, alles in Ordnung«, sagte sie und klopfte ihm gedankenverloren auf die Schulter. »Mir kam das Ganze nur irgendwie so unwirklich vor, bis ich die Fledermaus getroffen hab … Und jetzt ist es ein bisschen wirklicher, als ich es mir vorgestellt hatte.«

Von diesem Tag an hatte Mrs Cormaci es sich zur Aufgabe gemacht, für Gregors Familie zu sorgen. Und sie ließen sie gewähren, weil sie auf ihre Hilfe so sehr angewiesen waren.

Jetzt war sie mit Lizzies Zöpfen fertig. »Deine Sachen fürs Ferienlager sind alle gepackt. Wenn du ankommst, gibt es gleich Mittagessen. Soll ich dir den Donut für unterwegs einpacken?«, fragte sie.

»Nein danke, den ess ich sowieso nicht«, sagte Lizzie. »Gregor soll ihn für Ripred mitnehmen.«

»Okay, Liz«, sagte Gregor. Er hatte heute eine Stunde Ultraschallortung bei Ripred. Gregor hielt eigentlich nichts davon, Lizzies Essen an die große Ratte zu verfüttern, aber Lizzie lag viel daran, und außerdem hob es Ripreds Laune.

Mrs Cormaci schüttelte den Kopf. »Da unten gibt es so viele Lebewesen, die es schwer haben – die unter der Pest gelitten haben, die hungern müssen, die angegriffen werden … Warum willst du deinen Donut ausgerechnet dieser gerissenen Ratte schenken, die sehr gut für sich selbst sorgen kann?«

»Weil ich glaube, Ripred ist einsam«, sagte Lizzie leise.

Gregor unterdrückte ein wütendes Schnauben. Sollte Lizzie doch Mitleid mit dem jähzornigen, angriffslustigen Ripred haben.

»Also, für so ein kleines Mädchen hast du wirklich ein riesengroßes Herz«, sagte Mrs Cormaci und drückte sie. »Jetzt putz dir die Zähne, sonst verpasst du noch den Bus.«

Lizzie war froh, dem Frühstückstisch entfliehen zu können. Mrs Cormaci sah ihr kopfschüttelnd nach. »Ich mache mir Sorgen um sie.«

»Vielleicht tut ihr das Ferienlager gut«, sagte Gregor.

»Bestimmt. Ganz bestimmt«, sagte sein Vater. Aber keiner wirkte so richtig überzeugt.

Wie auch immer, eine Viertelstunde später saß Lizzie im Bus und fuhr zusammen mit anderen New Yorker Kindern in die Sommerferien.

Gregor hatte noch eine Stunde Zeit, bevor der Unterricht bei Ripred losging. Er setzte sich mit seinem Vater und Mrs Cormaci hin, um das zu besprechen, was sie das Familienunternehmen nannten.

In Regalia gab es ein Museum mit lauter Sachen, die zusammen mit ihren unglückseligen Besitzern aus New York heruntergefallen waren. Das ging schon seit einigen Jahrhunderten so, die Sammlung konnte sich also sehen lassen. Weil Gregors Familie in finanziellen Schwierigkeiten steckte, durfte Gregor sich alles nehmen, was ihnen weiterhalf. Am Anfang hatte er die alten Brieftaschen und Geldbörsen durchsucht und so viel Geld zusammengekratzt, wie er finden konnte. Damit hatten sie sich eine ganze Weile über Wasser gehalten.

Aber Mrs Cormaci hatte Größeres vor. »Ich kenne da einen Mann, Mr Otts. Er kauft und verkauft Antiquitäten.« Sie gab Gregor einen Koffer, den er bei seinem nächsten Ausflug ins Unterland vollpacken sollte. Und das tat er. Manche Sachen waren wertlos, doch es fand sich auch ein Ring mit einem großen roten Stein, mit dem sie die Rechnungen für zwei Monate bezahlen konnten. Jetzt ging der Erlös aus dem Ring allerdings zur Neige, deshalb mussten sie den nächsten Verkauf planen. Sie waren sich einig, dass sie es mit der eleganten alten Geige versuchen wollten, die Gregor unter einem Sattel im hinteren Teil des Museums gefunden hatte. Sie lag unversehrt in ihrem Kasten und musste eine Menge wert sein.

Gregor war zwar dankbar für das Geld, das die Sachen brachten, aber so ganz wohl fühlte er sich bei diesen Plünderungen nicht. Er dachte nicht gern an die Brieftaschen, den Ring, die Geige ... an ihre ehemaligen Besitzer und das tragische Ende, das diese Menschen im Unterland gefunden hatten. Sicher waren nur sehr wenige gerettet und nach Regalia gebracht worden. Alle anderen waren entweder bei dem Fall ums Leben gekommen oder in den Tunneln den Ratten in die Klauen geraten. Deshalb machte es ihn traurig, das »Familienunternehmen«.

Doch heute konnte er ins Unterland reisen, ohne das Museum zu durchstöbern. Er wollte seine Mutter besuchen, Freunde treffen, und dann gab es noch ein großes Abendessen. Es versprach ein schöner Tag zu werden ...

wenn er erst mal die Stunde Ultraschallortung bei Ripred hinter sich hätte.

»Mach dich jetzt lieber auf den Weg, wenn du pünktlich da sein willst«, sagte Mrs Cormaci.

»Komm, Boots«, sagte Gregor. »Willst du mit zu Mama?« Er nahm eine Taschenlampe von einem Mantelhaken an der Eingangstür und befestigte sie an seiner Gürtelschlaufe.

»Jaa!«, rief Boots. »Ich hol meine Sandalen!« Aufgeregt stürmte sie los. Im Gegensatz zu Lizzie konnte Boots vom Unterland gar nicht genug kriegen.

Mrs Cormaci bot an, sie in den Wäschekeller zu begleiten und aufzupassen, dass sie nicht gesehen wurden. Als sie an ihrer Wohnung vorbeikamen, legte sie einen kurzen Zwischenstopp ein. Sie verschwand in die Küche, öffnete den Kühlschrank und holte eine halb volle Schüssel Nudelsalat heraus. »Hier«, sagte sie. »Den könnt ihr auch für die Ratte mitnehmen.«

Gregor hielt Lizzies Donut hoch, den er in eine Serviette eingewickelt hatte. »Ripred ist schon versorgt.«

»Heißt das, du brichst dir den Arm, wenn du das hier noch mit runternimmst?«, fragte Mrs Cormaci.

»Nein. Ich seh nur nicht ein, wieso wir ihm eine Schüssel eins a Nudelsalat schenken sollten. Er kann sich sein Essen selber fangen«, sagte Gregor.

»Ich wollte den Salat sowieso wegschmeißen. Ich glaube, die Mayonnaise kippt schon um. Aber das macht Ripred bestimmt nichts aus«, sagte Mrs Cormaci. »Warte, ich hole eine Papiertüte. Ich will nicht, dass die Ratte aus meiner Schüssel schleckt.«

Gregor schüttelte den Kopf. »Sie sind ja schlimmer als Lizzie.« Auch wenn sie Lizzie wegen des Donuts Vorhaltungen gemacht hatte – Gregor wusste es besser. Praktisch jedes Mal, wenn er ins Unterland ging, drängte Mrs Cormaci ihm irgendetwas zu essen für Ripred auf, das angeblich sowieso schon fast verdorben war.

»Na, vielleicht hat sie ja recht. Was hat Ripred schon? Kein richtiges Zuhause, keine Familie, immer am Kämpfen. Weißt du, jeder braucht ein bisschen Freude im Leben. Also, bitte, nimm ihm den Nudelsalat mit«, sagte Mrs Cormaci.

»Na gut«, sagte Gregor. Er wusste nicht, warum er sich so dagegen sträubte, Ripred einen Leckerbissen mitzubringen. Doch, er wusste es. Gregor war nicht gut in Ultraschallortung, und Ripred hatte so wenig Geduld mit ihm, dass Gregor erst unsicher und dann bockig geworden war. Im Grunde hatte er es aufgegeben, die Kunst der Orientierung im Dunkeln zu erlernen, und das wusste Ripred genau. Also beschränkte sich der Unterricht mittlerweile darauf, dass Ripred ihm zwei Stunden lang erzählte, was für ein erbärmlicher, fauler Versager er sei. Und Gregor hatte nicht die geringste Lust, Ripred dafür auch noch mit Leckereien zu belohnen.

Unten im Wäschekeller vergewisserte sich Mrs Cormaci, dass die Luft rein war, dann hielt sie den Daumen hoch.

Gregor öffnete das Gitter in der Wand, pfiff einmal, und fast sofort tauchte Nike auf. Boots rannte zu der Fledermaus und streichelte ihr das schwarz-weiß gestreifte Gesicht.

»Sei gegrüßt, Prinzessin«, schnurrte Nike.

»Sei gegrüßt, Pinzessin«, antwortete Boots, und dann lachten sie beide. Das wiederholte sich jetzt ungefähr zum fünfzigsten Mal, aber es erheiterte Boots immer wieder aufs Neue. Gregor nahm an, dass Nike wohl vor allem deshalb lachte, weil Boots es so witzig fand. »Wir sind beide Pinzessinnen!«, sagte sie zu Gregor.

»Ja, das ist … wirklich lustig, Boots«, sagte er und grinste. Als Tochter der Fledermauskönigin war Nike tatsächlich eine Prinzessin. Boots wurde von den Kakerlaken Prinzessin genannt, weil sie sie verehrten, aber eigentlich war das nur ein Spitzname. »Los, ihr Prinzessinnen, ich will nicht zu spät kommen.« Er hob Boots hoch und wandte sich zu Mrs Cormaci: »Bis heute Abend dann?«

»Klar. Und jetzt viel Spaß euch beiden. Ich kümmere mich um alles«, sagte sie.

Plötzlich hatte Gregor ein schlechtes Gewissen, weil er sich wegen des Nudelsalats so angestellt hatte. Wie konnte er sich mit Mrs Cormaci wegen einer Schüssel Nudeln streiten, wo sie im Moment doch die Einzige war, die seine Familie zusammenhielt? »Vielen Dank, Mrs Cormaci«, sagte er.

Sie machte eine wegwerfende Handbewegung. »Was hab ich sonst schon groß zu tun? Und jetzt ab mit euch.«

Die Reise durch die lange Röhre und die dunklen steinernen Tunnel zu dem hell erleuchteten Palast von Regalia verlief schnell und ohne Zwischenfälle. Doch durch die Zankerei um den Nudelsalat hatte Gregor sich verspätet. Als sie in der Hohen Halle gelandet waren, musste Gregor sofort zum Unterricht hetzen. Er sauste die Treppe hinunter und kam an den Krankenzimmern vorbei, aber er hatte noch nicht mal Zeit, bei seiner Mutter reinzuschauen.

Tief unten im Palast schob Gregor vier dicke Riegel aus Stein zur Seite, die eine schwere Tür sicherten, und schlüpfte hindurch. Er ließ die Tür für den Rückweg leicht angelehnt. Dann lief er mehrere Treppen hinunter. Der Rat von Regalia hatte widerstrebend zugestimmt, dass der Unterricht hier stattfinden konnte, wo sie sich zwar innerhalb der Stadtmauern befanden, wo Ripreds Anwesenheit jedoch praktisch allen Menschen verborgen blieb. Zwischen den Ratten und den Menschen gab es schon seit Jahrhunderten immer wieder Krieg. Die Bewohner Regalias hätten es niemals toleriert, dass sich eine Ratte so nah bei ihnen herumtrieb.

Ripred wartete an dem üblichen Treffpunkt, in einer großen kreisförmigen Höhle neben einer Treppe. Er lungerte an einer Wand herum und nagte an einem Knochen. Als Gregor ihn mit der Taschenlampe anstrahlte, blinzelte er und knurrte wütend: »Nimm mir das Ding aus den Augen! Wie oft soll ich dir das noch sagen?«

Gregor wandte den Strahl ab, gab jedoch keine Antwort. Selbst in dem schummrigen Licht konnte er sehen, wie Ripreds Nase zuckte.

»Was ist das für ein Geruch?«, fragte er.

»Das soll ich dir von Lizzie geben«, sagte Gregor und warf der Ratte den Donut zu.

Ripred fing ihn mühelos mit dem Maul auf und drehte ihn genießerisch hin und her. »Lizzie. Wieso hab ich nie mal mit den sympathischen Mitgliedern deiner Familie zu tun?«, fragte er. »Und was ist in der Tüte?«

»Das ist von Mrs Cormaci«, sagte Gregor.

»Ah, la bella Cormaci«, sagte Ripred seufzend. »Und was schickt die Küchenfee mir heute?«

»Sieh selbst«, sagte Gregor. Er wollte Ripred gerade den Nudelsalat zuwerfen, als er im angrenzenden Tunnel etwas rascheln hörte. Er zuckte zusammen. Außer Ripred und ihm war sonst nie jemand hier unten.

»Ich hab dir gesagt, du sollst dich nicht vom Fleck rühren!«, schnauzte Ripred in Richtung des Tunnels.

Eine kurze Zeit blieb es still, als wollte der Angesprochene den Rückzug antreten. Dann ertönte es schmollend: »Ich hab was gerochen. Was zu essen.« Bei dem Wort »essen« wurde die tiefe Stimme plötzlich zu einem Quieken. Es erinnerte Gregor an seinen Cousin Rodney, den alle aufgezogen hatten, als er in die Pubertät kam und seine Stimme ständig zwischen der eines Kindes und der eines jungen Mannes hin- und hersprang.

»Wer ist das denn?«, fragte Gregor.

»Das ist dein kleiner Freund, der Fluch«, sagte Ripred. »Nachdem er seine letzten beiden Babysitter verstümmelt hat, ist der Job jetzt mir zugefallen.«

»Der Fluch?«, fragte Gregor überrascht. Er hatte die weiße Ratte seit Monaten nicht gesehen. Er erinnerte sich an das Bündel aus weichem weißem Fell, das sich ängstlich in seine Arme geschmiegt hatte. Letztes Jahr im Dezember war Gregor ausgesandt worden, die weiße Ratte zu töten, aber als er gesehen hatte, dass sie noch ein Baby war, hatte er es nicht übers Herz gebracht. Er hatte die kleine Ratte Ripred übergeben.

»Darf ich reinkommen?«, fragte die Stimme vom Tunnel her.

»Ach, warum nicht?«, sagte Ripred. »Komm rein, dann kannst du dem Krieger persönlich dafür danken, dass er dir das Leben gerettet hat.«

Gregor schwenkte den Strahl der Taschenlampe zum Tunneleingang und erwartete eine etwas größere Version des Rattenbabys. Stattdessen stand ihm ein drei Meter hoher Berg aus weißem Fell gegenüber.

2. Kapitel

Gregor blieb der Mund offen stehen. »Oh Mann!« In wenigen Monaten war aus dem kleinen Wesen, das Gregor in den Armen halten konnte, dieser Berg geworden.

»Und er ist noch nicht mal ausgewachsen«, sagte Ripred. »Bis Weihnachten rechnen wir mit weiteren fünfzig bis hundert Zentimetern.«

Wie Schnee, dachte Gregor. Wir rechnen mit weiteren fünfzig bis hundert Zentimetern auf diesem großen weißen Berg.

»Ihr kennt euch ja schon, aber darf ich trotzdem vorstellen?« Ripred zeigte mit dem Schwanz auf Gregor. »Das ist Gregor der Überländer – der Krieger, der sich weigerte, dich zu töten, als er die Gelegenheit dazu hatte.« Dann zeigte Ripred auf den Fluch. »Und das ist die Ratte, die wir den Fluch nennen, obwohl seine Mutter ihm einen so viel lieblicheren Namen gab – Pearlpelt.«

Sein Pelz war weiß wie eine Perle, und wenn Licht darauffiel, schillerte er rosa, blau und grün. Es war im Unterland nicht ungewöhnlich, dass Mäuse und sogar Fledermäuse weißes Fell hatten. Aber es gab nur eine weiße Ratte. Deshalb hatten alle gewusst, dass Pearlpelt die »schneegleiche« Ratte war, die in der »Prophezeiung des Fluchs« erwähnt wurde.

»Hi«, sagte Gregor zu dem Berg.

Die weiße Ratte rutschte unbehaglich hin und her, gab jedoch keine Antwort.

»Also, wie möchtest du genannt werden?«, fragte Gregor.

»Es spielt keine Rolle, wie ich genannt werden *möchte.* Alle nennen mich den Fluch, nur Ripred nicht. Er macht sich über meinen Namen lustig«, sagte der Fluch. »Er nennt mich Pearlpet oder Pearliegirlie.«

Ripred zuckte nur die Achseln. »Der Name ist schwer auszusprechen, Pearlpelt. Ein richtiger Zungenbrecher. Versuch ihn dreimal schnell hintereinander zu sagen. Na los! Pearlpelt, Pillpet, Pellpott. Siehst du? Keine Chance.«

»Pearlpelt, Pearlpelt, Pearlpelt«, sagte der Fluch schnell. Dabei sah er Ripred fest in die Augen. »Er kann es sagen. Er will mich nur erniedrigen.«

Gregor wusste, dass der Fluch recht hatte. Ripred war ein Meister darin, andere zu erniedrigen. Bis zu der Reise in den Dschungel hatte er sich Gregor gegenüber eigentlich ganz freundlich verhalten, aber im Dschungel war er dann richtig fies zu ihm gewesen, und jetzt, beim Ultraschallunterricht, machte er auf dieselbe Tour weiter. Wenn der Fluch die ganze Zeit mit Ripred zusammen war, musste er wahrscheinlich ständig seine Beleidigungen ertragen. Gregor hatte fast Mitleid mit ihm.

»Beachte ihn einfach nicht. So mache ich das immer«, sagte Gregor.

»Bei dir ist das was anderes. Du bist ein Wüter«, sagte der Fluch. »Wenn ich bloß ein Wüter wäre! Oder wenigstens ausgewachsen. Dann sähe die Sache anders aus.«

»Dann erzähl uns doch mal bitte, was sich verändern wird, wenn du ausgewachsen bist«, sagte Ripred und gähnte.

»Erstens bin ich dann König«, schoss der Fluch zurück.

Ein unbehagliches Gefühl durchfuhr Gregor bei diesen Worten. Er hatte die weiße Ratte damals töten sollen, damit sie nicht an die Macht kam. Eine Prophezeiung hatte davor gewarnt, dass der Fluch großes Unheil über das Unterland bringen könnte. Und jetzt redete er schon davon, dass er König werden wollte. Das verhieß nichts Gutes.

»Ach ja? Und wer hat dir das erzählt?«, sagte Ripred. »Twirltongue?«

Der Fluch senkte den Blick. »Kann schon sein.«

»Sie ist eine Meisterin der Überredungskunst, nicht wahr? Aber ich würde nicht allzu viel auf das geben, was Twirltongue sagt. Mir hat sie einmal eingeredet, ich sei beliebt«, sagte Ripred.

»Und meine anderen Freunde«, sagte der Fluch.

»Deine Freunde«, sagte Ripred angewidert. »Wer dir ein paar Fische zu fressen gibt, ist dein Freund. Und sie flüstern dir Schmeicheleien ins Ohr … wie stark und mutig du bist … dass du eines Tages König sein wirst … Und du schlingst die Fische und die Lügen gierig herunter … du großer weißer Dummkopf … Du weißt ja gar nicht, wer in Wahrheit dein Feind ist.«

»Du bist mein Feind, so viel ist sicher«, stieß der Fluch hervor. »Du bist der Feind eines jeden Nagers. Machst Geschäfte mit elenden Menschen und Fliegern und Huschern. Anstatt darüber nachzudenken, wie du sie umbringen kannst! Twirltongue hat mir erzählt, wie du dich gegen Gorger aufgelehnt hast, weil du glaubtest, du könntest unser Anführer werden. Als würde auch nur eine vernünftige Ratte auf dich hören. Für uns bist du ein Witz! Ich sollte, ich sollte …«

»Was solltest du? Mich töten? Du bist herzlich eingeladen, das zu versuchen, Pearliegirlie«, sagte Ripred.

Und da stürzte sich zu Gregors Überraschung der Fluch mit Gebrüll auf Ripred. Kaum eine Ratte hätte sich das getraut. Ripred war einfach zu gefährlich. Der Fluch mochte zwar einige Zentimeter größer und ein paar Pfund schwerer sein als Ripred, aber wie konnte er sich ernsthaft einbilden, er hätte eine Chance gegen die ältere Ratte? Gregor flüchtete schnell zur Treppe, um den Zähnen und Klauen der beiden aus dem Weg zu gehen. Der Fluch kämpfte wütend, doch er bekam Ripred gar nicht erst zu fassen. Ohne sichtliche Anstrengung scheuchte Ripred ihn durch die Höhle. Trotzdem hatte Gregor, als er den Kampf beobachtete, zum ersten Mal Angst vor dem Fluch. Nicht wegen seiner Größe oder wegen der Prophezeiung, sondern weil er Ripred so wild entschlossen angriff. Er war entweder sehr mutig oder sehr dumm, oder aber er überschätzte seine Kräfte maßlos. Jede dieser Eigenschaften war beängstigend bei einem Tier, das nach Ansicht der Menschen eines Tages das Unterland zerstören könnte.

»Also gut, jetzt komm mal wieder runter«, sagte Ripred. »Ich fange an, mich zu langweilen, und wenn ich mich langweile, bin ich gefährlich.«

Aber der Fluch brüllte und stürzte sich erneut auf ihn.

»Ich hab gesagt, du sollst aufhören«, sagte Ripred und wich seinem Angreifer so geschickt aus, dass dieser mit dem Kopf gegen die Wand krachte. Jetzt hielt der Fluch wenigstens mal für einen Moment inne. »Du hörst immer erst auf, wenn du dir wehtust.«

Der Schlag hatte offenbar wehgetan, denn der Fluch gab auf. Er saß vornübergebeugt da und rieb sich mit den Vorderpfoten über die Augen. Zu Gregors Verblüffung fing er an zu weinen. Nicht nur ein bisschen Schniefen, sondern heftiges Schluchzen.

»Ach, wie schön. Die große Flut«, sagte Ripred.

Es war schrecklich, den Fluch weinen zu sehen. Von der riesigen, angriffslustigen Ratte war nicht mehr viel übrig. Jetzt wirkte er wie ein übergroßes Kind, das man geärgert hatte. »Warum lässt du ihn nicht in Ruhe, Ripred?«, sagte Gregor.

»Weil er mich hasst!«, winselte der Fluch. »Er hat mich immer gehasst. Er hat mich gezwungen, mit ihm zu kommen. Er hat mich gezwungen, meine Freunde zu verlassen. Mein ganzes Leben habe ich in seiner Gefangenschaft verbracht.«

»Das erzählen sie dir? Deine tollen Freunde?«, sagte Ripred. »Haben sie dir auch erzählt, dass ich dich verschont und dich großgezogen habe? Hast du nicht immer genug zu essen bekommen? Habe ich dich nicht vor der Pest geschützt? Und jetzt willst du dich über mich beschweren?«

»Du hast mich nicht großgezogen«, sagte der Fluch. »Das war Razor. Er hat sich um mich gekümmert.«

»Ja, er hat sich um dich gekümmert, und wie hast du es ihm gedankt? Erzähl es dem Krieger, bevor er allzu großes Mitleid mit dir bekommt. Na los, erzähl's ihm!«, rief Ripred.

Doch der Fluch sagte nichts mehr. Stattdessen nahm er den langen rosa Schwanz zwischen die Vorderpfoten und begann, am Schwanzende zu nuckeln.

»Oh, buhu, buhu, der arme, kleine, misshandelte Fluch. Dabei hat Razor ihn behandelt wie sein eigen Fleisch und Blut. Hat gehungert, damit er zu fressen hatte, hat ihn beschützt und versucht ihm beizubringen, wie man im Unterland überlebt. Und wo ist Razor jetzt? Tot. Und warum? Weil Pearlpelt ihn wegen eines toten Krabblers umgebracht hat«, sagte Ripred.

»Das war keine Absicht«, winselte der Fluch. »Ich hatte Hunger. Ich hab nicht gedacht, dass Razor sterben würde.«

»Wenn du ihn von der Klippe stößt?«, sagte Ripred. »Na, da sterben doch wohl die meisten.«

»Ich hab nicht gedacht, dass er von der Klippe stürzen würde. Ich hab ihn nicht so doll gestoßen«, sagte der Fluch. Es klang undeutlich, weil er noch immer seine Schwanzspitze im Maul hatte.

»Und dann hast du versucht, ihn aufzufressen, um die Beweise zu vernichten.« Voller Abscheu wandte Ripred sich zu Gregor. »So haben wir ihn gefunden. Über und über mit Razors Blut beschmiert – er machte sich gerade über die Leber her.«

Gregor spürte, wie sich sein Magen bei der Vorstellung zusammenkrampfte. Plötzlich sah er den Fluch mit anderen Augen.

»Nein, nein, nein, nein«, sagte der Fluch. Jetzt nuckelte er nicht nur, er kaute auf seinem Schwanz herum, bis er blutete.

»Doch, doch, doch, doch. Erst neulich hast du Clawsin ein Auge ausgekratzt und Ratriff ein Vorderbein ausgerissen. Warum? Nicht mal das kannst du mir sagen! Und nun hab ich dich am Hals, weil kein anderer dich erträgt. Hör auf, an deinem Schwanz zu nuckeln!«, platzte Ripred genervt heraus. »Ein feiner König bist du! Glaubst du im Ernst, jemand befolgt Befehle von einem, der an seinem Schwanz nuckelt?«

»Vielleicht tun sie das schon«, zischte der Fluch zurück. »Du hast doch keine Ahnung! Vielleicht tun sie das schon!« Mit einem Satz sprang die weiße Ratte aus der Höhle und war verschwunden.

»Du wartest dort, wo ich dir gesagt habe!«, brüllte Ripred ihm nach. Doch es kam keine Antwort, nur die Krallen des Fluchs waren zu hören, als er wegrannte. »Wenn er die Stelle denn findet«, sagte Ripred und seufzte. »Der verläuft sich ja schon, wenn er nur einmal blinzelt.«

Ripred ließ sich ein Stück von Gregor entfernt an der Felswand niedersinken und wartete eine Weile, ehe er wieder sprach. »So, er ist außer Hörweite. Nun hast du ihn also gesehen, Überländer. Was hast du für einen Eindruck?«

Gregor brauchte einen Moment, ehe er antworten konnte. Innerhalb weniger Minuten hatte er die unterschiedlichsten Empfindungen gehabt: erst der Schreck, den Fluch zu sehen, Unbehagen wegen seines herrischen Gehabes, Angst vor seiner Kühnheit und dann Mitleid, weil er so unsicher wirkte, und schließlich Abscheu, weil er seinen eigenen Ziehvater umgebracht hatte. »Er ist total verkorkst«, sagte Gregor endlich.

»Er ist gefährlich verkorkst, und wir haben ihn am Leben gelassen«, sagte Ripred. »Du, weil du kein Junges töten konntest. Ich, weil ich glaubte, wenn ich ihn töte, würde ich damit für alle Zeit den Weg zum Frieden verbauen. Du hattest recht, als du sagtest, wenn ich ihn töten würde, hätte ich keine Anhänger.«

Plötzlich fiel Gregor auf, dass er gar nicht genau wusste, was Ripred vorhatte. Als sie sich kennenlernten, hatte Ripred erklärt, er wolle den Rattenkönig Gorger stürzen. Dabei hatte Gregor ihm geholfen. Doch was hatte Ripred jetzt im Sinn?

»Willst du selbst König werden, Ripred?«, fragte Gregor.

»Eigentlich nicht«, sagte die Ratte, und es klang beinahe wie ein Seufzer. »Aber ich will, dass der Krieg endlich aufhört. Traust du dem Fluch zu, dass er das schafft?«

»Nein«, sagte Gregor.

»Tja, er will die Krone, und es gibt keinen Grund zu der Annahme, dass er sie nicht bekommt. Was sollen wir also tun?«, sagte Ripred.

»Tun?« Gregor hatte keine Ahnung, was man gegen den Fluch tun könnte.

Ripred beugte sich zu Gregor, er sprach jetzt eindringlich. »Erst dachte ich, du hättest vielleicht recht. Dass ich ihm etwas anderes beibringen könnte als das, was ihm vorherbestimmt ist. Aber er kam zu spät zu mir. Da hatte sein Vater ihn bereits geprägt.«

»Sein Vater?«, fragte Gregor.

»Snare. Du hast ihn kennengelernt. Du hast gesehen, wie er und die Mutter des Fluchs bis auf den Tod gegeneinander gekämpft haben«, sagte Ripred.

»Ach so ...« Gregor erinnerte sich an den schrecklichen Kampf im Irrgarten zwischen Goldshard, der Mutter des Fluchs, und der grauen Ratte namens Snare. Gregor hätte nie gedacht, dass Snare der Vater des Fluchs war. Er hatte so gar nichts Väterliches an sich gehabt.

»Snare war ein richtiger Fiesling, das fanden alle. Es ist ein Rätsel, weshalb Goldshard sich überhaupt mit ihm eingelassen hat. Ich habe sie gewarnt, aber sie wollte nicht auf mich hören. Doch sie hat es bereut. Hast du dich nicht gefragt, wo die anderen Ratten des Wurfs waren, mit denen der Fluch zusammen geboren wurde?«, fragte Ripred.

»Nein«, sagte Gregor. Aber jetzt, wo er darüber nachdachte, kam es ihm merkwürdig vor, dass der Fluch das einzige Rattenbaby gewesen sein sollte.

»Snare hat sie umgebracht. Vor den Augen Goldshards und des Fluchs. Er wollte nicht, dass sie dem Fluch die Milch streitig machten«, sagte Ripred. »Dabei war das ganz unnötig. Jede Familie hätte die Jungen aufgenommen.«

»Wie schrecklich«, sagte Gregor.

»Der Fluch kann sich auch daran erinnern. Auch dass er von Snare geschlagen wurde. Und dass seine Eltern sich gegenseitig umgebracht haben«, sagte Ripred. »Man könnte meinen, er wäre noch zu klein gewesen, aber man braucht bloß Snares Namen zu erwähnen, wenn man ihn zittern sehen will.«

»Glaubst du wirklich, er könnte König werden?«, fragte Gregor.

»Er wird Anhänger finden, weil er der Fluch ist. Er hat das weiße Fell und die Größe und genug Hass in sich, um das Unterland, wie wir es kennen, auszulöschen. Die meisten Ratten werden über sein unausgeglichenes Wesen hinwegsehen, weil er ihnen genau das erzählen wird, was sie hören wollen. Sie haben so lange gehungert und so viele an die Pest verloren … vor allem die Kleinen. Nein, den Nagern wird es gleich sein, wer er ist und was er tut, wenn er nur ihre Rachsucht stillt«, sagte Ripred.

Bei Ripreds Worten lief es Gregor kalt den Rücken hinunter. Er versuchte die riesige weiße Ratte – schmollend, bösartig, brutal und jämmerlich – mit dem Baby in Einklang zu bringen, das er verschont hatte. Er dachte daran, wie die kleine weiße Ratte ihre tote Mutter angestupst hatte, damit sie antwortete. »Vielleicht, wenn Goldshard nicht gestorben wäre«, sagte Gregor. »Vielleicht hätte er dann einen besseren Charakter.«

»Aber sie ist gestorben, also werden wir das nie erfahren«, sagte Ripred. Er schüttelte den Kopf und lehnte sich wieder an die Wand. »Razor hat gut für ihn gesorgt. Und was für Schlüsse du aus unserer kleinen Auseinandersetzung von vorhin auch ziehen magst – ich habe ihn, als er klein war, nicht schlecht behandelt.« Ripreds Blick bohrte sich in die Dunkelheit. Mit den Vorderfüßen kämmte er sich nervös das Brustfell und glättete es um die große Narbe herum, die er von der Reise zurückbehalten hatte, auf der sie Gregors Vater gerettet hatten. Ripred ließ die Schultern hängen, als würde er von einer schweren Last niedergedrückt. Er sah unglücklich aus.

Gregor dachte daran, dass Mrs Cormaci gesagt hatte, jeder brauche ein bisschen Freude im Leben. Er hielt Ripred die Tüte mit dem Nudelsalat hin. »Hier.«

Ripred nahm sie und steckte die Schnauze hinein. Nach ein paar Bissen knüllte er die Papiertüte zusammen und aß auch sie auf. Das Essen schien seine Laune zu heben. Seine Muskeln entspannten sich, und er seufzte ergeben. »Hm. Tja, ich glaube, es bleibt uns nichts anderes übrig. Vom Warten wird es auch nicht besser. Bringen wir es also hinter uns.«

»Was?«, fragte Gregor. »Was sollen wir tun?«

»Hast du mir nicht zugehört?«, sagte Ripred.

Gregor hatte zugehört, aber er begriff noch immer nicht. »Ich sehe ja ein, dass der Fluch ein Problem ist …«, begann er.

Ripred legte Gregor eine Pfote auf die Schulter und schnitt ihm das Wort ab. Gregor sah sein Spiegelbild in den glänzenden schwarzen Augen der Ratte. Winzig und verzerrt.

»Wir müssen ihn umbringen, Krieger«, flüsterte Ripred. »Je eher, desto besser.«

3. Kapitel

»Ihn umbringen?«, fragte Gregor erschrocken. Er hatte sich gedacht, dass man dem Fluch gut zureden, ihn vielleicht auch bewachen lassen müsste. Ja, er war verkorkst, möglicherweise sogar ein bisschen verrückt, aber schließlich musste man bedenken, was er alles durchgemacht hatte. Und Gregor glaubte nicht, dass der Fluch Razor absichtlich von der Klippe gestoßen hatte – so, wie er eben geheult und an seinem Schwanz genuckelt hatte. Das mit dem Kannibalismus war natürlich ekelhaft, doch soweit Gregor wusste, kam das bei Ratten vor. Auf Gregors erster Reise im Unterland hatten sie gesehen, wie eine Spinne eine andere gefressen hatte, und Ripred hatte sich darüber nicht weiter aufgeregt. Und dass der Fluch andere Ratten verletzte ... Die Ratten kämpften doch andauernd miteinander. Vielleicht brauchte der Fluch nur jemanden, der ihm half, sich zu beherrschen. Da Gregor ein Wüter war, der selbst noch nicht gelernt hatte, seine Kräfte im Zaum zu halten, kam es ihm allzu hart vor, die weiße Ratte zum Tode zu verurteilen.

»Ja, ihn umbringen«, sagte Ripred. »Und wir können es uns nicht leisten, lange zu warten.«

»Aber … Ich hatte schon mal die Gelegenheit, ihn umzubringen. Und ich hab es nicht gemacht. Hast du das vergessen?«, sagte Gregor.

»Damals lagen die Dinge anders«, sagte Ripred.

Gregor konnte Ripreds schnell dahingesagten Worten nicht folgen. Er versuchte Zeit zu gewinnen. »Wenn du ihn unbedingt tot sehen willst, warum bringst du ihn dann nicht selber um?«

»Wegen der Prophezeiung«, sagte Ripred.

Prophezeiung? Gregor wusste nichts von einer Prophezeiung. Das war in letzter Zeit eine der wenigen angenehmen Sachen gewesen: Endlich war da einmal keine Prophezeiung, die drohend über ihm schwebte. Keine Warnung von Bartholomäus von Sandwich, dem Gründer der Stadt Regalia, der vor Jahrhunderten lauter düstere Prophezeiungen in einen Raum des Palasts eingemeißelt hatte. Bisher war Gregor, »der Krieger«, in drei Prophezeiungen aufgetaucht. Es war nicht ausgeschlossen, dass es noch mehr gab. Andererseits …

»Ich hab von keiner Prophezeiung gehört«, sagte Gregor. Vielleicht war das wieder nur eine von Ripreds Halbwahrheiten. Zuletzt hatte er Gregor mit so einer Halbwahrheit ins Unterland gelockt, damit er bei der Suche nach einem Heilmittel gegen die Pest half.

»Wir fanden alle, du könntest mal eine Pause gebrauchen, nachdem die letzten beiden Schlag auf Schlag kamen. Aber glaub mir, es gibt sie«, sagte Ripred. »Sie heißt ›Die Prophezeiung der Zeit‹.«

»Und darin steht, dass ich den Fluch umbringe?«, fragte Gregor.

»So würde ich es deuten, ja. Aber keine Sorge, ich werde an deiner Seite sein«, sagte Ripred. Während er seinen Plan ausarbeitete, lief er auf und ab. »Pass auf, wir machen es morgen, wenn du zum Unterricht kommst. Bring dein Schwert mit«, sagte er. »Und zu niemandem ein Wort!«

Das gefiel Gregor nicht. »Nicht mal zu Vikus?«, fragte er. Vikus war der Vorsitzende des Rats von Regalia und der Großvater von Gregors Freundin Luxa, der Königin von Regalia. Vor allem aber war er einer der wenigen Unterländer, von denen Gregor wusste, dass sie um ihn besorgt waren.

»Vikus schon gar nicht. Er wäre außer sich, wenn er wüsste, dass ich den Fluch hierhergebracht habe. Der Rat möchte ja nicht mal *mich* hier haben. Wenn du Vikus irgendwas erzählst, wird er sich verpflichtet fühlen, den Rat zu informieren. Wir können mit ihm praktisch nichts mehr anfangen: Er macht sich solche Vorwürfe, weil seine Frau in die Entwicklung der Pestviren verstrickt war«, sagte Ripred. »Also morgen, selbe Zeit, selber Ort. Du bringst dein Schwert mit, und dann wird der Fluch beseitigt.«

Gregor presste die Lippen zusammen. Es hatte keinen Sinn, mit Ripred zu streiten. Offenbar war er schon länger davon überzeugt, dass sie den Fluch töten mussten. Gregor wollte lieber nicht widersprechen, bevor er nicht einen Plan hatte. Denn er war ganz und gar nicht damit einverstanden, sich mit Ripred heimlich in einer Höhle zu treffen und den Fluch zu ermorden.

»Bis dann«, sagte Gregor.

»Ich bin froh, dass du es verstehst, Gregor. Wir haben einfach keine Wahl.« Mit diesen Worten verschwand Ripred in der Dunkelheit.

Langsam begab Gregor sich wieder nach Regalia. In seinem Kopf war ein einziges Durcheinander.

»Überländer!« Die Stimme ließ Gregor aufhorchen. Er war automatisch in Richtung Krankenhaus gegangen. Vor dem Zimmer, in dem Gregors Mutter lag, stand Howard. Immer, wenn Gregor ihn sah, musste er daran denken, wie er vor der Pest gewesen war, gesund und kräftig und mit glatter Haut. Es war jetzt mehrere Monate her, dass Howard dem Tod entronnen war, und er wog noch immer zehn Kilo weniger als vorher. Die roten Narben auf seiner Haut würden bleiben, auch wenn die Ärzte zuversichtlich waren, dass sie ein wenig verblassen würden.

Durch die Krankheit waren Howards Lebenspläne völlig durcheinandergeraten. Er arbeitete jetzt im Krankenhaus, das noch immer überfüllt war mit Pestpatienten, und machte eine Ausbildung zum Arzt. Howard war jung und stark, er hatte sich schneller erholt als die meisten anderen. Viele kämpften noch immer gegen die Krankheit, wie auch Gregors Mutter, und ihnen half Howard.

»Überländer, wir haben eine Überraschung für dich!«, sagte Howard.

»Hoffentlich eine schöne«, sagte Gregor und dachte, dass die schreckliche Überraschung, die Ripred ihm bereitet hatte, für heute genügte.

»Komm und sieh selbst«, sagte Howard und winkte ihn ins Zimmer.

Und da saß Gregors Mutter auf einem Stuhl. Ein Grinsen breitete sich auf Gregors Gesicht aus. »Wieso bist du denn auf?«

»Ich? Ich bin schon seit sechs Uhr auf den Beinen. Hab mir erst ein großes Frühstück gemacht, dann einen Ausflug auf einer Fledermaus, und jetzt überlege ich, wie man das Zimmer hier umräumen könnte. Die Einrichtung langweilt mich allmählich«, sagte sie.

Gregor lachte. Natürlich hatte sie nichts dergleichen getan. Es war das erste Mal seit ihrer Erkrankung, dass sie überhaupt aufgestanden war. »Vielleicht verschiebst du das mit dem Umräumen lieber auf morgen.«

»Ja, in der Tat, Sie sollten sich jetzt wieder hinlegen«, sagte Howard. »Wir wollen es am ersten Tag nicht gleich übertreiben.« Er wollte ihr helfen.

»Nein, Howard, ich möchte es erst selbst versuchen«, sagte Gregors Mutter. Entschlossen stellte sie sich auf die

Füße. Das Bett war gerade mal fünf Schritte entfernt, aber sie schaffte es nur ganz knapp. Im letzten Moment brach sie auf dem Bett zusammen.

Schnell halfen Howard und Gregor ihr, sich hinzulegen. »Das war schon ganz hervorragend«, sagte Howard ermutigend. »Jeden Tag ein wenig mehr, und im Nu sind Sie wieder bei Kräften. Jetzt muss ich meine Runde mit den Medikamenten machen.«

»Howard ist wirklich ein guter Junge«, sagte Gregors Mutter, als er gegangen war.

»Er ist der beste«, sagte Gregor.

»Er wird bestimmt ein guter Arzt«, sagte sie. »Vielleicht wirst du ja auch mal Arzt.«

Gregor nickte, aber der Gedanke, er könnte Arzt werden, war ihm noch nie gekommen. Eigentlich hatte er noch überhaupt keine Ahnung, was er werden wollte. Seit er ins Unterland gefallen war, kam es ihm so vor, als hätte er schon einen Beruf. Krieger. Aber das war kein Beruf, den er sich ausgesucht hatte oder der ihm gefiel, und ganz bestimmt war es kein Beruf, den seine Mutter sich für ihren zwölfjährigen Sohn wünschen würde. Sie wusste, dass die Unterländer ihn in ihren Prophezeiungen als Krieger bezeichneten, doch wenn jemand davon sprach, sah sie wütend aus.

»Wo ist Boots?«, fragte er, um das Thema zu wechseln.

»Ach, sie hat mich besucht, und dann hat Luxa sie mit aufs Feld genommen, damit sie ein bisschen Bewegung kriegt«, sagte seine Mutter. »Wie war Lizzies Abreise?«

Gregor berichtete von zu Hause. Wie Lizzie ins Ferienlager aufgebrochen war. Von den Plänen, die Geige zu verkaufen. Von der Hitzewelle. Sie nickte, gierig nach jeder noch so kleinen Neuigkeit. Er versuchte, sich an weitere Einzelheiten zu erinnern, um mehr erzählen zu können, aber sein Kopf war zu voll von der Begegnung mit Ripred und dem Fluch.

»Du bist heute nicht ganz bei der Sache«, sagte Gregors Mutter. Sie befühlte eine rote Narbe auf ihrer Wange. Das machte sie öfter, wenn sie besorgt war. »Was ist los, Gregor?«

»Nichts«, sagte er.

Er sah ihr an, dass sie ihm nicht glaubte, doch zum Glück kam in diesem Moment Howard mit ihrer Medizin und sagte, sie müsse sich jetzt ausruhen.

»Bis bald«, sagte Gregor. Er war ganz dankbar, wieder verschwinden zu können. Dann machte er sich auf die Suche nach seinen Freunden. Wenn Luxa Boots mit in die Arena genommen hatte, fand dort bestimmt ein Spiel oder eine Übung statt. Hoffentlich übten sie nicht mit Blutbällen. Selbst wenn es ihm gut ging, sah er nicht gern, wie die Wachsbälle aufplatzten, wenn sie vom Schwert getroffen wurden, und die blutrote Flüssigkeit austrat. Und im Moment wollte er sich so etwas Brutales erst recht nicht ansehen.

Doch als Gregor in der Arena ankam, war ein sehr viel friedlicheres Training im Gange. Die kleinen Kinder lernten, auf einer Fledermaus zu fliegen. Auf den ersten Blick sah es so aus, als würde es Kinder regnen. Doch keiner der Regentropfen landete auf dem Boden. Die Fledermäuse flogen die Kinder hoch in die Luft, dann warfen sie sie ab und ließen sie fallen. Die Kinder fielen mal einen, mal mehrere Meter, ehe sie von einer zweiten Fledermaus aufgefangen und wieder hinaufgeflogen wurden.

Mareth hatte bei dem Training die Aufsicht. Auf seine Krücke gestützt stand er in der Mitte des Platzes. Die Ärzte hatten ihm eine Beinprothese aus Fischknochen und Leder angefertigt, aber er musste noch lernen, damit zu gehen. Luxa, die Königin von Regalia, assistierte ihm, wenn man es denn so nennen wollte – gerade lachten sie sich über das kaputt, was sich über ihren Köpfen abspielte. Mareth zeigte auf Boots, die gerade den Salto probierte, den Luxa ihr beigebracht hatte. Wenn sie von einer Fledermaus abgeworfen wurde, rollte sie sich zusammen und wirbelte ein paarmal durch die Luft. Aber immer verlor sie die Kontrolle über die Bewegung und trudelte nach unten, wobei sie wild mit den Armen schlug, als wären es Flügel. »Ich!«, rief sie dann, als hätte sie Angst, die Fledermäuse könnten sie vergessen.

»Du musst zusammengerollt bleiben, Boots!«, rief Luxa unter Lachen. »Halte die Knie fest!«

»Ich halte die Knie fest!«, behauptete Boots. Sie wagte sich in einen erneuten Salto, endete jedoch wieder als flatterndes Vögelchen. »Ich!«

»Fast, Boots! Versuche es noch einmal!«, rief Luxa ermutigend. Für einen Moment löste Gregor den Blick von den

Kindern und den Fledermäusen und schaute nur Luxa an. Er hatte sich noch nicht daran gewöhnt, sie fröhlich zu sehen.

Seit Luxa und ihre verletzte Fledermaus Aurora drei Monate lang bei einer Mäusekolonie im Dschungel festgesessen hatten, war Luxa verändert. Sie war so froh, wieder in Regalia zu sein, und ihr Volk war ganz aus dem Häuschen, sie wiederzuhaben. Zum ersten Mal schienen sie zu begreifen, was für ein Glück sie hatten, dass dieses zwölfjährige Mädchen ihre Königin war. Erst an ihrem sechzehnten Geburtstag würde Luxa die ganze königliche Macht erhalten, aber mit ihren zwölf Jahren konnte sie schon großen Einfluss nehmen und hatte ein Stimmrecht bei den Ratssitzungen, auf denen politische Entscheidungen getroffen wurden. Sie war ein Dickschädel und trieb den Rat damit in den Wahnsinn. Gleichzeitig war sie klug, stark und unglaublich mutig. Allmählich wussten die Königin und ihre Untertanen sich gegenseitig zu schätzen.

All das trug zu Luxas guter Laune bei, doch Gregor wusste, dass der eigentliche Grund ihrer Freude ihr Cousin Hazard war, den sie im Dschungel getroffen hatten – ein sechsjähriger Halbländer mit limettengrünen Augen und schwarzen Locken. Als Hazards Vater Hamnet im Kampf gegen ein Ameisenheer gefallen war, war Hazard Waise geworden. Luxa hatte ihn mit nach Regalia genommen, und wie sie es ihm versprochen hatte, waren sie jetzt wie Bruder und Schwester. Er lebte mit ihr in den königlichen Gemächern, aß mit ihr und lief ihr hinterher wie ein Hündchen. Und Luxa hatte sich erlaubt, ihn ins Herz zu schließen.

Gregor entdeckte Hazard, der hoch über ihm von einer Fledermaus hüpfte. Hazard war älter als die meisten anderen Kinder, aber es war neu für ihn, auf einer Fledermaus zu fliegen. Am Flugunterricht durfte er teilnehmen, allerdings hatte Luxa strikt verboten, ihn an den Waffen auszubilden. Der letzte Wunsch seines Vaters war es gewesen, dass Hazard auf keinen Fall ein Krieger werden sollte, und das hatte Luxa ihm versprochen, ehe er starb. Während die anderen Kinder seines Alters sich im Fechten übten, ging Hazard seiner außergewöhnlichen Sprachbegabung nach. Normalerweise gaben die Regalianer sich keine Mühe, andere Sprachen zu erlernen. Doch Hazard war im Dschungel aufgewachsen, wo er versucht hatte, sich mit allen zu unterhalten, die mit ihm reden wollten. Als er nach Regalia gekommen war, beherrschte er die Eidechsensprache fließend und konnte sich in verschiedenen anderen Sprachen verständigen. Vikus, Hazards und Luxas Großvater, hatte mehrere Lehrer engagiert. Ripred hatte sich bereit erklärt, Hazard in Rättisch zu unterrichten, und zeigte mit dem klugen, wissbegierigen Hazard weit mehr Geduld als mit Gregor. Temp, der Kakerlak, der Boots schon mehrmals aus großer Gefahr gerettet hatte, unterrichtete sowohl Hazard als auch die Prinzessin in dem schnalzenden Krabblerdialekt. Und Purvox, eine wunderschöne rote Spinne, war eingeschifft worden, um Hazard ihre merkwürdige Sprache beizubringen, die über Vibrationen funktionierte. In seiner Freizeit versuchte Hazard sich mit den Fledermäusen zu unterhalten, obwohl manche ihrer Laute einfach zu hoch für das menschliche Ohr waren.

Als Gregor zu seinen Freunden ging, schnurrte hinter ihm eine Stimme: »Spring!« Er machte einen Schritt nach vorn und sprang mit gespreizten Beinen, so hoch er konnte, in die Luft. Im nächsten Moment saß er auf Ares' Rücken. Zusammen mit Ares fühlte Gregor sich sicher. Die Fledermaus und er waren miteinander verbunden und hatten sich geschworen, mit dem Leben füreinander einzustehen. Und nachdem sie gemeinsam mehrere schier unüberwindbare Schwierigkeiten gemeistert hatten, waren sie auch richtige Freunde geworden.

»Hey, wie geht's?«, fragte Gregor.

»Gut. Es geht mir gut«, sagte Ares.

Gregor strich mit der Hand über Ares' Nacken. Neues, glänzend schwarzes Fell verdeckte allmählich die lilafarbenen Pestnarben. Ares war das erste Opfer der Pest gewesen, und er hatte die Krankheit nicht nur überlebt, sondern sich auch außergewöhnlich schnell erholt. Wenige Wochen nachdem er das Heilmittel bekommen hatte, bat er die Ärzte schon um seine Entlassung. Die Ärzte befürchteten, er könnte, noch ehe er ganz genesen war, wieder zu seiner abgelegenen Höhle außerhalb Regalias fliegen. Deshalb hatten sie ihn in Luxas Obhut gegeben. Jetzt lebte er mit Luxa, Hazard und Aurora im königlichen Flügel des

Palasts. Gregor dachte sich, dass es für Ares bestimmt angenehmer war, mit seinen Freunden zusammen zu sein, als ganz allein in der Höhle zu wohnen.

»Wann gibt es Essen?«, fragte Gregor. Sein Magen knurrte.

Mit einem Pfiff versammelte Mareth die Fledermäuse und die Kinder wieder auf dem Platz.

»Vermutlich jetzt, denn das Training ist beendet«, sagte Ares.

Zehn Minuten später waren sie alle um einen großen, reich gedeckten Tisch versammelt. Außer Gregor, Luxa, Hazard, Boots, Ares und Aurora war noch eine junge Fledermaus dabei, Thalia, an der Hazard Gefallen gefunden hatte. Sie war noch nicht ausgewachsen und hatte pfirsichfarbenes Fell mit weißen Streifen wie eine getigerte Katze, und sie hatte einen, wie Gregor fand, etwas befremdlichen Sinn für Humor. Er hatte ein paar Witze aus dem Überland für sie abgewandelt. »Warum fliegt die Fledermaus über den Fluss? Um auf die andere Seite zu kommen.« Über so etwas konnte sie, ohne Übertreibung, zehn Minuten lang lachen.

Heute hatte er den altbewährten Witz erzählt: »Was ist der Unterschied zwischen einem Beinbruch und einem Einbruch? Nach einem Beinbruch muss man drei Monate liegen, nach einem Einbruch drei Monate sitzen.« Unglücklicherweise hatte Thalia gerade den Mund voll, als die Pointe kam, und wäre vor Lachen fast erstickt.

»Meinst du, das wächst sich aus?«, flüsterte Gregor Luxa zu.

»Das hoffe ich. Hazard hat es sich in den Kopf gesetzt, sich mit ihr zu verbinden«, flüsterte Luxa zurück.

Gregor aß eine herzhafte Mahlzeit aus gegrilltem Fisch, eingelegten Pilzen und frischem Brot. Er war nicht sehr gesprächig, weil er mit den Gedanken noch immer bei Ripred und dem Fluch war. Nach dem Abendessen, als die anderen zum Spielen in Luxas Wohnung gingen, gab Gregor vor, ins Museum zu müssen. In Wirklichkeit brauchte er Zeit zum Nachdenken. Obwohl Ripred es verboten hatte, wäre Gregor am liebsten zu Vikus gegangen und hätte ihm alles erzählt. Aber Ripred hatte recht, Vikus würde womöglich den Rat informieren. Und die meisten Ratsmitglieder waren Idioten. Wenn er nur rauskriegen könnte, was in der Prophezeiung stand, die Ripred erwähnt hatte …

Nerissa! Gregor drehte sich auf dem Absatz um und ging auf schnellstem Weg zu dem Raum, in dem Sandwichs Prophezeiungen eingemeißelt waren. Dort verbrachte Nerissa viel Zeit. Wenn irgendjemand Gregor verraten konnte, was auf ihn zukam, dann war sie es. Als Luxas Cousine gehörte sie zur königlichen Familie, und als alle geglaubt hatten, Luxa wäre von den Ratten getötet worden, hatte Nerissa sogar ein paar Monate lang die Krone getragen. Doch Nerissa besaß nicht die unverwüstliche Natur ihrer Cousine. Sie war dünn, fast mager, labil, und sie hatte die Fähigkeit, Ereignisse vorauszusehen – manchmal. Sie hatte ihre Visionen ebenso wenig im Zaum wie Gregor sein Talent als Wüter. Oft wusste sie nicht, ob etwas, was sie sah, in einer

Stunde geschehen würde oder ob es schon vor hundert Jahren passiert war. Doch wenn sie richtiglag, dann auch hundertprozentig.

Wie Gregor gehofft hatte, war Nerissa allein in dem Raum mit den Prophezeiungen. Sie sah jetzt wieder so aus wie in der Zeit, ehe sie Königin wurde. Die langen Haare fielen ihr wirr bis auf die Hüften, und sie trug mehrere Schichten Kleider übereinander, die nicht zusammenpassten. »Sei gegrüßt, Überländer«, sagte sie mit ihrem gespenstischen Lächeln.

»Hi, Nerissa«, sagte er und entschloss sich, gleich zur Sache zu kommen. »Ich hab über die Prophezeiungen nachgedacht. Die von mir handeln. Gibt es da noch mehr?«

»Ja«, sagte Nerissa. »Insbesondere eine.«

»Soll ich schon wieder den Fluch umbringen?«, fragte Gregor.

Sie sah ihn merkwürdig an. »Das ist undeutlich. Möglicherweise wird er sterben«, sagte Nerissa. »Warum fragst du, Gregor?« Er gab keine Antwort, weil er damit Ripred verraten hätte. »Jemand hat dir schon wieder etwas über den Fluch in den Kopf gesetzt. Doch du kannst demjenigen ausrichten, dass die Prophezeiung, von der du sprichst, in der Zukunft liegt, nicht in der Gegenwart.«

»Woher weißt du das?«, fragte Gregor.

»Weil gewisse Ereignisse, von denen sie berichtet, noch nicht eingetreten sind. Möglicherweise werden sie auch nie eintreten. Und ich vermute, dass derjenige das sehr wohl weiß. Vielleicht glaubt er, das Schicksal beeinflussen zu können, doch das kann er nicht«, sagte Nerissa.

Sie weiß, dass es Ripred war, dachte Gregor. »Zeigst du mir die Prophezeiung?«, fragte er.

»Nein. Sie kann dir jetzt nichts nützen. Um die Wahrheit zu sagen, glaube ich, dass es sogar Schaden anrichten könnte, wenn du sie jetzt schon kenntest. Um deiner Sicherheit willen und der Sicherheit derer, die du liebst, solltest du die Prophezeiung unter gar keinen Umständen lesen. Wenn du natürlich Vikus danach fragen möchtest, kann ich dich nicht davon abhalten«, sagte Nerissa.

Was konnte er nach so einer Warnung noch sagen? Außerdem hatte Gregor sich ja schon dagegen entschieden, Vikus zu fragen. Also zuckte er nur die Achseln, als ob es ihm egal wäre. »Nein, wenn du meinst, ich würde es nicht verkraften, dann lassen wir's.«

Einerseits war er erleichtert, dass er sich wenigstens vorerst nicht damit auseinandersetzen musste, ob er den Fluch töten sollte. Nach dem, was Nerissa gesagt hatte, würde es vielleicht nie so weit kommen. Andererseits wusste Gregor, dass Nerissas Meinung Ripred nicht beeindrucken würde. Wie so viele andere hielt Ripred nicht viel von Nerissas Zukunftsvisionen.

Obwohl Gregor sich das Hirn zermartert hatte, war ihm bis zum nächsten Tag, als wieder der Unterricht bei Ripred anstand, nicht viel eingefallen. Als er den Riegel der steinernen Tür zurückschob, ging er seinen Plan noch einmal durch. Er wollte sich mit Ripred treffen und versuchen, ihm die Sache auszureden. Gregor hatte wenig Hoffnung, dass ihm das gelingen würde, deshalb steckte er sich ein Schwert in den Gürtel, für den Fall, dass er das Leben der weißen Ratte verteidigen musste. Es war lächerlich, sich einzubilden, er könnte gegen Ripred kämpfen. Aber vielleicht ließ er sich ja wenigstens ablenken, damit der Fluch eine Chance hatte zu entkommen.

Gregor wusste, dass Ripred ihm im Fall eines Kampfes als Erstes die Taschenlampe abnehmen würde, daher befestigte er sie mit Klebeband am Unterarm. Statt einer Fackel, die man in der Hand halten musste, entschied er sich für eine große Öllampe aus Glas – solche hatten sie auch mit in den Dschungel genommen. Die konnte man notfalls auf den Boden stellen.

Als Gregor bei der runden Höhle ankam, nahm er allen Mut zusammen und sammelte Argumente dafür, den Fluch zu verschonen. Doch am Treffpunkt war keiner. Kein Ripred. Kein Fluch. Überhaupt niemand. Er wartete zehn Minuten, vielleicht eine Viertelstunde. Es sah Ripred gar nicht ähnlich, sich zu verspäten. Er war eher jemand, der schon auftauchte, bevor man ihn überhaupt erwartete. Gregor wollte sich gerade auf den Rückweg nach Regalia machen, da hörte er in dem Tunnel, aus dem am Tag zuvor der Fluch gekommen war, ein leises Scharren.

»Ripred?«, rief er leise. Keine Antwort. »Pearlpelt?« Wieder das Scharren. »Ist da jemand?« Gregor stellte die Öllampe auf den Boden und befestigte die Taschenlampe an seinem Arm neu. Während er durch einen langen Tunnel auf das Geräusch zukroch, hatte er das Gefühl, dass es sich entfernte und ihn von der Lampe, der Treppe und der Stadt über ihm weglotste. »Hallo?« Er gelangte in eine kleine Höhle. Links von ihm ertönte jetzt ein anderes Geräusch, ein gedämpftes Lachen. Ein unangenehmes Gefühl schlich sich bis hoch in seinen Nacken. Plötzlich wusste er, dass er einen schrecklichen Fehler gemacht hatte.

Er fuhr herum, um schnell zum Ausgang zu rennen. Da traten drei Ratten aus den Schatten und stellten sich ihm in den Weg. Gregor kannte keine von ihnen.

4. Kapitel

Im Nu hatte Gregor das Schwert in der Hand.

Die Ratten verteilten sich fächerförmig, sodass der Weg zurück zum Palast abgeschnitten war. Aber sie gingen nicht zum Angriff über. Stattdessen fläzten sie sich träge auf den Boden, als wollten sie einen Tag am Strand genießen.

Zwei der Ratten hatten ganz gewöhnliches schlammgraues Fell, wie man es meistens sah. Doch das Fell der Ratte, die Gregor genau gegenüber stand, war von einem schönen Silberton. Diese Ratte sprach als Erste.

»So bekommen wir endlich einmal den Krieger zu Gesicht. Ripred ist so besitzergreifend, er lässt uns gar nicht in deine Nähe.« An der Stimmlage erkannte Gregor, dass es eine weibliche Ratte war. Und was für eine Stimme sie hatte! Seidig, leise und unverkennbar freundlich. Charmant, das war das richtige Wort. »Du kannst das Schwert sinken lassen, Gregor. Wie du siehst, ist keiner von uns in Kampfstimmung.«

Gregor bewegte das Schwert nicht. »Wer seid ihr?«

»Das hier sind Gushgore und Reekwell«, sagte die silberne Ratte. Die beiden Ratten nickten höflich. »Und ich bin Twirltongue.«

Twirltongue. Das war also die Ratte, die dem Fluch erzählt hatte, er würde König werden. Wie hatte Ripred sie genannt? Meisterin der Überredungskunst?

»Ihr seid mit dem Fluch befreundet«, sagte Gregor.

»Hast du den Fluch kennengelernt?«, fragte Twirltongue.

»Ja, ich hab ihn gesehen, als ...« Gregor verstummte. Wieso erzählte er dieser Ratte überhaupt etwas? Er wusste doch, dass Ripred ihr nicht über den Weg traute. So beiläufig, wie sie gefragt hatte, hätte Gregor ihr beinahe verraten, dass der Fluch hier gewesen war. »Als er noch ein Baby war.«

Twirltongue lachte. »Schon gut, Gregor. Wir wissen bereits, dass er hier war. Sein Geruch ist überall. Von seinem Blut ganz zu schweigen.«

Einen kurzen Moment dachte Gregor, Ripred hätte den Fluch ohne ihn getötet. »Ist er tot?«

»Wahrscheinlich wäre er das gern. So würde es mir jedenfalls gehen, wenn ich mit Ripred unterwegs wäre«, sagte Twirltongue. Die Ratten lachten. »Nein, wir haben ein paar Tropfen seines Bluts gefunden. Hat wahrscheinlich wieder auf seinem Schwanz herumgekaut. Wie kommst du darauf, er könnte tot sein?«

»Weil – weil du von Blut gesprochen hast«, sagte Gregor. Irgendwie brachte diese Ratte ihn aus dem Konzept.

»Natürlich. Du hast ihn also nicht gesehen?«, sagte Twirltongue.

»In letzter Zeit nicht«, sagte Gregor.

»Na ja, falls du ihn siehst, kannst du ihm ausrichten, dass seine Freunde ihn suchen. Ehrlich gesagt machen wir uns Sorgen. Der Fluch ist ja fast noch ein Baby, und Ripred hat, gelinde gesagt, leichte Wahnvorstellungen«, sagte Twirltongue. »Ganz abgesehen davon, dass seine Gesellschaft sowieso unerträglich ist, aber das brauche ich dir nach der Reise in den Dschungel ja nicht zu erzählen, oder?«

»Nein«, sagte Gregor.

Die Ratten prusteten los, und Gregor ließ sich zu einem Lächeln hinreißen. Nachdem Ripred ihn so schlecht behandelt hatte, tat es gut, von jemand anders zu hören, was für ein Scheusal Ripred sein konnte.

»Ich war mal vier Tage lang mit ihm zusammen eingesperrt, als wir uns vor einem Heer von Hackern verstecken mussten. Am dritten Tag erwog ich ernsthaft, mich hinauszustehlen. Ich dachte, na gut, dann werde ich eben von den Hackern zerfleischt. Kann das schlimmer sein, als mir Ripreds Gedichte über mich anzuhören?« Twirltongue begann zu rezitieren:

»Twirltongue der Nager
Ist so klein und hager
Ein richtiger Versager.

Sie schafft keinen Hacker
Nicht mal ’n alten Knacker
Von ihr hört man nichts als Gegacker.«

Gregor konnte nicht anders, als in das Gelächter der Ratten einzustimmen.

»Nicht sehr geistreich, aber es erfüllte seinen Zweck«, sagte Twirltongue. »Ich fühlte mich sowohl durch den Inhalt des Gedichts als auch durch seine miserable Qualität erniedrigt.«

Gregor merkte, wie er nickte. Twirltongue hatte wirklich treffend beschrieben, wie Ripred vorging. »Als wärst du es noch nicht mal wert, dass man dich ordentlich beleidigt.«

»Ja! Genau!«, rief Twirltongue. Vergnügt tauschten die Ratten nun Geschichten über Ripreds Gemeinheiten aus, jede wollte die andere übertreffen.

Gregor entspannte den Arm, mit dem er das Schwert hielt, und ließ die Spitze auf dem Steinboden ruhen. Manchmal musste er sich über Ripred wundern. Wie gut kannte er ihn eigentlich? Vielleicht hatte Ripred wirklich Wahnvorstellungen über die Führung der Ratten, die Bedrohung, die der Fluch darstellte, und über Twirltongue und ihre Freunde. Vielleicht war Ripred ja verrückt.

Bei diesem Gedanken erschrak Gregor. Denn wenn Ripred verrückt war, wieso tat Gregor dann, was er sagte?

In diesem Moment drehte Twirltongue sich auf den Rücken und rekelte sich genüsslich. »Ach, Überländer, ach,

Krieger. Hätte ich dich doch schon vor Ripred kennengelernt«, sagte sie. »Aber da das nicht der Fall war, glaube ich, dass *jetzt* genau der richtige Zeitpunkt ist.«

Der Angriff traf Gregor völlig unvorbereitet. Als Reekwell auf ihn zusprang, konnte er gerade noch nach rechts ausweichen, ehe die Krallen der Ratte dort, wo Gregor gestanden hatte, über den Boden kratzten.

»Keine Krallen, Reekwell. Und kein Blut. Er muss ohne eine Spur verschwinden«, sagte Twirltongue heiter. »Brich ihm das Genick.«

Gregor hatte keine Zeit zu fragen, weshalb sie ihn umbringen wollten. Vermutlich, weil er der Krieger war. Die bloße Tatsache, dass er ein Mensch war, schien für die meisten Ratten Grund genug.

Gregor sprang auf, als sich Reekwell und Gushgore auf ihn stürzten und mit ihren dicken Schwänzen auf seinen Hals zielten. Er drückte sich an die Höhlenwand und wehrte die meisten Schläge mit dem Schwert ab. Er schob sich an der Wand entlang, um zu der Öffnung zu gelangen, die zurück nach Regalia führte. Mehrmals berührte sein Schwert den Schwanz einer Ratte, doch jedes Mal zog sie ihn im Reflex zurück, bevor er ihn abschlagen konnte. Gregor hatte gar keine Möglichkeit, richtig auszuholen, weil er die ganze Zeit die peitschenden Rattenschwänze abwehren musste.

Endlich merkte er, wie er sich in den Wüter verwandelte, und das gab ihm Auftrieb. Jetzt hatte er wenigstens eine

Chance gegen die Ratten. Sein Gesichtsfeld veränderte sich, er sah ganz deutlich die Stellen, die er treffen musste, sein Arm verschmolz mit dem Schwert. Er merkte, dass die Ratten irritiert waren, und wollte gerade zum Angriff übergehen, als es passierte.

Gushgores Schwanz zerschlug Gregors Taschenlampe, und alles wurde schwarz. Sofort verlor er die Orientierung. Oben, unten, rechts und links hatten keine Bedeutung mehr. Es gab nur die Dunkelheit und das hässliche Gelächter, das so ganz anders klang als das, was auf Twirltongues Gedicht gefolgt war.

Das Wütergefühl verpuffte. Gregor bekam weiche Knie, und sein Herz fing an zu rasen. Das war es! Die Situation, vor der Ripred ihn immer gewarnt hatte. Ohne Licht mit Ratten in einer Höhle. Ripred hatte nicht übertrieben. Und deshalb hatte er auch darauf bestanden, dass Gregor Ultraschallortung übte. Wenn Gregor sich nicht auf seine Augen verlassen konnte, war er hilflos wie ein Baby.

Gregor fuchtelte wild mit dem Schwert herum, doch er schlug nur in die Luft. Er hörte ein Zischen, und da wurde er auch schon von einem Rattenschwanz am Kopf getroffen und zu Boden geschleudert. Er landete auf allen vieren und krabbelte panisch in der Dunkelheit herum. Sein Schwert schleifte klirrend über den Boden. »Ripred!«, rief er verzweifelt. Wo steckte Ripred nur?

Jetzt traf ein Schlag Gregor am Hosenboden; er wurde in die Luft katapultiert und landete hart auf dem Bauch.

Es ist aus, dachte Gregor. Das war's jetzt.

Doch als er den Kopf hob, sah er einen Lichtschimmer. Der letzte Schlag hatte ihn in den Tunneleingang geschleudert, und von dort aus sah er den Schein der Lampe, die er in der runden Höhle abgestellt hatte. Im Nu war er auf den Beinen und rannte, so schnell er konnte, zu dem Licht. Es dauerte eine Weile, bis die Ratten reagierten, aber dann hörte er sie hinter sich. Er hatte einen Vorsprung, ob der jedoch ausreichte?

Das Licht wurde immer heller, und er schöpfte Hoffnung, obwohl die Ratten aufholten. Er warf das Schwert hinter sich, und eine Ratte schrie auf. Jetzt hatte Gregor beide Hände frei und rannte wie der Blitz die letzten zehn Meter bis zu der Lampe. Mit einer einzigen Bewegung hob er sie auf und wirbelte herum. In dem Moment, als Twirltongue in die Höhle kam, warf er die Lampe vor ihren Füßen zu Boden. Das verschüttete Öl entzündete sich, und eine schmale Feuerwand erhob sich. Twirltongues Fell wurde um das Maul herum versengt. Gregor hielt sich nicht länger auf. Er sauste die Treppe hinauf zum Palast.

Gregor rannte durch die steinerne Tür und schlug sie hinter sich zu. Seine Hände zitterten so sehr, dass es ihm kaum gelang, sie zu verriegeln. Als er den letzten Riegel vorgeschoben hatte, gaben seine Knie nach. Er setzte sich auf den Boden und lehnte sich gegen die Tür.

Dahinter war nichts zu hören. Die Ratten waren ihm nicht gefolgt. Langsam wurde er ruhiger, und seine Angst legte sich. An ihre Stelle trat ein anderes Gefühl: Gregor schämte sich zu Tode. Er dachte daran, wie er auf dem Boden herumgekrabbelt war. Wie er nach Ripred gerufen hatte. So schnell war er bereit aufzugeben. Der Krieger in seiner ganzen Herrlichkeit.

Gregor konnte kaum fassen, wie schnell Twirltongue ihn dazu gebracht hatte, an Ripred zu zweifeln. Sicher, Gregor hatte sich schon oft mit Ripred gestritten. Aber Ripred hatte ihm mehrmals das Leben gerettet, während er Twirltongue gerade erst kennengelernt hatte. Ripred hatte nicht übertrieben, was ihre Überredungskünste anging. Und wenn Gregor sich schon so leicht von ihr beeinflussen ließ, wie musste es dann erst dem Fluch gehen?

Als Gregor an der Schulter berührt wurde, wäre er fast an die Decke gesprungen. »Verzeih, Gregor«, sagte Vikus, »ich wollte dich nicht erschrecken.«

Gregor stand auf. »Schon gut. Was gibt's?«

»Ich habe dich gesucht. Ich sollte dir etwas von Ripred ausrichten. Dein Unterricht heute fällt aus«, sagte Vikus.

»Fällt aus?«, sagte Gregor. »Ach ja, ich war unten, um mich mit ihm zu treffen, aber er ist nicht aufgetaucht. Hat er gesagt, warum?«

»Er sagte, er habe etwas verloren und müsse es suchen. Ihr würdet den Unterricht aufnehmen, sobald er zurück sei«, sagte Vikus.

Etwas verloren. Das Einzige, was Ripred verloren haben könnte, war der Fluch. War er weggelaufen? Bestimmt war er außer sich gewesen, als er die Höhle verlassen hatte. Wahrscheinlich war er weggerannt, und jetzt machte Ripred Jagd auf ihn. Twirltongue und ihre Kumpane mussten ihn knapp verpasst haben.

»Weißt du, Vikus, wenn Ripred es schafft, unter die Stadt zu gelangen, dann können andere Ratten das bestimmt auch. Sie brauchen ja nur seinem Geruch zu folgen«, sagte Gregor. »Bist du sicher, dass die Tür stabil ist?«

»Sie hat schon vierhundert Jahre lang allen Angriffen getrotzt«, sagte Vikus.

Gregor schlug ein paarmal anerkennend dagegen. »Gut.«

»Wie kommt es, dass dir das auf einmal Sorgen bereitet?«, fragte Vikus.

Wenn Gregor Vikus von den Ratten erzählen wollte, dann wäre jetzt der richtige Zeitpunkt dafür. Aber Ripred hatte gesagt, er solle den Fluch nicht erwähnen, und Gregor hatte sich heute schon genug Schwierigkeiten dadurch eingehandelt, dass er nicht auf Ripred gehört hatte. Es war wohl besser, nichts zu verraten.

»Ich dachte nur«, sagte Gregor.

So musste er sich zumindest nicht damit auseinandersetzen, ob er den Fluch töten sollte oder nicht. Schließlich könnte der Fluch ja auch entkommen. Und wenn Ripred ihn irgendwo in den Tunneln fand, würde er ihn dann nicht gleich töten? Oder würde er sich vielleicht besinnen und versuchen, dem Fluch zu helfen? Aber das war wohl ziemlich unwahrscheinlich.

Gregor spielte in dieser Nacht die unterschiedlichsten Möglichkeiten durch, doch er glaubte an keine davon. Es gab eine Prophezeiung, von der ihm niemand erzählen wollte. Und diese Prophezeiung drehte sich um Gregor und den Fluch.

5. Kapitel

In den nächsten Wochen unternahm Gregor fast täglich einen Ausflug ins Unterland, doch von Ripred hörte er kein Wort. Er wusste nicht, was er daraus schließen sollte. Hatte Ripred die weiße Ratte einfach getötet und war dann wieder zur Tagesordnung übergegangen? Oder steckte er in Schwierigkeiten? Zwar gab es im ganzen Unterland niemanden, der so unverwüstlich war wie Ripred, aber als er so lange nichts von sich hören ließ, fragte Gregor sich allmählich, ob ihm nicht doch etwas zugestoßen war.

Gregor merkte, dass auch Vikus sich Sorgen machte. »Es sieht Ripred gar nicht ähnlich, mich so lange im Ungewissen zu lassen«, sagte er zu Gregor, der ständig gegen die Versuchung ankämpfte, Vikus alles zu verraten. Das durfte er auf keinen Fall. Nicht nur, weil Ripred ihn um Stillschweigen gebeten hatte, sondern auch, weil Vikus mit dem bevorstehenden Prozess gegen seine Frau Solovet genug Sorgen hatte; Gregor wollte ihn nicht noch zusätzlich belasten. Erst hatte es so ausgesehen, als würde Solovet mit einer Verwarnung davonkommen, allenfalls ihres Amtes enthoben werden. Doch als bekannt wurde, wie viele der Pest zum Opfer gefallen waren, forderten nicht nur die Ratten, sondern auch die Menschen immer lauter, dass man ihr den Prozess machen müsse. Die Leute sagten, die Forscherin Dr. Neveeve, die die Pestexperimente durchgeführt hatte und dafür hingerichtet worden war, sei nur der Sündenbock gewesen. Die eigentliche Verantwortung liege bei Solovet, die als Oberbefehlshaberin der Armee von Regalia angeordnet hatte, die Pest als Waffe zu entwickeln.

Also behielt Gregor seine Gedanken für sich und versuchte, die guten Seiten dieser Sommerferien zu sehen. Zum Beispiel, dass es seiner Mutter von Tag zu Tag besser ging, dass es Lizzie, ihren Briefen nach zu urteilen, im Ferienlager richtig gut gefiel und dass man im Unterland, wenn man nicht gerade angegriffen wurde, großen Spaß haben konnte. Man konnte schwimmen, Höhlen erforschen und auf Fledermäusen Ballspiele machen. Und ab und zu gab es sogar ein Fest.

Eines Morgens, Gregor und Boots waren gerade in der Hohen Halle gelandet, kam Hazard mit einer kleinen Papierrolle in der Hand auf Gregor zugestürmt. »Das ist eine Einladung! Zu meiner Geburtstagsfeier! Ich werde sieben! Ihr kommt doch, oder?«, platzte er heraus, bevor Gregor die Rolle überhaupt öffnen konnte.

»Klar kommen wir«, sagte Gregor. »Und was wünschst du dir?«

»Ich weiß nicht«, sagte Hazard. Er schaute Hilfe suchend zu Luxa.

»Vielleicht würde er sich über irgendetwas aus dem Überland freuen. Etwas, das es bei uns nicht gibt«, schlug sie vor.

Hazard nickte heftig. »Ja, irgendwas, was ich noch nie gesehen habe!«

»Hm, da muss ich mal überlegen ...«, sagte Gregor. Aber er hatte schon eine Idee.

Die Geige aus dem Museum hatte ziemlich viel Geld gebracht. So viel, dass sie ein halbes Jahr davon leben konnten. Im Moment mussten sie nicht auf jeden Cent achten. Also fuhr Gregor am Morgen von Hazards Geburtstag mit Boots zu dem großen Spielwarenladen im Zentrum, um ein Geschenk zu besorgen. Gregor fand sofort, was er suchte: eine Plastikscheibe mit zahlreichen Abbildungen von Tieren. Man drehte einen Pfeil, bis er auf ein Tier zeigte, und wenn man dann einen Hebel herunterdrückte, war der entsprechende Tierlaut zu hören. Hazard war ein begnadeter Tierstimmenimitator, und Gregor war sich ziemlich sicher, dass er sich über das Spielzeug freuen würde. Boots fand noch ein paar Dschungeltiere dazu, und weil sie überhaupt nicht gequengelt hatte, dass sie auch etwas haben wollte, erlaubte Gregor ihr, sich etwas auszusuchen.

Das war etwas ganz Besonderes, und Boots nahm die Sache sehr ernst. Sie probierte fast jedes Spielzeug in der Abteilung für Kindergartenkinder aus, bis sie das Richtige gefunden hatte – ein Prinzessinnenkostüm. Es bestand aus drei Teilen: einem Plastikkrönchen mit Glitzersteinen, einem hauchzarten rosa Röckchen mit Gummizug und einem Zepter, das auf Knopfdruck leuchtete. Boots war hin und weg. »Kann ich das haben, Gre-go? Weil ich eine Pinzessin bin?«, fragte sie hoffnungsvoll.

»Okay, Pinzessin. Tu's in den Korb«, sagte er.

Aber sie konnte sich nicht davon trennen. Sie trug es den ganzen Weg bis nach Hause, hielt es fest an die Brust gepresst und murmelte hin und wieder: »P wie Pinzessin.« Kaum waren sie in der Wohnung, musste Boots ihr Prinzessinnenkostüm anziehen, das wirklich hinreißend aussah, und dann machten sie sich auf ins Unterland zu Hazards Geburtstagsfeier.

Mrs Cormaci kam aus ihrer Wohnung und drückte Gregor eine Sofortbildkamera in die Hand. »Ich will unbedingt Fotos sehen. Und mach auch ein paar für das Geburtstagskind, damit es ein Andenken an seinen großen Tag hat.«

Luxa hatte sich bei den Vorbereitungen wahnsinnig ins Zeug gelegt. Die Arena war mit leuchtend bunten Stoffbahnen geschmückt. Eine lange Festtafel war über und über mit Speisen beladen. Auf dem Ehrenplatz stand eine riesige Torte, die mit Fledermäusen, Kakerlaken und anderen Tieren verziert war. Und eine Gruppe Musikanten spielte fröhliche Musik.

Hazard rannte Gregor und Boots entgegen, und Gregor überreichte sofort die Geschenke. Hazard war von Gregors Geschenk so fasziniert, dass er sich auf der Stelle ins Moos setzte und anfing zu spielen. Immer wieder drückte er den Hebel herunter, weil er hören wollte, wie das Pferd wieherte, der Truthahn kollerte und der Hund bellte. Nach ein paar Minuten ermahnte Luxa ihn sanft, er müsse sich auch mal wieder um seine Gäste kümmern.

Lauter aufgedrehte Kinder, herumwirbelnde Fledermäuse und sogar ein Dutzend Kakerlaken tummelten sich in der Arena. Die Kakerlaken scharten sich sofort um Boots, sprachlos vor Bewunderung für ihre Aufmachung. Boots kletterte auf den breiten schwarzen Rücken ihres Freundes Temp und führte das Zepter vor, indem sie es an- und ausknipste.

»Was hat das Kind denn da an?« Gregor drehte sich um und sah seine Mutter, die in Decken gewickelt auf einem Stuhl an der Festtafel saß. Sie schaute zu Boots und schüttelte belustigt den Kopf.

»Sie ist eine Prinzessin, Mom«, sagte Gregor. »Da kannst du nicht erwarten, dass sie in abgetragenen Klamotten zu einem Fest geht.« Er umarmte seine Mutter. »Und, wie ist es, aus dem Krankenhaus raus zu sein?«

»Göttlich«, sagte seine Mutter.

Gregor holte die Kamera von Mrs Cormaci hervor, um ein paar Fotos zu machen. Keiner ahnte, was er vorhatte, bis er Hazard und Thalia dazu überredet hatte, einmal einen

Moment nicht herumzurennen, und ein tolles Bild von den beiden machte, wie sie Arme und Flügel umeinandergeschlungen hatten. Verblüfft schauten die Unterländer zu, wie sich das Foto langsam entwickelte. Sie hatten sich noch nie auf einem Foto gesehen. Es kam ihnen vor wie Zauberei. Als Gregor ein paar Kinder für ein Gruppenfoto versammelte, standen sie stocksteif und mit ernster Miene da. Gregor musste sie ungefähr zehnmal »Spaghetti« sagen lassen, bis sie kicherten und das Ganze nicht mehr so ernst nahmen.

Luxa kündigte die Eröffnung des Tanzes an, und Gregor setzte sich schnell neben seine Mutter. Selbst im Überland war er kein großer Tänzer, und er hatte keine Lust, sich hier vor einem Haufen Leute zum Affen zu machen, die … ja, was eigentlich? Menuette tanzten oder so etwas? Jedenfalls irgendwas mit Schritten.

Doch alle Unterlandkinder und auch einige Erwachsene strömten in die Mitte der Arena, um mitzumachen. Der erste Tanz hieß »Fledermaus« und war ein Paartanz. Ein kleiner Chor sang zu der Musik, aber auch viele der Kinder kannten den Text. Boots, die das Lied im Spielzimmer gelernt haben musste, war sofort dabei. Sie tanzte mit Hazard und sang:

Fledermaus
Komm nach Haus
Ich geb dir ein Stück Schinken
Camembert zum Dessert
Und dann noch was zu trinken.

Dabei stellte ein Tänzer eine herumflatternde Fledermaus dar, während der andere so tat, als würde er ihr etwas zu essen anbieten, um sie an seine Seite zu locken. Wie Gregor schon vermutet hatte, wurden die Worte von bestimmten Schritten und Gesten begleitet.

»Komisch. Irgendwoher kenne ich das Lied«, sagte er zu seiner Mutter.

»Es steht in Boots' Buch mit Kinderversen«, sagte sie. »Das hab ich dir vorgelesen, als du klein warst. Es ist uralt.«

»Ach ja, stimmt«, sagte Gregor. Er hatte Boots das Buch auch schon vorgelesen, aber er war nicht darauf gekommen, dass er das Lied daher kannte. Es war merkwürdig, sich vorzustellen, dass Luxa und er vielleicht dieselben Verse gehört hatten, als sie so klein waren wie Boots.

Die Musikanten spielten noch ein paar andere Lieder, eins von Spinnern, die ein Netz bauten, eins über eine Bootsfahrt, und dann gab es eine kurze Pause.

Erhitzt und atemlos gesellten sich Luxa, Howard, Hazard und Boots zu Gregor und seiner Mutter.

»Warum tanzt du nicht, Gregor?«, fragte Hazard.

»Ich kann keine Tänze, Hazard«, sagte Gregor.

»Stimmt ja gar nicht«, sagte seine Mutter. »Du kannst doch den Hokey Pokey.«

»Den Hokey Pokey? Was ist das denn? Zeigst du uns den?«, bat Hazard.

Gregor hielt die Kamera hoch. »Tut mir leid, ich mach die Fo…«, setzte er an.

»Klar zeigt er ihn euch!«, sagte seine Mutter und riss ihm die Kamera aus den Händen.

Und dann wurde Gregor zu seinem Entsetzen in die Mitte gezerrt, wo er zweihundert Leuten den Hokey Pokey beibringen sollte. Und er musste nicht nur tanzen, er musste auch dazu singen, bis die Musikanten den Dreh raushatten und einstimmen konnten. Zum Glück war Boots bei ihm und hopste begeistert mit. Gregor selbst wäre am liebsten im Moos versunken und verschwunden. Zumal Luxa und Howard am Rand standen und sich über sein offensichtliches Unbehagen halb totlachten. Der Hokey Pokey war nicht gerade gut für sein Krieger-Image.

Bei den Unterlandkindern war das Lied jedoch ein echter Hit, und sie lernten so schnell, dass Gregor sich schon beim zweiten Durchgang unauffällig auf seinen Platz verziehen konnte.

»Vielen Dank, Mom«, sagte er.

»War mir ein Vergnügen«, sagte sie.

Als die nächste Nummer angekündigt wurde, riefen die Kinder: »Wer ist die Königin?«

»Luxa natürlich!«, rief Hazard und lief zu ihr hin. Sie protestierte zwar, als er sie mitten in einen großen Kreis zog, aber eigentlich schien es ihr nichts auszumachen. Warum auch? Luxa schien das Tanzen so leichtzufallen wie einem Vogel das Fliegen. Während die Kinder in die Hände klatschten und sich in eine Richtung drehten, drehte Luxa sich in die andere.

Beim Feuertanz nimm dich in Acht
Sieh die Königin der Nacht.
Gold verströmt sie, heisse Pracht.
Vater, Mutter, Schwester, Bruder
Fort. Und wer weiss, ob wir uns sehen
An einem anderen Ort.

Als Nächstes traten etwa zehn Kinder zu ihr in den Kreis und taten so, als wären sie Huscher – so wurden im Unterland die Mäuse genannt.

Fang die Huscher in dem Loch
Sieh sie blitzschnell wirbeln noch
Dann ganz still, sie schlafen doch.
Vater, Mutter, Schwester, Bruder
Fort. Und wer weiss, ob wir uns sehen
An einem anderen Ort.

Bei der letzten Strophe taten, soweit Gregor es erkennen konnte, alle so, als ob sie einander Kuchen servierten und Tee einschenkten.

Jetzt kommen alle Gäste rein.
Wir grüssen sie, so soll es sein.
Wir schneiden ab, wir giessen ein.
Vater, Mutter, Schwester, Bruder
Fort. Und wer weiss, ob wir uns sehen
An einem anderen Ort.

Gregor wurde aus dem Text nicht recht schlau, aber die Tänzer schienen alle genau zu wissen, was sie taten. Wahrscheinlich waren viele der Kinderlieder im Überland auch verwirrend. Vor allem die alten. »Auf der Mauer, auf der Lauer«, »Ringel Ringel Reihe« oder »Tanz, tanz, Quiselche«. Was sollten sie bedeuten?

Kurz darauf stand Gregor am Büfett und wollte sich gerade etwas auf den Teller häufen, als Luxa kam und ihn bei der Hand nahm. »Komm, Gregor. Hazard sagt, du musst diesen Tanz mit mir tanzen.«

»Luxa, ich kann nicht tanzen, okay? Das müssten doch jetzt alle kapiert haben«, sagte Gregor.

»Aber es ist ein ganz einfacher Tanz, und das Lied sagt dir genau, was du zu tun hast. Komm schon«, bat sie. »Sonst denkt Hazard, es gefällt dir nicht auf seinem Fest.«

Gregor seufzte und stellte seinen Teller widerstrebend wieder hin. »Na gut, aber nur diesen einen Tanz.« Er ließ sich von Luxa auf die Tanzfläche führen. Wieder wurde ein Kreis gebildet, aber diesmal hatte jeder einen Partner.

»Am Anfang musst du dich vor mir verbeugen, danach folge einfach den Worten«, sagte Luxa. Plötzlich setzte die Musik ein, und Gregor verbeugte sich wie eine Zeichentrickfigur.

Tanz mit mir, wir wolln es wagen
Gib mir die Hand, ohne zu zagen
Eins, zwei, drei Schritt vor

Eins, zwei, drei zurück
Einmal rund
Hoch das Pfund
Jetzt musst du nichts mehr tragen.

Er schlug sich eigentlich ganz tapfer. Nur der letzte Teil mit »Hoch das Pfund, jetzt musst du nichts mehr tragen« war etwas knifflig. Er musste Luxa hochheben, sie herumwirbeln und wieder absetzen. Das tat er auch, etwa vier Takte später als alle anderen, dann war Luxa plötzlich verschwunden, und er schlängelte sich im Kreis herum, fasste eine Hand und dann eine andere, bis er Luxa wieder gegenüberstand und sich vor ihr verbeugte.

Tanz mit mir, kein Grund zu trauern
Gib mir die Hand, lass das Bedauern
Eins, zwei, drei Schritt vor
Eins, zwei, drei zurück
Einmal rund
Hoch das Pfund
Und dann vor Glück erschauern.

Dann ging es wieder im Kreis herum. Bei der dritten Strophe fing es Gregor tatsächlich an Spaß zu machen, was er natürlich nie zugegeben hätte.

Tanz mit mir, sei froh im Reigen
Gib mir die Hand und lass dir's zeigen
Eins, zwei, drei Schritt vor
Eins, zwei, drei zurück
Einmal rund
Hoch das Pfund
Und dann zum Ende neigen.

Dann gingen alle einen Schritt zurück und verbeugten sich zum Abschluss. Als Gregor sich wieder aufrichtete, schaute er Luxa direkt in die violetten Augen. Ihre Wangen waren rosarot vom Tanzen. Sie lachte, aber sie lachte ihn nicht aus.

»Du warst sehr gut«, sagte sie.

»Ja, stimmt«, sagte Gregor.

In diesem Moment gab es zwei Überraschungen. Erstens merkte Gregor plötzlich, dass er Luxa hübsch fand. Und zweitens fiel eine goldene Krone vom Himmel und landete auf dem Boden, genau zwischen ihnen.

6. Kapitel

Automatisch schaute Gregor nach oben, um zu sehen, woher die Krone gekommen war. Eine große, schwarz-orange getupfte Fledermaus kreiste über ihnen. Gregor erkannte sie als eine der Fledermäuse, die häufig Botschaften überbrachten.

»Für Euch, Eure Hoheit«, sagte die Fledermaus. »Von einer Huscherin, die ich am Queenshead traf. Sie sagte, Ihr wüsstet schon, was es zu bedeuten hat.«

Luxa lachte. »Es bedeutet, dass ich mal wieder vergessen habe, wo ich meine Krone hingelegt habe, Hermes. Ich danke dir für deine Mühe.«

Die Fledermaus flog davon. Luxa hob die Krone auf und ging vom Platz. Sie winkte Aurora.

Verwirrt lief Gregor ihr nach. »Sag mal, ist das nicht die Krone, die du den Mäusen für den Fall gegeben hast, dass …«

Luxa packte ihn am Arm und sagte leise: »Gregor, bitte, sprich zu niemandem darüber, was ich an jenem Tag sagte. Und lass Hazard und Nike nicht wissen, dass mir die Krone gesandt wurde. Auch sie könnten sich erinnern, was es bedeutet, und darüber reden.« Sie schaute sich ängstlich in der Arena um. Hazard zeigte Howard gerade die Tiere auf der Geburtstagstorte. Nike war eben noch da gewesen, aber jetzt war sie nicht mehr zu sehen.

»Na und? Wieso soll das keiner wissen?«, fragte Gregor.

»Das werde ich dir nach dem Fest erklären. Ich bitte dich, Stillschweigen zu bewahren, bis wir Gelegenheit zu einem Gespräch unter vier Augen haben«, sagte Luxa.

»Okay«, sagte Gregor verwirrt.

Luxa ging ein paar Schritte, dann sprang sie hoch und landete auf Auroras Rücken.

Gregor schaute in die Menge, um festzustellen, ob jemand mitbckommen hatte, was da gerade Merkwürdiges passiert war. Doch selbst wenn – als Luxa den Mäusen die Krone gegeben hatte, waren nur Gregor, Aurora, Nike, Hazard und Boots dabei gewesen. Das war im Dschungel, als sie nach Regalia zurückkehren wollten. Luxa hatte den Mäusen zum Dank dafür, dass sie ihr und Aurora das Leben gerettet hatten, die Krone gegeben und gesagt … Was hatte sie noch gesagt? Jetzt fiel es ihm wieder ein. »Solltet ihr je meine Hilfe brauchen, zeigt einem unserer Kundschafter meine Krone. Dann werde ich alles tun, was in meiner Macht steht, um euch zu helfen.«

Jetzt war die Krone da, also steckten die Mäuse offenbar in Schwierigkeiten. Aber warum machte Luxa so ein Geheimnis darum? Wenn die Mäuse wirklich in Gefahr waren, müsste man dann nicht die Wachen alarmieren oder so?

Kurz darauf war Luxa schon wieder da, sprang von Auroras Rücken und landete neben Hazard. »Wird es nicht Zeit, dass wir die Torte anschneiden?«, sagte sie fröhlich.

Gregor schaute auf und sah, wie Aurora und Ares nebeneinander auf der Tribüne landeten. Sie kauerten sich zusammen, ihre Köpfe berührten sich, und sie redeten über irgendetwas. Was war los?

Ein paar Minuten später kam Boots auf Gregor zugerannt und rief begeistert: »Gre-go! Mama sagt, wir können hier schlafen!« Also blieben sie offenbar über Nacht.

»Toll, Boots«, sagte er, hob sie schwungvoll hoch und setzte sie sich auf die Hüfte. Dann ging er zu seiner Mutter, um noch einmal nachzufragen.

»Das war Luxas Idee. Heute Abend gibt es für Hazard ein Festessen mit der Familie, und er hätte euch beide gern dabei. Wir haben eine Fledermaus hochgeschickt, damit sie im Wäschekeller eine Nachricht für euren Vater hinterlegt«, sagte Gregors Mutter.

»Super«, sagte Gregor, aber er wusste, dass irgendwas im Gange war. Er versuchte Luxas Blick aufzufangen, doch sie wich ihm hartnäckig aus. Und das über Stunden. Weder auf dem Fest noch beim Abendessen gelang es ihm, ihre Aufmerksamkeit auf sich zu lenken.

Ares war auch keine Hilfe. »Was hat das mit Luxa und der Krone zu bedeuten?«, fragte Gregor ihn, als sie zum Abendessen flogen.

»Das kann ich dir nicht sagen«, gab Ares zur Antwort. Was ebenso gut »Ich weiß es nicht« wie »Ich kann nicht darüber sprechen« heißen konnte. Gregor vermutete Letzteres.

Erst als Hazard und Boots in den königlichen Gemächern im Bett lagen und tief und fest schliefen, wurde Luxa mitteilsamer. Sie setzten sich im Salon um den Kamin herum, nur Gregor, Luxa, Ares und Aurora. Obwohl die Wachen, die vor der Wohnung standen, ein gutes Stück entfernt waren, bestand Luxa darauf, dass sie im Flüsterton sprachen. »Die Huscher werden bedroht. Wenn sie mir die Krone schicken, muss es ernst sein, denn sie sind einfallsreich und haben schon viele Schwierigkeiten gemeistert«, sagte sie.

»Dann lasst uns zu Vikus gehen, damit er uns Hilfe bereitstellt«, sagte Gregor.

»Nein!«, sagten die anderen drei wie aus einem Mund.

»Er müsste den Rat informieren, Überländer«, sagte Ares. »Und der Rat würde keine Maßnahmen ergreifen – es gibt zu wenig Hinweise auf eine Bedrohung, und durch die Pest herrscht noch immer ein so großes Durcheinander.«

»Außerdem würden sie mich bewachen lassen«, sagte Luxa unglücklich. »Denn sie wüssten, dass ich mich damit nicht zufriedengeben würde. Sie wissen, dass ich den Huschern zugetan bin und in ihrer Schuld stehe. Sie würden mich nicht aus den Augen lassen, um sicherzugehen, dass ich Regalia nicht verlasse.«

»Obwohl du die Königin bist?«, fragte Gregor.

»Gerade weil sie die Königin ist. Sie wollen nicht, dass sie sich noch einmal in Gefahr begibt«, sagte Ares.

»Deshalb müssen wir selbst herausfinden, was hinter alledem steckt«, sagte Aurora. »Wenn wir mehr in Erfahrung bringen, können wir dem Rat auch stichhaltige Gründe liefern, um den Huschern zu helfen.«

»Moment mal. Ganz langsam. Wir, das sind also wir vier, und was sollen wir nun genau tun?«, sagte Gregor.

»Heute Nacht zum Queenshead fliegen«, sagte Luxa.

»Leben da die Mäuse? Im Dschungel?«, fragte Gregor. Der Name kam ihm irgendwie bekannt vor, aber er konnte ihn nicht einordnen.

»Nein, es ist nur ein Wahrzeichen in dem Gebiet westlich von hier. Doch Hermes sagte, dass er dort die Huscherin traf, die ihm meine Krone gab«, sagte Luxa. »Ganz sicher wartet sie noch immer am Queenshead, um mich zu treffen. Kommst du mit, Gregor?«

Einerseits wusste Gregor, dass das keine gute Idee war, Vikus und dem Rat nichts zu sagen, etwas hinter dem Rücken seiner Mutter zu tun. Wenn sie wüsste, dass er im Unterland herumflog, würde er für den Rest des Sommers Hausarrest bekommen. Und zwar nicht in Regalia, sondern in seiner Wohnung in New York.

Andererseits hatte im Moment offenbar niemand Vertrauen zu Vikus. Vielleicht ging es den Mäusen wirklich schlecht. Die anderen drei würden so oder so hinfliegen, und wenn Gregor nicht mitkam, ließ er nicht nur seine Freunde im Stich, sondern auch die Fledermaus, mit der er verbunden war. Angenommen, sie gerieten in Gefahr und Ares bräuchte ihn? Wenn sie sofort losflogen und nur mit der Maus redeten, die die Krone geschickt hatte, waren sie dann wohl zurück, bevor seine Mutter aufwachte?

»Wie weit ist es bis zum Queenshead?«, fragte er.

»Es ist ein kurzer Flug. Wir könnten hin- und zurückfliegen, ehe uns jemand vermisst«, sagte Luxa schnell.

»Das müsste gehen. Aber wie sollen wir aus dem Palast rauskommen, ohne dass man uns sieht?«

Luxa und Ares tauschten einen Blick. »Henry kannte einen Weg«, sagte Ares. »Aurora und ich erwarten euch bei der Falltür.«

»In Ordnung. Gebt uns fünf Minuten Vorbereitungszeit«, sagte Luxa.

Sie zogen sich dunkle Kleider an. Luxa hatte Fackeln, doch sie machten noch schnell einen Abstecher ins Museum, damit Gregor eine Taschenlampe holen und am Unterarm befestigen konnte. Zwar war dieser Ausflug angeblich nicht gefährlich, aber nach der Begegnung mit Twirltongue und ihren Freunden hatte Gregor solche Angst davor, ohne Licht dazustehen, dass er lieber gewappnet war. Sie machten bei einer der vielen Waffenkammern des Palasts halt und deckten sich mit Schwertern ein. Luxa entschied sich für eine leichte Waffe mit einer langen, dünnen, dreischneidigen Klinge, die in einer gefährlichen Spitze auslief. Sie hatte Gregor einmal erzählt, dass sie solche Schwerter bevorzugte, weil sie sich für ihren akrobatischen Kampfstil am besten eigneten. Gregor nahm eins von den schwereren Schwertern, die Mareth ihm beim Training empfohlen hatte. Die Klinge war flach, etwa zweieinhalb Zentimeter breit und scharf wie ein Rasiermesser. Auf Zehenspitzen schlichen sie durch die Gänge, wichen den Wachen aus und kamen in einen Trakt des Palasts, den Gregor noch nicht kannte.

Der Geheimgang begann in einem Spielzimmer, das nicht mehr benutzt wurde, seit der große, freundliche Raum, in dem Boots immer spielte, eingerichtet worden war. Der alte Raum wirkte gespenstisch. Auch hier hatte Sandwich sich aufgehalten, er hatte lauter Tiere in die Wände graviert. Sie sollten den Raum gemütlicher machen. Doch im flackernden Schein der Fackeln bekamen die Tiere etwas Bedrohliches, ihre Augen traten hervor, und ihre Mäuler wirkten riesig. Gregor fühlte sich, als säße er in der Falle. Selbst wenn man sich Kinder und Spielsachen dazudachte, wirkte der Raum unfreundlich.

»Ich habe es hier nie gemocht«, sagte Luxa mit gerunzelter Stirn. »Zum Glück gab es das neue Spielzimmer bereits, als ich zur Welt kam. Doch Henry hat hier die ersten Jahre seines Lebens verbracht.«

Vielleicht war er deshalb so verkorkst, dachte Gregor, aber das sagte er nicht laut. Es fiel Luxa jetzt nicht mehr so schwer, über Henry zu sprechen. Die Wunden, die ihr Cousin ihr mit seinem Verrat zugefügt hatte, heilten allmählich. Aber es war noch immer ein heikles Thema und nichts, worüber sie Witze gemacht hätte.

»Hier ist der Eingang«, sagte Luxa. Sie blieb vor einer großen steinernen Schildkröte stehen, die an der hinteren Wand stand. Sie erinnerte Gregor an die großen Eisenschildkröten im Central Park, auf denen Boots so gern herumkletterte. Mit dem Unterschied, dass diese Schildkröte grimmig guckte und das Maul geöffnet hatte, als wollte sie gleich zuschnappen.

»Himmel«, sagte Gregor. »Die fanden die Kinder bestimmt toll.«

»Nein, sie mieden sie. Außer Henry, der auf ihrem Rücken ritt und Gruselgeschichten über sie ersann. Und eines Tages, als die anderen Mittagsschlaf hielten, fand er den Mut, das hier zu tun.« Luxa steckte den Arm in das Maul der Schildkröte, tastete darin herum und drehte an etwas. Es klickte, und auf der einen Seite öffnete sich der Panzer der Schildkröte ein kleines bisschen. »Er schloss den Panzer wieder, ehe jemand seine Entdeckung bemerken konnte, aber in der Nacht schlich er sich wieder ins Spielzimmer und öffnete ihn.« Luxa klappte den Panzer auf, und jetzt wurde eine Treppe sichtbar. »Das hier zeigte er mir, als ich acht war. Es war unser Geheimnis, Henrys und meins.« Einen Moment lang sah sie traurig aus, dann guckte sie wieder entschlossen. »Lass uns gehen.«

Gregor musste seitlich hinuntersteigen, so schmal war die Treppe. Die Luft roch alt, als wäre sie seit Sandwichs Zeit dort eingesperrt gewesen. Gregor hatte das Schwert in den Gürtel gesteckt, doch als es gegen die Steinwand schlug, sagte Luxa, er solle es lieber in die Hand nehmen. »Wir befinden uns in einer Wand des Palasts«, flüsterte sie. »Man darf uns nicht hören.«

Es dauerte ewig, bis sie unten ankamen, wo eine weitere Schildkröte sie erwartete. Diese schien zu lachen. Doch ihr hämisches Grinsen war noch unheimlicher als der wütende Blick der ersten Schildkröte. Luxa entriegelte den Panzer auf dieselbe Weise. Als sie den Panzer aufklappte, schlug Gregor kühle, feuchte Luft ins Gesicht. Er schaute hinunter in die Öffnung. Es war nichts zu sehen, aber er erahnte einen großen, offenen Raum. Instinktiv trat er ein paar Schritte zurück.

»Was ist da unten?«, fragte er.

»Der Woog. Das ist ein See, der von einer Quelle gespeist wird. Ein großer Teil des kalten Wassers in Regalia kommt von dorther«, sagte Luxa. »Wir müssen hinunter.«

Ehe er etwas sagen konnte, war Luxa schon in die Öffnung getreten und verschwunden.

»He!«, rief er überrascht und beugte sich über das Loch. Er hörte nicht, ob Luxa im Wasser landete. Er konnte sie nicht sehen, aber das Licht ihrer Fackel wurde von dem Wasser fünf Meter unter ihm zurückgeworfen.

»Lass dich fallen, Überländer«, hörte er Ares schnurren.

Na super. Endlich mal wieder eine Gelegenheit, sich in ein dunkles Nichts zu stürzen. Bringen wir es lieber hinter uns, dachte Gregor. Er schob das Schwert in den Gürtel und hielt die Fackel fest. Einen Augenblick balancierte er am Rand des Abgrunds, dann machte er einen kleinen Satz und sprang hinunter. Wenige Sekunden später hatte Ares ihn aufgefangen.

Nach etwa einer Stunde Flug kamen sie am Queenshead an, der sich als große Felsformation mitten in einer riesigen Höhle entpuppte. Der Fels erinnerte ganz entfernt an einen Frauenkopf mit einer Krone.

Als sie am Fuß des Felsens landeten, rief Luxa aufgeregt: »Sieh nur, Aurora, da ist Cevian! Da ist sie!«

Gregor entdeckte ein kleines pelziges Etwas, das sich am Felsen zusammengekauert hatte. Es war eine Maus, die, während sie auf sie gewartet hatte, offenbar eingeschlafen war. Das ist ein gefährlicher Platz für ein Nickerchen, dachte er. Man kann viel zu leicht gesehen werden.

»Cevian!«, rief Luxa. »Wach auf! Wir sind da!«

Ares landete vor Aurora, deshalb war Gregor schneller bei Cevian als Luxa. Er wusste es schon fast, bevor er den kalten, steifen Körper berührte und die Wunde am Kopf der Maus sah, dort, wo sie getroffen worden war.

Gregor drehte sich um und fasste Luxa bei den Schultern, als sie angerannt kam. Er fand es schrecklich, es ihr sagen zu müssen, aber er wollte nicht, dass sie es selbst entdeckte.

»Sie wacht nicht auf, Luxa«, sagte er. »Sie ist tot.«

7. Kapitel

»Was?« Luxa schob ihn zur Seite und lief schnell zu der Maus. »Cevian?« Doch dann berührte sie den Körper. »Oh, Cevian«, sagte sie und kniete sich hin. Sie ließ ihre Hand auf einer Pfote der Maus liegen.

»Cevian hat uns damals im Dschungel gefunden«, sagte Aurora. »Ohne sie wären wir verloren gewesen.«

Gregor wusste, dass Aurora mit »verloren« »tot« meinte. Auf der Suche nach dem Fluch waren Luxa und Aurora in einem Labyrinth der Ratten von ihren Freunden getrennt worden. In einer Schlacht, in der sie zahlenmäßig hoffnungslos unterlegen waren, hatten sie die Ratten so lange in Schach gehalten, dass Temp mit Boots entkommen konnte, dann waren sie selbst geflohen. Stundenlang hatten sie in den Gängen des Labyrinths festgesteckt, ehe sie einen Ausgang fanden. Leider führte der geradewegs in einen düsteren Dschungel, wo Aurora sich den Flügel ausrenkte. Die

Mäuse gewährten ihnen Unterschlupf und retteten ihnen das Leben.

»Wenn die Schmerzen unerträglich wurden, hat sie sich zu mir gesetzt und mich mit Geschichten und Wortspielen abgelenkt«, sagte Aurora. »Sie wollte um jeden Preis verhindern, dass ich die Hoffnung aufgebe …«

»Ich habe ihr vertraut«, sagte Luxa leise. Die Worte blieben in der Luft hängen. Gregor dachte, dass das aus Luxas Mund wahrscheinlich das höchste Lob war. Die Zahl derjenigen, denen sie vertraute, war, vor allem seit Henrys Verrat, fast gleich null. Aurora. Ares. Vielleicht noch Nerissa. Gregor bezweifelte, dass Vikus dazugehörte, und er selbst ganz bestimmt nicht. Vor ein paar Monaten jedenfalls, als Luxa ihn im Dschungel im Treibsand versinken lassen wollte, hatte sie ihm nicht vertraut, und das nur, weil er mit ein paar Ratten zusammen gewesen war.

Cevian musste schon eine besondere Persönlichkeit gewesen sein, wenn sie es auf Luxas Liste geschafft hatte.

»Es tut mir leid, dass eure Freundin tot ist«, sagte Gregor.

»Mir auch«, sagte Ares.

Aurora flatterte leicht mit den Flügeln, aber Luxa schien gar nichts zu hören.

»Wer hat dich umgebracht, Cevian?«, fragte Luxa und strich der Maus über die weichen Ohren. »Und warum? Und weshalb sandtest du mir meine Krone? Heute Nacht steckst du voller Geheimnisse.«

Luxa stand auf und vergrub das Gesicht in Auroras goldenem Fell. Die Fledermaus schlang die Flügel um sie. Die Umarmung dauerte nicht lange.

»Dies ist weder die Zeit noch der Ort zum Trauern«, sagte Luxa.

»Wir müssen in den Dschungel«, sagte Aurora.

Darauf war Gregor nicht vorbereitet. »Jetzt gleich?«

»Cevian wurde getötet. Wir wissen nicht, warum. Nur, dass sie zum Queenshead kam, weil die Huscher in großer Gefahr sind. Da sie nichts mehr erzählen kann, müssen wir in den Dschungel, um die zu finden, die es können«, sagte Aurora düster. »Wir müssen herausfinden, was die Huscher bedroht. Wir müssen Cevians Tod rächen.«

Das waren große Worte für Aurora. Wenn Gregor dabei war, sprach sie nicht viel, und wenn, dann nur in kurzen, leisen Sätzen. Obwohl Gregor drei Reisen mit Aurora unternommen hatte, kannte er sie nicht besonders gut.

»Kehre um, wenn dein Magen dafür zu schwach ist. Aurora und ich finden uns im Dschungel auch allein zurecht«, sagte Luxa.

Wenn dein Magen dafür zu schwach ist? Dachte sie etwa, er hätte Angst? Gregor wurde wütend, denn tatsächlich spürte er es als Erstes im Magen, wenn er Angst hatte.

»Du und Aurora im Dschungel? Das hat letztes Mal aber nicht so toll hingehauen«, sagte Gregor.

Luxa schaute ihn finster an. »Geh nach Hause, Überländer. Deine Hilfe ist hier nicht mehr erwünscht«, sagte sie und schwang sich auf Auroras Rücken. »Wenn du ihn zurückgebracht hast, weißt du ja, wo du uns findest, Ares.«

Aurora erhob sich in die Lüfte und flog schnell davon, weg von Regalia.

Mann, Luxa konnte wirklich nerven! Sie wusste genau, dass er ihr im Dschungel helfen würde, wenn sie ihn fragte. Warum musste sie das Ganze so drehen, dass es zu einer Beleidigung wurde? Zu einer Mutprobe?

Ares rutschte unbehaglich hin und her. »Im Dschungel lauern viele Gefahren.«

»Hm-hm. Ich war ja schon mal da«, sagte Gregor.

»Sogar die Pflanzen greifen dich an«, sagte Ares.

»Wie man an meinen Narben sieht«, sagte Gregor.

»Luxa ist gereizt, weil sie großen Kummer hat«, sagte Ares.

Wütend sagte Gregor: »Ares, wir wissen doch beide genau, dass wir ihr nachfliegen! Lass uns nur ein paar Minuten warten, damit es so aussieht, als müsstest du mich erst dazu überreden, okay?«

Ares lachte ausnahmsweise einmal. »Huh-huh-huh.«

Gregor schüttelte den Kopf, dann musste er selber lachen. Als sein Blick auf die Maus fiel, verstummte er. »Was sollen wir mit Cevian machen? Ich finde es schrecklich, sie hier liegen zu lassen. Irgendein Tier wird vorbeikommen und sie fressen.«

»Das sollen Luxa und Aurora entscheiden. Sie war ihre Freundin«, sagte Ares.

»Ja, da hast du wohl recht«, sagte Gregor. Er bemerkte eine Spalte am Fuß des großen Felsens. »Wir könnten sie zumindest da hineinlegen. Dann ist sie ein bisschen versteckt.«

Zusammen schoben sie Cevian in die Felsspalte. Jetzt war sie tatsächlich kaum noch zu sehen.

Als Gregor sich von der Maus abwandte, fiel der Strahl seiner Taschenlampe auf ein Zeichen am Boden. Er hatte es erst nicht bemerkt, weil Cevian darauf gelegen hatte. Gregor hockte sich hin und schaute sich das Zeichen genauer an. Es war nachlässig in den Kreidefelsen geritzt worden. Vor nicht allzu langer Zeit, so sah es jedenfalls aus. Das Zeichen bestand aus einem Strich mit einem dünnen, leicht gebogenen Anhängsel oben rechts. Es erinnerte Gregor an den Schnabel eines Flamingos. »Guck mal hier«, sagte er zu Ares.

»Glaubst du, Cevian hat das Zeichen gemacht?«, fragte Ares.

»Ich weiß nicht. Vielleicht. Vielleicht hat sie versucht, ein Wort zu schreiben. Können Mäuse schreiben? Ripred hat mal gesagt, Ratten können keinen Stift halten«, sagte Gregor.

»Sowohl die Nager als auch die Huscher können ein Wort einritzen, wenn sie wollen«, sagte Ares.

»Tja, sieht so aus, als ob Cevian ein F oder ein P schreiben wollte, aber sie konnte es nicht beenden«, sagte Gregor und fuhr mit dem Zeigefinger über das Zeichen. P wie Pinzessin, hörte er Boots in Gedanken sagen.

»Vielleicht wollte sie einen Namen schreiben. Aus einem P könnte auch ein B oder ein R werden«, sagte Ares.

Plötzlich hatte Gregor ein schlechtes Gewissen. F wie Fluch. R wie Ripred. Beide liefen hier irgendwo rum. Konnte einer von den beiden Cevian angegriffen haben?

»Es ist merkwürdig. Ich glaube, dass Cevian sofort tot war, als sie den Schlag auf den Kopf bekommen hat. Sie muss dieses Zeichen gemacht haben, ehe sie angegriffen wurde«, sagte Ares.

»Vielleicht hat sie ihren Mörder kommen sehen und wollte dann seinen Namen schreiben«, sagte Gregor. »Wenn sie ihn erkannt hat.« Sowohl Ripred als auch der Fluch waren im ganzen Unterland bekannt.

»Und dann wurde sie getötet, ja«, sagte Ares.

Sie starrten beide noch eine Weile wortlos auf das Zeichen, aber sie wurden daraus nicht schlau.

»Ist jetzt genug Zeit vergangen, um dich zu überzeugen, mit in den Dschungel zu kommen?«, fragte Ares.

»Müsste ungefähr hinhauen«, sagte Gregor. Er schwang sich auf Ares' Rücken, und sie sausten los.

Etwa eine halbe Stunde später hatten sie Aurora und Luxa eingeholt. Gregor und Luxa schauten sich nur einmal wütend an, dann ignorierten sie einander für den Rest des Weges zum Dschungel.

Das Erste, was Gregor bemerkte, war die Hitze. Die feuchte Luft schlug ihm entgegen wie eine Wand, und er wusste, dass sich unter ihm jetzt nicht mehr nackter Stein, sondern dichte Vegetation befand. Dann roch er modrige Pflanzen und hörte das gleichförmige Gezirp von Insekten. Gregor hatte an diesen Ort nur schlechte Erinnerungen – giftige Frösche, fleischfressende Pflanzen und tückischer Treibsand. Er hoffte, so schnell wie möglich wieder hinauszukommen.

Sie steuerten eine Quelle mitten im Dschungel an. Gregor war vor ein paar Monaten schon einmal da gewesen, halb verdurstet und über und über mit Treibsand bedeckt. Eine Gruppe von Mäusen hatte dort gelebt und unter ihrem Schutz auch Luxa mit Aurora.

»Steige noch nicht ab«, sagte Luxa, als die Fledermäuse an der Quelle landeten.

Sie blieben still sitzen und schauten sich um. Das einzig Gute am Dschungel war, dass es immer ein wenig Licht gab; das lag an den winzigen Vulkanausbrüchen auf dem Grund der zahlreichen Flüsse, die sich durch den Dschungel wanden. Hier konnte es Gregor wenigstens nicht passieren, dass er mit einem Mal ganz im Dunkeln stand.

Es schien alles in Ordnung zu sein. »Huscher! Hier ist Königin Luxa! Ihr könnt euch zeigen!«, rief Luxa.

Im Gestrüpp bewegte sich etwas, aber die Mäuse ließen sich nicht blicken.

»Wir müssen in den Höhlen nachschauen«, sagte Luxa und ließ sich von Auroras Rücken gleiten. Sie zog das Schwert. »Ich gehe voran. Hinter mir Aurora und Ares. Der Überländer gibt uns Rückendeckung.«

Der Überländer, nicht Gregor. Sie war noch immer wütend auf ihn wegen … weswegen auch immer. Weil er nicht gleich Hurra geschrien hatte, als es in den Dschungel gehen sollte. Und wer hatte gesagt, sie sollte die Führung übernehmen? Er machte das hier nur ihr zuliebe mit.

Gregor überlegte, ob es lohnte, deswegen einen Streit anzufangen. Einer von ihnen musste vorangehen, und der andere musste das Schlusslicht bilden, und da Luxa sich im Dschungel besser auskannte, war es so herum sinnvoll. Doch erst als er sich in Erinnerung rief, dass sie gerade eine Freundin verloren hatte, zog er das Schwert und stellte sich hinter Ares auf.

Es war ein vertrauter Weg. Gregor wusste, dass er von der Quelle zu der Höhle führte, in der Aurora mit wahnsinnigen Schmerzen gelegen hatte, als sie den Flügel ausgerenkt hatte. Jetzt war der Weg bewachsener als damals, er schien nicht oft benutzt worden zu sein.

Als sie bei der Höhle ankamen, rief Luxa wieder nach den Huschern, doch es kam keine Antwort. Sie durchschlug mit dem Schwert das dichte Gestrüpp, das den Eingang zur Höhle verdeckte, und spähte hinein. »Da ist niemand«, sagte sie verwundert. »Sie ist verlassen.«

Sie gingen weiter über verschlungene Pfade, schauten in mehrere andere Höhlen, und Luxa rief immer wieder, aber nirgends gab es eine Spur von den Huschern.

Luxa setzte sich auf einen großen flachen Fels mitten auf einer Lichtung und starrte zum Eingang einer verlassenen

Höhle. »Wir hatten tagelang nicht geschlafen, als Cevian uns zu dieser Kolonie führte.«

»Noch hatten wir gegessen«, ergänzte Aurora.

»Noch gegessen«, sagte Luxa. Sie schaute hoch zu dem dichten Gewölbe aus Lianen, das sie umgab. »Ich hatte bestenfalls erwartet, die Huscher so wiederzusehen, wie wir sie verlassen hatten. Und schlimmstenfalls hatte ich damit gerechnet, Spuren einer Schlacht vorzufinden. Doch dass sie ohne eine Erklärung verschwunden sind, ist höchst beunruhigend.«

»Vielleicht sind sie weggezogen«, sagte Gregor und setzte sich neben sie.

»Die Nager haben sie schon aus ihrem Zuhause in den Steintunneln vertrieben. Nur mit knapper Not konnten sie hier überleben«, sagte Luxa.

»Vielleicht haben sie beschlossen, sich zu der Huscherkolonie am Quell zu gesellen«, sagte Ares.

»Nein, mein Onkel, der am Quell regiert, lässt keine Neuankömmlinge hinein. Er sagt, mehr kann das Land nicht ernähren. Zudem ist die Reise zu Fuß kaum zu bewältigen«, sagte Luxa.

»Ist hier irgendwer, den wir fragen können?«, sagte Gregor.

Luxa lächelte gequält. »Hazard könnte das. Er spricht in den Zungen verschiedener Wesen im Dschungel. Bedauerlicherweise hat niemand von uns diese Gabe.«

Es blieb ihnen nichts anderes übrig, als nach Hause zu fliegen. Als sie aufstanden, bemerkte Gregor etwas. Es war nur eine kleine Bewegung, ein leises Beben im Gestrüpp über ihm. Schnell leuchtete er mit der Fackel in das Pflanzendach, konnte jedoch nichts erkennen als das Gewirr von grünlich grauen Lianen.

Plötzlich erstarrte Ares neben ihm. »Irgendetwas ist hier«, sagte die Fledermaus. »Zu unserer Rechten.«

»Auch zu unserer Linken«, sagte Aurora.

»Was denn? Ich sehe nichts«, sagte Luxa und leuchtete herum.

»Guckt mal«, sagte Gregor. Er richtete die Taschenlampe auf einige Lianen über ihnen, die sich jetzt wellenförmig bewegten. »Es sind die Lianen. Sie bewegen sich.«

»Aber ich kenne diese Lianen«, sagte Luxa. »Sie sind harmlos.«

Auf seiner letzten Reise in den Dschungel war Gregor von fleischfressenden gelben Schoten angegriffen worden, und danach hatten ihn süß duftende Ranken betäubt und umschlungen, weil sie es auf sein Blut abgesehen hatten. Er ging davon aus, dass hier alles, was Wurzeln hatte, gefährlich war. »Wir müssen hier raus. Sofort.«

Die vier beeilten sich, wieder zu dem Weg zu gelangen, der aus der Lichtung hinausführte, doch sie mussten feststellen, dass die Lianen in der Zwischenzeit dicht zusammengewachsen waren. Der Weg war versperrt.

»Nimm dein Schwert!«, rief Luxa. Gregors Arm war schon in Aktion, und gemeinsam mit Luxa schlug er auf das Gestrüpp ein.

Da sprang ihm etwas fast ins Gesicht. Erst dachte Gregor, es wäre eine Liane mit einem pfeilförmigen Blatt am Ende. Doch dann öffnete sich ein Maul, und er sah die gefährlich scharfen Kiefer.

Sein Schwert trennte den Kopf vom Körper ab, und im selben Moment rief er seinen Freunden warnend zu:

»Schlangen!«

8. Kapitel

Schnell liefen Gregor, Luxa, Ares und Aurora zurück zu dem flachen Felsen. Ihr Angriff hatte das gesamte Pflanzendach zum Leben erweckt. Es waren unzählige sich ringelnde, zischende Schlangen, und sie waren ganz unterschiedlich groß: einige dünn wie Bleistifte, andere so dick wie Baseballschläger. Sie sahen den Lianen derart ähnlich, dass sie nur am Kopf zu erkennen waren.

Und es gab viele Köpfe. Mit der Enthauptung der ersten Schlange hatte Gregor einen Großangriff ausgelöst. Von allen Seiten kamen nun Schlangenköpfe auf sie zugeschossen. Herausschnellende Zungen, zuschnappende Mäuler. Gregor unterdrückte seine Angst, biss die Zähne zusammen und verteidigte sich mit dem Schwert. Er dachte an die Übung mit den Blutbällen damals in Regalia. Es war im Grunde dasselbe Prinzip. Man musste das Geschoss treffen, bevor man selbst getroffen wurde. Was er mit dem Schwert nicht traf, wehrte er mit der Fackel ab.

Nur die größten Schlangen kamen bis an den Felsen heran, aber Gregor und Luxa konnten nicht mehr tun, als sie in Schach zu halten.

Gregor war erleichtert, als er merkte, wie das Wütergefühl ihn durchströmte. Er spürte den Adrenalinstoß, seine Sinne schärften sich, er überließ sich seinen Instinkten. Ripred hatte recht gehabt, als er sagte, Gregor würde eines Tages dankbar für diese Gabe sein. Und vielleicht bekam er das Phänomen allmählich besser in den Griff. Heute jedenfalls wusste er beim Kämpfen die ganze Zeit über, was er tat, und die Verwandlung machte ihm keine Angst.

Jetzt zum Beispiel war er sich sehr wohl der Tatsache bewusst, dass Ares hinter ihm zitterte. Die Fledermäuse waren vollkommen hilflos. Sie waren in dem Gewölbe gefangen und konnten nicht wegfliegen oder auch nur mit den Klauen kämpfen.

»Duckt euch!«, rief Luxa ihnen zu. Ares und Aurora kauerten sich eng zusammen. »Solange Gregor und ich hier sind, können die Schlängler euch nichts anhaben!«

Kopf um Kopf schlug er ab, doch es kamen immer mehr. Jetzt waren auch kleinere Schlangen dazugestoßen.

»Der Dschungel!«, schrie Aurora. »Er schrumpft!« Sie hatte recht. Die Schlangen schlossen sie immer weiter ein. Das Gewölbe bestand zwar noch, aber es war jetzt auf jeder Seite um einige Meter näher gerückt. Schon bald würden die Schlangen sie alle erreicht haben, und dann hatten sie keine Chance mehr, sich zu verteidigen.

»Zur Höhle!«, rief Luxa den anderen zu. »Sie hat nur einen Eingang, den können wir verteidigen!«

Geschlossen bewegten sich die vier zum Eingang der Höhle. Einen kurzen Moment sah Gregor, wie Luxas Schwert und ihre Fackel hin und her wirbelten – so hielt sie die Schlangen in Schach, damit Aurora und Ares in die Höhle fliegen konnten. Gregor und Luxa standen in einem spitzen Winkel mit dem Rücken zum Höhleneingang, während die Schlangen weiter angriffen. Für jede Schlange, die sie töteten, schienen zwei neue aufzutauchen. Es war nur eine Frage der Zeit, bis eine Schlange durchkommen würde; ein einziger Biss, und ihre Verteidigung wäre dahin.

»Das bringt nichts!«, rief Gregor über das vielstimmige Zischen hinweg. »Die machen immer weiter, bis wir erledigt sind!«

Wenn doch nur Ripred hier wäre! Auch wenn er Gregor ständig zur Weißglut trieb, im Kampf gab es keinen besseren Gefährten. Ripred würde schon etwas einfallen, wie sie lebend hier herauskämen!

Ripred … Ripred … Was würde er tun? Gregor versuchte sich vorzustellen, die große narbige Ratte stünde jetzt neben ihm. Aber es ging nicht. Ripred würde nicht am Eingang einer Höhle stehen und auf Schlangen einschlagen. Er würde … er würde …

»Ich will etwas ausprobieren!«, schrie Gregor. »Hol die Fledermäuse raus, wenn du kannst!«

Und bevor Luxa widersprechen konnte, kämpfte Gregor sich zurück zum Felsen. Alles, was er hatte, war ein Bild im Kopf. Das Bild von Ripred, wie er in der Arena gegen die Menschen kämpfte, wie er die Pflanzen mit den gelben Schoten zerstückelte und wie er sich gegen die Ameisen zur Wehr setzte. Wenn er zahlenmäßig unterlegen war, wandte Ripred immer dieselbe Technik an. Er wirbelte herum. Er drehte sich so schnell im Kreis, dass jeder, der in seine Nähe kam, seine Krallen zu spüren bekam. Gregor hatte nur ein Schwert, aber er hatte außerdem eine Fackel, und er bot eine viel kleinere Angriffsfläche als Ripred. Wenn er sich nur schnell genug drehen konnte …!

Kaum stand Gregor auf dem Felsen, begann er auch schon, sich um die eigene Achse zu drehen. Dabei hielt er das Schwert vor sich und die Fackel hinter sich. Schneller und schneller wirbelte er herum, bis er nur noch ein verschwommenes Durcheinander aus zuckenden Köpfen, spritzendem Blut und sich windenden Körpern sah. Er stellte das Denken ein und überließ sich vollkommen seinem Wüterinstinkt. Irgendwann wurden die Schlangen weniger, aber er ließ nicht nach.

Erst Luxas Schwert, mit dem sie zwischen seine Hiebe ging, brachte ihn wieder zur Besinnung. Das Klirren von Metall, als ihre Schwerter mit solcher Wucht zusammenschlugen, dass Luxas entzweibrach. Als er stehen blieb, drehte sich alles um ihn herum, und ihm wurde schwindlig. Er brach in den Lianen zusammen, die voller geköpfter Schlangen waren, und versuchte irgendwo Halt zu finden, während die Welt um ihn herum Karussell fuhr. Selten war ihm so elend gewesen. Später konnte er sich noch nicht mal daran erinnern, ob er sich übergeben hatte oder nicht.

Dann wurde er von zwei Klauen hochgehoben und auf Ares' Rücken gesetzt. »Nein«, sagte Gregor. »Zu schwindelig.«

»Halt dich an meinem Fell fest!«, befahl Ares. »Wir müssen von hier verschwinden!«

Gregor krallte sich an Ares' Fell fest und wünschte, er hätte alles schon hinter sich.

Mit der Zeit geriet die Welt wieder ins Lot. Ares landete irgendwo, und Luxa half Gregor beim Absteigen. Gregor saß auf dem Boden und versuchte sich zu orientieren. Luxa führte ihm in der Mulde ihrer Hände Wasser an den Mund, und er trank gierig. Sein Herzschlag beruhigte sich. Langsam ging es ihm besser.

Sie waren jetzt nicht mehr im Dschungel. Dankbar spürte Gregor den Steinboden des Tunnels unter sich. Er tauchte das Gesicht ganz in den kalten Fluss, nicht nur, um zu trinken, sondern vor allem, um den Kopf wieder freizubekommen. Als er sich aufsetzte, fühlte er sich erfrischt. Da bemerkte er, dass die anderen ihn besorgt ansahen.

»Bist du krank?«, fragte Ares.

»Nein, jetzt geht es mir wieder gut«, sagte Gregor. »Mir war nur schwindlig, weil ich mich so lange im Kreis gedreht hab.«

»Bist du … bei klarem Verstand?«, fragte Luxa vorsichtig.

»Ich glaub schon«, sagte Gregor. »Mir geht's eigentlich super.« Das stimmte. Wie nach einem kilometerlangen Lauf, wenn man plötzlich ganz high wird. Nur dass das Hochgefühl jetzt noch intensiver war. »Wieso?«

Niemand antwortete.

»Was ist los?«, fragte er.

»Als du kämpftest, schien es, als wärest du von etwas besessen«, sagte Aurora. »Dein Gesicht veränderte sich. Du gabst Laute von dir, die nicht menschlich waren.«

»Ich hab gegen eine Trillion Schlangen gekämpft. Das war bloß diese Wütergeschichte«, sagte Gregor.

»Ich habe dich noch nie so gesehen«, sagte Aurora. »Nur als du die Blutbälle trafst, doch das war nicht dasselbe.«

Als Gregor zurückdachte, fiel ihm auf, dass sie recht hatte. Aurora war nie dabei gewesen, wenn er richtig gekämpft hatte. »Na ja, so ist das immer bei mir. Erklär es ihr, Luxa.«

»Nein, Gregor, diesmal war es anders«, sagte Luxa. »Nicht wie damals, als du gegen die Hacker kämpftest.«

»Wieso?«, fragte Gregor. Für ihn hatte es sich nicht so anders angefühlt. Er hatte sich nur ein wenig besser in der Gewalt gehabt.

Luxa wählte ihre Worte mit Bedacht. »Es war … als habest du Spaß daran.«

»Was? Das stimmt aber gar nicht!«, sagte Gregor. »Und es ist echt gemein von dir, so was zu sagen.«

»Ich wollte nicht …«, setzte Luxa an.

»Los, wir fliegen jetzt nach Hause«, sagte er. Wortlos schrubbten sie sich das Blut von der Haut, dann stiegen sie auf die Fledermäuse. Erst als Gregor auf Ares' Rücken saß und Luxa und Aurora ihn nicht hören konnten, wagte er zu fragen: »Was hab ich gemacht?«

»Du hast exzellent gekämpft. Eines Tages wirst du genauso ein Wüter sein wie Ripred«, sagte Ares.

»Genau das hab ich mir auch vorgestellt. Ich hab mich gefragt, was Ripred machen würde, um uns da rauszuholen. So kam ich auf die Idee, herumzuwirbeln!«, sagte Gregor aufgeregt, dann hielt er inne. Warum war er so aufgeregt? Es war eine grässliche, blutige Aktion gewesen. Wahrscheinlich war es die Erleichterung, dass er heil herausgekommen war. Oder war es etwas anderes? »Warum hat Luxa behauptet, es hätte mir Spaß gemacht?«

»Weil du im Laufe des Kampfes anfingst zu lächeln«, sagte Ares.

»Ich hab gelächelt?«, sagte Gregor. Bei der Vorstellung bekam er eine Gänsehaut. Zu Hause raufte er sich nie, wenn es nicht unbedingt sein musste. Er hatte körperliche Gewalt noch nie leiden können und hielt nicht viel von Kindern, die sich prügelten. Er fand es furchtbar, jemanden zu schlagen. »Ich hab gelächelt?«

»Überländer, lass dir deswegen keine grauen Haare wachsen. Jeder weiß, dass es keine freie Entscheidung ist, ein Wüter zu sein«, sagte Ares. »Es traf uns nur etwas unvorbereitet, dich so zu sehen. Da wir wissen, dass du dich nicht am Sterben ergötzt.«

Bis sie in Regalia ankamen, sagte Gregor kein einziges Wort mehr.

Die Fackeln hatten sie im Dschungel gelassen. Gregor löste das Klebeband von seinem Arm, schaltete die Taschenlampe aus und befestigte sie an seinem Gürtel. Er wollte sich in der Dunkelheit verstecken, während er versuchte zu verstehen, was da mit ihm passiert war. Aber er verstand es nicht. Das erhebende Gefühl nach der Schlacht schwand, er fühlte sich leer und hatte insgeheim Angst vor sich selbst.

Er sehnte sich verzweifelt danach, Ripred zu treffen, den einzigen anderen Wüter, den er kannte, und mit ihm über das Erlebte zu sprechen. Aber er hatte keine Ahnung, wo Ripred steckte. Er war dem Fluch gefolgt, die beiden konnten überall sein …

Erst als Gregor und Luxa die Treppe wieder hinaufstiegen und im alten Spielzimmer herauskamen, wurde ihm klar, dass er noch ein Problem hatte.

»Horch mal«, flüsterte Luxa und fasste ihn am Arm. Schritte kamen den Flur entlang. Gregor und Luxa waren die ganze Nacht und ein paar Stunden am Morgen weg gewesen. Sowohl Gregors Mutter als auch der Rat von Regalia würden ausflippen, wenn sie von der geheimen Reise erführen.

»Entledige dich deiner Waffe«, sagte Luxa zu Gregor. Schnell schnallten sie beide ihre Gürtel los und legten sie auf die Treppe. Luxa klappte den Schildkrötenpanzer zu, schob Gregor zu einer alten Decke und warf sich auf eine zweite Decke ein paar Meter daneben. »Schlaf!«, sagte sie und stellte sich im nächsten Moment auch schon selbst schlafend.

Gregor hatte sich gerade ausgestreckt und die Augen zugemacht, als die Schritte vor der Tür verharrten.

»Hat Mareth im alten Spielzimmer nachsehen lassen?«, hörte er Vikus fragen.

»Ich glaube, in diesem Trakt haben wir noch gar nicht gesucht. Er wird kaum benutzt«, sagte Howard.

»Ich glaube, ich sehe Licht«, sagte Vikus.

Gregor hatte die Taschenlampe eingeschaltet, als Luxa und er die Treppe hochgekommen waren, und dann nicht mehr daran gedacht, sie auszuschalten. Jetzt war es zu spät. Er hörte, wie Vikus und Howard ins Zimmer traten.

Vikus kicherte erleichtert. »Ah, hier sind sie. Und wie es aussieht, haben sie die ganze Nacht hier geschlafen. Luxa, wach auf«, sagte er leise.

Gregor spürte, wie Howard ihn an der Schulter rüttelte. »Du auch, Gregor. Bevor der Rat die Armee nach euch ausschickt.«

»Was?«, sagte Gregor so verschlafen wie möglich. Er setzte sich auf und tat so, als müsse er gähnen. »Was ist?«

Luxa rieb sich die Augen und blinzelte ihren Großvater

verwirrt an. »Oh. Waren wir die ganze Nacht hier? Ich habe Gregor das alte Spielzimmer gezeigt. Er begann, mir endlose Geschichten über seine Heldentaten im Irrgarten zu erzählen. Da muss ich eingeschlafen sein.«

Es dauerte eine Sekunde, bis Gregor begriff, dass Luxa ihre üblichen Sticheleien wieder aufnahm, um so zu tun, als hätte es die schreckliche Nacht, die hinter ihnen lag, gar nicht gegeben. Gregor spielte das Spiel mit.

»Ach ja? Du hättest dich mal hören sollen, dein Gejammer darüber, wie schwer man es als Königin hat«, sagte Gregor und reckte sich. »Wie spät ist es überhaupt?«

»Schon beinahe Mittagszeit«, sagte Vikus.

»Das ist gut. Ich habe einen Bärenhunger«, sagte Luxa.

»Dann kommt zum Essen. Und ich werde Mareth Bescheid geben, die Suche nach euch abzublasen. Was soll ich dem Rat erzählen, Luxa?«, sagte Vikus.

»Irgendetwas Dramatisches. Erzähle ihnen, ich hätte mich in der Nacht davongestohlen, an den Wachen vorbei, und sei in den Dschungel geflogen«, sagte Luxa.

Gregor warf ihr einen warnenden Blick zu, aber sie schien zu wissen, was sie tat.

»Ja. Sehr einfallsreich. Und passe heute Nacht bitte auf, wo du einschläfst, Hoheit«, sagte Vikus. Dann verließ er das Spielzimmer.

Howard blieb noch da. Er sah sie genau an. Ein bisschen zu genau. »Das war eine wilde Geschichte. Das mit dem Dschungel. Und es würde eines erklären«, sagte Howard.

»Was denn, Howard?«, fragte Gregor, plötzlich auf der Hut.

»Dies hier«, sagte Howard. Er fasste Luxa ins Haar und zog eine Ranke heraus. Sie war klein, nur ein paar Zentimeter lang, mit drei winzigen graugrünen Blättern. Gregor hatte sie gar nicht bemerkt. Pech.

»Ach, das?« Ungerührt nahm Luxa die Ranke aus Howards Hand und wickelte sie sich um den Finger. »Das muss sich in meinem Haar verfangen haben, als ich gestern Morgen auf den Feldern war. Der Rat hatte mich gebeten, mich mit dem Bestellen der Felder vertraut zu machen, damit ich später als Königin ein gutes Jahr von einem schlechten unterscheiden kann.«

»Wirklich? Ich kenne keine Pflanze auf unseren Feldern, die Ähnlichkeit mit dieser Ranke hätte, Cousine ...«, sagte Howard. »Was ist es für eine?«

»Ich kenne mich noch nicht so gut aus, Howard. Deshalb muss ich mir die Felder ja auch anschauen«, sagte Luxa nüchtern.

Howard schaute abwechselnd zu Luxa und Gregor. »Ihr beide seht müde aus. Ruht euch lieber noch ein wenig aus.« Er lächelte und verschwand.

Vorm Mittagessen ging Gregor ins Bad, wo er sich wusch und etwas Frisches anzog. Seine alten Sachen waren dunkel, und im Dämmerlicht des Spielzimmers hatten Vikus und Howard nicht gesehen, dass seine Kleider voll getrocknetem Schlangenblut waren. Dann ging er zu seiner Mutter.

Inzwischen war Vikus auch schon bei ihr gewesen, deshalb musste Gregor sich nur kurz anhören, wie unverantwortlich er sich verhalten hatte, bevor er zum Essen gehen konnte.

Als er im Speiseraum ankam, waren Vikus, Howard, Luxa, Hazard und Boots schon um einen runden Tisch versammelt. Die Bediensteten verteilten Eintopf und reichten Brot herum.

Sie hatten gerade angefangen zu essen, als Mareth in der Tür erschien. Er sprach schnell und atemlos. »Vikus, entschuldige bitte die Störung, aber es gibt einen Zwischenfall, auf den wir uns keinen Reim machen können.«

»Was denn, Mareth?«, fragte Vikus.

»Unsere Kundschafter waren beim Fluss vom Quell auf Patrouille«, sagte er. »Dies hier zogen sie aus dem Wasser. Es war zwischen zwei Felsen am Ufer eingekeilt.« Mareth gab jemandem im Flur ein Zeichen. Zwei Unterländer kamen mit einem großen runden Korb herein. Der Korb war mit einem Deckel fest verschlossen. Wasser tropfte heraus. Sie setzten ihn vorsichtig ab, und Mareth hob den Deckel hoch.

In dem Korb wanden sich sechs Mäusebabys.

9. Kapitel

Die Mäuse waren etwa so groß wie ausgewachsene Hauskatzen im Überland. Ihre rosige Haut war mit grauem Flaum bedeckt. Das plötzliche Licht schien sie zu blenden, sie duckten sich aneinander, um ihre Gesichter zu verbergen. Sie piepsten ängstlich und aufgeregt.

»Ooh, Mausebabys! M wie Maus!«, rief Boots. Sie kletterte von ihrem Stuhl, hockte sich neben den Korb und streichelte die Mäuse. »Hallo! Hallo, ihr da!«

»Sie haben Hunger«, sagte Hazard. Er nahm einen Laib Brot vom Tisch und setzte sich neben Boots.

Die beiden Kinder brachen das Brot in kleine Bröckchen und fütterten die Mäuse. Gierig verschlangen sie das Brot. Hazard gab leise Piepstöne von sich, die von denen der Mäusebabys nicht zu unterscheiden waren.

Boots kicherte, als ein Mäuschen das Maul in ihrer Hand rieb. »Das kitzelt«, sagte sie.

Doch außer ihr lachte niemand. Die Erwachsenen sahen sehr besorgt aus.

»Sagtest du, der Korb wurde im Fluss gefunden?«, fragte Vikus.

»Ja, nördlich von hier«, sagte Mareth. »Es ist ein Korb aus unserer Herstellung.«

Vikus befühlte den geflochtenen Deckel. »In solchen Körben schicken wir den Huschern nahe dem Quell Getreide.«

»Wie konnte jemand so etwas tun?«, sagte Mareth. »Diese Jungen in so einem unsicheren Gefäß im Fluss auszusetzen – es ist ein Wunder, dass sie überlebt haben.«

Gregor fand, dass Mareth recht hatte. Er war einmal mit einem kleinen Boot auf dem Fluss gefahren. Die Strömung war so stark, dass das Wasser wild schäumte und große Felsbrocken mit sich riss, als wären es Tischtennisbälle.

»Wenn jemand sie umbringen wollte, scheint mir das eine recht komplizierte Methode«, sagte Vikus. »Wozu sich die Mühe machen, sie in einem Korb im Fluss auszusetzen?«

»Es war ihre Mutter«, sagte Hazard. Er nahm eine Schale mit Eintopf vom Tisch und gab den Mäusen davon zu essen. »Sie hat sie hineingesetzt und ihnen gesagt, sie sollten sich ruhig verhalten.«

»Oh, Hazard, kannst du verstehen, was sie sagen?«, fragte Vikus.

»Manches. Sie sprechen wie Babys«, sagte er.

»Frag sie, warum ihre Mutter das getan hat«, sagte Luxa.

Hazard unterhielt sich piepsend mit den Mäusen. »Ich kann es nicht genau verstehen. Es ist irgendwas Schlimmes passiert, und alle Huscher hatten große Angst.«

»Sag ihnen, dass sie bei uns in Sicherheit sind. Dass ihnen hier nichts zustoßen wird«, sagte Vikus. »Bringt sie ins alte Spielzimmer. Dulcet soll sich um sie kümmern. Und, Hazard, vielleicht könntest du sie ab und an besuchen, damit sie sich uns mitteilen können.« Er schüttelte den Kopf. »Ich muss den Rat davon unterrichten.«

Gregor, Luxa, Hazard und Boots begleiteten die Wachen und die Mäuse zum alten Spielzimmer. Kurz darauf kam Dulcet, das freundliche Kindermädchen, das sich immer um Boots kümmerte. Sie ließ von den Wachen mehrere Fackeln bringen, und als der Raum hell erleuchtet war, sah er nicht mehr ganz so unheimlich aus. Die Tiere aus Stein wirkten jetzt nicht mehr so bedrohlich, und Gregor sah, dass neben jedem Tier ein lustiges kleines Lied eingeritzt war, zum Beispiel das über die Fledermaus und das über die Huscher. Nur für die böse Schildkröte hatte Sandwich kein Lied geschrieben.

Dulcet räumte eine Nische in dem Raum frei und richtete mit Decken eine große Kuschelecke ein. Dann setzte sie sich im Schneidersitz hin und widmete sich jeder Maus ein paar Minuten lang. Sie sprach leise mit ihnen, kuschelte mit ihnen und fütterte sie mit kleinen Stückchen von etwas, das aussah wie Möhren. Schon bald wetteiferten sie alle um ihre Aufmerksamkeit, drängelten sich auf ihren Schoß und rieben die Nase in ihrer Hand, damit sie ihnen den Kopf streichelte. Man hätte meinen können, Dulcet hätte ihr Leben lang Mäusebabys gehütet. Natürlich mussten auch Boots und Hazard mit in die Kuschelecke. Schon bald schmiegten sich die beiden Kinder zusammen mit den sechs Mäusen an Dulcet. Leise begann sie, ihnen die Kinderlieder von der Wand vorzusingen. Es dauerte nicht lange, da waren die erschöpften Mäusebabys eingeschlafen.

Luxa zog Gregor mit in den Flur, wo man sie nicht hören konnte. »Wir müssen zu der Huscherkolonie am Quell«, sagte sie.

»Nein. Nein danke«, sagte Gregor und ging weiter. Er hatte keine Lust auf eine weitere verbotene Reise mit Luxa; eigentlich hatte er gar keine Lust, überhaupt noch mit ihr zu reden. Nicht, nachdem sie behauptet hatte, er hätte Spaß am Töten.

»Wir müssen herausfinden, was eine Mutter dazu trieb, ihre Jungen im Fluss auszusetzen«, sagte Luxa und lief ihm hinterher.

»Vielleicht war sie verrückt. Einen anderen Grund kann ich mir nicht vorstellen«, sagte Gregor über die Schulter.

»Du kannst dir nichts vorstellen, was dich dazu treiben könnte, Boots in einen Korb zu setzen und sie dem Wasser zu überlassen?«, sagte Luxa drängend. »Gregor!« Sie fasste ihn am Arm und drehte ihn zu sich herum.

»Nein!«, sagte Gregor und riss sich los. »Lässt du das mal bitte sein?«

»Du tatest im Dschungel doch dasselbe«, sagte Luxa.

»Was?«, sagte Gregor.

»Im Dschungel. Du schicktest Boots mit Aurora fort, die verletzt war, und mit Hazard, der erst sechs Jahre zählte. Als die Hacker kamen«, sagte Luxa.

»Ja, weil sie sonst umgekommen wäre!«, sagte Gregor. Jetzt dämmerte ihm allmählich, worauf Luxa hinauswollte. Es musste etwas sehr Bedrohliches passiert sein, als die kleinen Mäuse in den Korb gesetzt wurden. Die Mutter hatte keine Wahl gehabt …

Im Spielzimmer schrie eine kleine Maus im Schlaf.

»Glaubst du, die Schlangen haben auch die Kolonie am Quell angegriffen?«, fragte Gregor.

»Nein, die Schlängler können nicht außerhalb des Dschungels leben«, sagte Luxa. »Es wäre zu kalt für sie. Und wir wissen auch nichts davon, dass sie Cevians Kolonie angegriffen hätten. Nur uns. Möglicherweise gingen die Huscher aus einem Grund fort, der nichts mit den Schlanglern zu tun hatte. Und nachdem die Huscher fort waren, nutzten die Schlängler die Lage aus und besetzten das Land.«

»Kann schon sein, Luxa«, sagte Gregor. Sie hoffte noch immer, dass ihre Freunde am Leben waren, aber Gregor hielt das für ziemlich unwahrscheinlich.

»Es ist sehr bedenklich, wenn sowohl die Huscher im Dschungel als auch jene am Quell in Bedrängnis sind. Vielleicht schweben alle Huscher im Unterland in Gefahr. Ich brauche deine Hilfe, Gregor«, sagte Luxa. Sie sah so unglücklich aus. Es war noch nicht mal einen Tag her, da hatten sie miteinander getanzt. Jetzt war Cevian tot. Der Rest der Dschungelkolonie war vermutlich von Schlangen gefressen worden. Und der Korb mit den Mäusebabys deutete darauf hin, dass noch mehr Schlimmes passiert war, diesmal bei den Huschern am Quell.

Gregor merkte, wie er weich wurde. »Vielleicht sollten wir die Sache einfach dem Rat überlassen.«

»Sie werden nichts unternehmen. Nicht, ohne vorher tagelang zu beratschlagen«, sagte Luxa. »Ich weiß nicht, ob Aurora und ich es allein schaffen können. Bitte.«

Bei diesem Wort schmolz sein Widerstand dahin. »Na gut«, sagte er. »Dann sehen wir eben nach der Kolonie.«

Sie konnten die Reise erst am nächsten Morgen antreten. Erstens waren Aurora und Ares von dem Ausflug in den Dschungel erschöpft und mussten sich ausruhen. Und zweitens konnten Gregor und Luxa sich nicht durchs alte Spielzimmer davonschleichen, weil dort jetzt die Mäuse untergebracht waren. Sie mussten also den offiziellen Weg nehmen. Luxa meinte, am besten wäre es, allen zu erzählen, sie würden zu einem Picknick aufbrechen, denn so könnten sie genug Proviant für die lange Reise zum Quell mitnehmen.

Gregors Mutter erlaubte ihm, noch eine Nacht im Unterland zu bleiben. Er hatte zwei Tage nicht geschlafen, deshalb wollte er gleich nach dem Abendessen ins Bett. Vorher musste er jedoch noch ins Museum, um sich für den nächsten Tag auszurüsten. Wie jedes Mal packte er auch diesmal Ersatzbatterien ein, außerdem drei Taschenlampen, Klebeband und einen Liter Wasser. Das war seine Standardausrüstung für längere Unternehmungen. Nach kurzem Überlegen entschied er sich noch für ein Fernglas, das er einmal entdeckt hatte, als er nach Gegenständen gesucht hatte, die sich zum Verkauf eigneten. Es war ein richtiges Fernglas, kein Spielzeug, und er fand es ziemlich cool, das mitzunehmen. Da es im Unterland fast überall dunkel war, wusste er nur nicht recht, wo er es einsetzen sollte. Viel nützlicher wäre ein Infrarotfernglas für die Nacht gewesen, aber der Central Park zog mehr Vogelbeobachter an als Kommandotrupps.

Wie verabredet traf er sich früh am nächsten Morgen mit Luxa, Aurora und Ares in der Hohen Halle. Luxas Augen waren rot und verquollen. Gregor fragte sich, ob sie überhaupt geschlafen hatte oder ob sie die ganze Nacht um ihre Freunde geweint hatte.

Einige Bedienstete befestigten einen riesigen Picknickkorb auf Ares' Rücken und gingen dann wieder.

»Ich habe dem Koch gesagt, dass du frisst wie ein Leuchter«, sagte Luxa zu Gregor und machte eine Kopfbewegung zu dem Picknickkorb. »Leuchter« wurden im Unterland die Glühwürmer genannt. Gregor hatte zwei von ihnen kennengelernt, Photos Glimm-Glimm und Zack. Sie waren beide absolute Vielfraße und unbeschreibliche Nervensägen gewesen.

»Danke«, sagte Gregor. »Denkst du dir eigentlich die ganze Zeit Beleidigungen für mich aus, oder kommt das bei dir schon automatisch?«

»Nur so konnte ich erklären, weshalb ich solche Mengen Proviant benötige«, sagte sie und versuchte zu lächeln. »Oder möchtest du die Hälfte der Reise hungern?«

»Nein, ich will fressen wie ein Leuchter«, sagte Gregor. Er hatte gerade ein Bein über Ares' Rücken geschwungen, als hinter ihm eine Stimme ertönte. Er drehte sich um.

»Macht ihr ein Picknick?«, fragte Howard. Er saß auf Nike, die gerade im Begriff war zu landen. Die beiden hatten in letzter Zeit viel zusammen trainiert, obwohl sie nicht offiziell miteinander verbunden waren. Howards Schwert steckte in seinem Gürtel. Hinter sich hatte er einen Tragekorb.

»Das war unsere Absicht«, sagte Luxa.

»Nike und ich hatten genau die gleiche Idee«, sagte Howard. »Wie wäre es, wenn wir alle zusammen fliegen?«

»Wirst du nicht im Krankenhaus gebraucht, Cousin?«, fragte Luxa.

»Bis zur Nachtschicht habe ich frei«, sagte Howard. »Und bis dahin wollt ihr doch gewiss zurück sein.«

Was sollten sie sagen? Wie konnten sie ihn davon abhalten mitzukommen?

»Natürlich. Aber ich kann dich leider nicht dazubitten, Howard«, sagte Luxa. »Weil … weil …« Sie schaute Hilfe suchend zu Gregor.

Dem fiel nur eine Ausrede ein. »Weil es so eine Art Date ist«, sagte er.

»Ein Date?«, sagte Howard. Offenbar hatte er das Wort noch nie gehört.

»Du weißt schon, wenn ein Junge und ein Mädchen sich allein treffen. Ohne andere Freunde dabei«, sagte Gregor. Das war eine unerhörte Behauptung – er konnte kaum glauben, was er da gesagt hatte. Und so verlegen, wie es herausgekommen war, klang es bestimmt ganz echt. Luxas Gesichtsausdruck war unbeschreiblich. Gregor beschloss, einfach dabei zu bleiben. »Siehst du, jetzt ist Luxa sauer, ich sollte es nämlich keinem erzählen.«

Luxa wurde knallrot, aber ihr blieb nichts anderes übrig, als mitzuspielen. »Ja. Ja. Ich dachte, es sei eine private Angelegenheit.«

»Das ist es auch. Aber willst du, dass Howard bei unserem Date dabei ist?«, sagte Gregor. Als ob er irgendwas über Dates wüsste! Erstens hatte er noch nie eins gehabt, und zweitens würde seine Mutter ihm wahrscheinlich erst erlauben, mit einem Mädchen auszugehen, wenn er die Schule abgeschlossen hatte. Einmal war er auf einer Party bei Angelina gewesen, und da hatte er nicht ein Mädchen zum Tanzen aufgefordert, weil er zu schüchtern war. Und jetzt tat er so, als wäre er der Typ mit der großen Date-Erfahrung.

Einen kurzen Augenblick sah Howard so aus, als würde er ihnen die Geschichte abkaufen. Da fiel sein Blick auf den Picknickkorb. »Der Picknickkorb sieht aber riesig aus … für ein … Date.«

Er war lächerlich riesig. Für zwei Personen. Für ein Date.

»Das geht dich nichts an, Howard«, sagte Luxa mit gefährlichem Unterton. »Geh und lass uns in Ruhe.«

»Das kann ich nicht. Auch auf die Gefahr hin, aufdringlich zu sein«, sagte Howard. »Nike und ich, wir wissen über die Krone Bescheid.«

Einen Moment sagte niemand etwas.

»Hermes erwähnte beiläufig, dass er dir die Krone gebracht hat«, sagte Nike. »Und ich erzählte Howard, was das bedeutet. Dass du die Krone den Huschern im Dschungel gabst und ihnen sagtest, sie sollten sie dir schicken, falls sie deine Hilfe brauchten.«

»Oh!« Luxa stampfte mit dem Fuß auf. »Ihr könnt aber nicht mitkommen!«

»Lass sie doch mitkommen, Luxa«, sagte Gregor. »Vielleicht brauchen wir ihre Hilfe.«

»Halte du dich da heraus!«, sagte Luxa.

»Wollte ich ja, weißt du noch?«, sagte Gregor.

»Du hast die Wahl. Entweder nimmst du Nike und mich mit zu deiner Unternehmung, wie wahnwitzig sie auch sein mag, oder ich gehe sofort zu Vikus«, sagte Howard.

Als hätte er nur auf das Stichwort gewartet, tauchte jetzt Vikus auf, er hatte mehrere Schriftrollen unterm Arm. »Habe ich da meinen Namen gehört? Was habt ihr denn vor? Einen Ausflug?«

»Ein Picknick«, sagten Gregor, Luxa und Howard wie aus einem Mund.

»Ein Picknick?«, sagte Vikus. »Schade, dass ich euch nicht begleiten kann. Das ist ja ein gewaltiger Korb. Wie viele erwartet ihr denn noch?«

Da kam etwas Pfirsichfarbenes angeflattert, und Thalia landete in der Hohen Halle. Das konnte nur eins bedeuten. Und da waren sie auch schon – Boots in ihrem Prinzessinnengewand und Hazard, der auf Thalia zurannte. Hinter ihnen trippelte Temp herein.

»Hazard, ich dachte, du wärest mit Boots bei den Mäusejungen«, sagte Luxa.

»Waren wir auch. Aber jetzt ist es Zeit, zur Arena zu fliegen«, sagte Hazard. Dann sah er den Picknickkorb, und seine Augen leuchteten auf. »Oh, machen wir ein Picknick? Davon hast du gar nichts erzählt.«

»Es sollte eine Überraschung sein«, sagte Luxa. »Ich wollte gerade nach dir schicken.«

»Nun, dann steigt auf«, sagte Vikus. Er hob Boots hoch und setzte sie hinter Gregor auf Ares.

Und jetzt?, dachte Gregor. Es war schon schlimm genug, dass sie heimlich zu der Huscherkolonie fliegen wollten, aber wenn seine Mutter erfahren würde, dass er Boots mitnahm ... Lieber würde er es noch mal mit den Schlangen aufnehmen, als *das* Donnerwetter zu erleben.

Temp hüpfte hoch zu Boots, und Vikus half Hazard auf Thalias Rücken. »Viel Spaß, und seid zum Abendessen zurück«, sagte er.

»Ja. Zum Abendessen. Und los!«, sagte Luxa und schwang sich auf Aurora.

»Pick-i-nick! Pick-i-nick!«, sang Boots und trommelte mit ihrem Zepter auf Gregors Rücken. Hätte er ihr doch bloß nicht dieses Prinzessinnenkostüm geschenkt. Das nächste Mal würde er ihr ein Malbuch kaufen.

Sie erhoben sich über die Stadt, dann wendeten sie und flogen in Richtung Norden. Unter ihnen lagen Getreidefelder, die von einem ausgeklügelten Gaslampensystem beleuchtet wurden. Die Bauern benutzten zur Ernte ein Gerät, das aus einem langen Stiel mit einem gebogenen Schneideblatt daran bestand. Gregor fühlte sich an Filme über vergangene Zeiten erinnert.

Sobald sie außer Hörweite waren, entspann sich ein fürchterlicher Streit zwischen ihnen. Luxa ging auf Howard los, weil er sich eingemischt hatte, auf Nike, weil sie Howard von der Krone erzählt hatte, und auf Gregor, weil er für Howard Partei ergriffen hatte. Über die Sache mit dem Date war sie bestimmt auch wütend, wenn sie auch kein Wort darüber verlor. Und sie war wild entschlossen, zu der Huscherkolonie zu fliegen, auch mit Boots und Hazard im Schlepptau. Gregor hatte zahlreiche Einwände, aber Luxa wischte sie alle beiseite. »Wenn wir in Gefahr geraten, schicken wir sie sofort zum Quell.«

»Zum Quell? Wohin fliegen wir?«, fragte Howard.

Gregor klärte Howard und Nike darüber auf, was mit den Huschern passiert war, und erzählte von ihrem Plan, zu der Kolonie am Quell zu fliegen.

»Das ist sehr besorgniserregend. Doch Luxa hat recht. Es hätte keinen Sinn, sich an den Rat zu wenden. Wir müssen selbst dorthin«, sagte Howard.

Die Reise zu der Huscherkolonie dauerte mindestens zwölf Stunden. Die meiste Zeit flogen sie über den reißenden Fluss, der vom Quell zur Kolonie führte, dann vorbei an Regalia, um schließlich in das weite Unterlandmeer zu münden, das man den Wasserweg nannte. Etwa nach der Hälfte des Weges war Thalia, die noch nicht ausgewachsen war, erschöpft, und sie mussten die Plätze tauschen, damit Thalia auf Ares fliegen konnte. Luxa nahm Hazard, Boots und Temp zu sich auf Aurora, und Gregor gesellte sich zu Howard auf Nike.

Jetzt kam Howard auf Gregors Ausrede mit dem Date zu sprechen. »Gregor, da Luxa keinen älteren Bruder hat, betrachte ich es als meine Pflicht, für sie zu sprechen. Wie ich für meine kleinen Schwestern sprechen würde. Ich weiß, dass du das, was du ein Date nanntest, nur als Vorwand benutzt hast, doch in Zukunft musst du dir etwas anderes einfallen lassen.«

»Wieso?«, fragte Gregor, obwohl er es sich denken konnte.

»Weil sie die Königin ist, weil du ein Überländer bist, weil ihr beide zu jung seid und es, selbst wenn es nicht so wäre, für ein solches Paar keine glückliche Zukunft geben könnte«, sagte Howard. »Im Unterland ist es eine langwierige und heikle Angelegenheit, eine Braut zu finden.«

Eine Braut? Das lief ja völlig aus dem Ruder. »Howard, es war doch überhaupt kein Date«, sagte Gregor.

»Das habe ich schon verstanden. Aber die bloße Tatsache,

dass du es als Ausrede benutzt, zeigt, wie wenig du vom Unterland weißt«, sagte Howard. »Schließlich hast du erwartet, dass ich dir deine Lüge abnehme. Frage dich einmal, weshalb du sie für plausibel hieltest.«

Das nahm Gregor den Wind aus den Segeln. Er merkte, dass er genauso rot wurde wie Luxa vorhin. Er war wohl davon ausgegangen, dass Howard die Möglichkeit, Gregor und Luxa könnten sich mögen, zumindest in Betracht ziehen würde. Und, noch schlimmer, es hatte einen Moment gegeben, in dem Howard so ausgesehen hatte, als ob er ihm glaubte.

»Im Überland ist ein Date keine große Sache«, sagte Gregor lahm. Für ihn wäre es das schon, aber er kannte Jungs in seinem Alter, die sich mit Mädchen verabredeten. Fürs Kino oder zum Pizzaessen. Und das war ja so etwas Ähnliches wie ein Picknick, nur dass es drinnen stattfand.

»Nun, hier wäre es eine sehr große Sache«, sagte Howard. »Vor allem mit meiner Cousine.«

»Hab schon verstanden«, sagte Gregor, der möglichst schnell das Thema wechseln wollte.

Als sie fast da waren, flogen Howard und Gregor voraus, um die Gegend zu sondieren. Am Anfang der Huscherkolonie gab es ein großes offenes Gebiet am Fluss. Links und rechts waren lauter Höhlen mit einem Geflecht schmaler Tunnel. Das Revier schien ideal für die Mäuse – der Fluss bot ihnen frisches Wasser und die Möglichkeit zum Fischen, und natürliche Nistplätze gab es auch.

Doch heute waren keine Mäuse da. Keine Antwort kam auf Luxas Gruß. Die Fledermäuse suchten mit Ultraschallortung nach Lebenszeichen, aber vergeblich. Sie landeten auf dem Strand, um sich die Gegend genauer anzusehen.

»Offiziell gehört das Gebiet zum Quell, doch mein Vater hat den Huschern erlaubt, es zu nutzen. Er hat schon immer Verständnis für ihre Notlage gehabt«, sagte Howard.

»Worin genau besteht ihre Notlage?«, fragte Gregor.

»Sie haben es sehr schwer, eine Heimat zu finden«, sagte Howard. »Sie wurden von den Hackern vertrieben, von den Spinnern und vor allem von den Nagern, die die Huscher besonders hassen, weil sie von jeher unsere Verbündeten sind. So sind sie in einzelnen Kolonien über das Unterland verteilt und versuchen, sich eine Existenz aufzubauen.«

»Dann ist es merkwürdig, dass sie von hier weggegangen sind«, sagte Gregor.

»Ganz genau«, sagte Howard. »Ich kann nicht glauben, dass sie freiwillig von hier verschwunden sind. Sie müssen wieder vertrieben worden sein.«

»Lasst uns in den Höhlen nachsehen«, sagte Luxa.

In den Höhlen sah es gespenstisch aus. Halb gegessene Mahlzeiten. Zerwühlte Nester. Kleine Steine, in einem Muster auf dem Fußboden angeordnet, offenbar ein Spiel. Es schien, als wäre die Kolonie noch eine Sekunde vor ihrem Auftauchen voller Leben gewesen und dann wären – zack! – alle spurlos verschwunden. Und kein Hinweis darauf, wohin die Huscher gegangen waren oder was sie zur Flucht getrieben hatte.

Bei der letzten Höhle verlor Luxa beinahe die Fassung. »Was mag ihnen nur zugestoßen sein? Ich kann mir einfach keinen Reim darauf machen!«

In diesem Moment stieß Hazard von der Rückseite der Höhle einen gellenden Schrei aus. Alle rannten zu ihm, weil sie dachten, er hätte sich verletzt, doch er war vor etwas zurückgeschreckt, was er an der Wand gesehen hatte. Als Luxa zu ihm kam, schlang er die Arme um sie und hielt sie fest.

»Hazard, was ist?«, sagte sie und tastete seinen Körper auf der Suche nach einer Wunde ab. »Bist du verletzt? Warum zitterst du?«

Hazard zeigte auf die Höhlenwand. Howard leuchtete mit der Fackel an die Wand, und im flackernden Licht sah Gregor ein Zeichen, das eilig hineingeritzt worden war. Das Zeichen kannte er. Ein Strich mit einem Bogen daran.

»Dasselbe haben Ares und ich unter Cevians Leiche gefunden. Wir dachten, sie wollte einen Buchstaben schreiben, ein F oder ein P oder so. Vielleicht den Anfangsbuchstaben eines Namens«, sagte Gregor.

»Nein, nein!«, sagte Hazard mit schriller Stimme. »Das ist eins der geheimen Zeichen.«

»Was ist das?«, fragte Gregor.

»Eine Geheimschrift. Alte Symbole, mit denen man seinen Verbündeten etwas mitteilen konnte, ohne dass der Feind es verstand«, sagte Howard.

»Aber Hazard, die geheimen Zeichen wurden seit Jahrhunderten nicht mehr benutzt. Sie haben ihre Bedeutung verloren«, sagte Luxa.

»Nicht im Dschungel«, sagte Hazard. »Wir benutzen sie noch immer. Frill hat sie meinem Vater und mir beigebracht. Das ist die Sense.«

»Und bedeutet das etwas Schlechtes?«, fragte Gregor mit einer Kopfbewegung zu dem Zeichen.

»Es bedeutet Tod«, sagte Hazard und fing an zu weinen.

»Bedeutet es, dass jemand sterben wird?«, sagte Luxa und hielt ihn fest im Arm.

»Nicht nur irgendjemand«, sagte Hazard. »Wir! Es bedeutet, wir, die es sehen, werden sterben!«

Teil 2
DIE ZEICHEN

10. Kapitel

Es dauerte lange, bis Hazard sich von Luxa ein wenig beruhigen ließ. Selbst als sie die Höhle verlassen und sich am Ufer des Flusses zusammengesetzt hatten, war er noch immer schockiert von dem, was er gesehen hatte. Gregor konnte sich kein Symbol im Überland vorstellen, das ihm solche Angst einjagen würde. Allerdings war Gregors Leben im Vergleich zu Hazards bisher auch ohne größere Gefahren verlaufen.

»Was ist denn eine Sense?«, fragte Gregor.

»Das ist ein Werkzeug, mit dem man Getreide erntet. Als wir heute über die Felder flogen, sahen wir Bauern mit Sensen«, sagte Howard.

Da erinnerte sich Gregor wieder an die Geräte, wie sie hin- und hergeschwenkt wurden. »Und wieso steht die Sense für den Tod?«

»Weil sie das Leben abschneidet. In alten Schriften aus

dem Überland wird der Tod bisweilen als Figur mit schwarzem Umhang und Sense in der Hand dargestellt. Er schneidet den Menschen das Leben ab«, sagte Howard.

»Ja, stimmt. Da hab ich das Ding gesehen«, sagte Gregor.

Howard machte ein kleines Feuer, damit alles nicht mehr so düster wirkte. Doch die Schatten, die von den Flammen an die steinernen Wände geworfen wurden, ließen die geisterhafte, wie ausgestorbene Mäusekolonie nur umso gruseliger erscheinen.

Boots, die nicht richtig verstand, was vorging, pflanzte sich neben Hazard und tätschelte ihm das Bein. »Hazard weint. Hazard ist traurig«, sagte sie.

»Schon gut, Boots, alles in Ordnung«, sagte Gregor und nahm sie in die Arme.

»Nein, es ist nicht alles in Ordnung«, sagte Hazard. »Wir haben die Sense gesehen.«

»Aber wir leben noch«, sagte Luxa und strich ihm über die Locken.

»Ja, vielleicht war das Zeichen für jemand anders bestimmt«, sagte Howard.

»Oder es wurde während der Pest eingeritzt«, sagte Luxa. »Ehe das Heilmittel gefunden war, als alle Warmblüter zum Tode verurteilt schienen.«

Hazard dachte darüber nach. »Ich weiß nicht«, sagte er. »Im Dschungel fürchten alle dieses Zeichen.«

»Hast du es jemals selbst gesehen? Im Dschungel, meine ich«, sagte Gregor.

»Einmal. Da war ein Insektenschwarm. Ihr Biss brachte einen schnellen Tod«, sagte Hazard.

»Aber du starbst nicht, Hazard«, sagte Howard aufmunternd. »Sonst wärest du jetzt nicht hier bei uns.«

»Meine Mutter starb«, sagte Hazard matt. »Frill entkam ihnen, doch meine Mutter wurde gebissen.«

Darauf wusste niemand etwas zu sagen. Niemand versuchte Hazard zu erzählen, sie seien in Sicherheit. Hinter jeder Ecke konnte wieder ein Schwarm stechender Insekten lauern. Noch eine Pest. Ein anderer Tod.

Irgendeine Maus hatte das Zeichen in die Wand geritzt. Cevian hatte das gleiche Zeichen am Queenshead hinterlassen. Warum? Welcher Gefahr waren sie ausgesetzt? Gregor glaubte nicht, dass es mit der Pest zu tun hatte. Oder mit den Schlangen.

»Hazard, als du im Dschungel gelebt hast, wie haben sich die Huscher da mit den Schlangen verstanden?«, fragte Gregor. »Mit den Schlangen, die so aussehen wie Lianen.«

»Du meinst die Schlängler?«, sagte Hazard. »Sie gingen sich aus dem Weg. Die Schlängler fressen die Jungen der Huscher, und die Huscher fressen die Eier der Schlängler.«

»Das ist wahr«, sagte Luxa. »Ich habe die Schlängler nie in der Nähe der Huscher gesehen. Ich glaube, keiner von beiden wollte sich der Gefahr aussetzen.«

»Dann glaubst du also, die Schlängler kamen erst, nachdem die Huscher fort waren?«, fragte Howard.

»Das hoffe ich«, sagte Luxa. »Und fürchte es gleichzeitig.

Es würde bedeuten, dass nicht nur eine, sondern zwei Huscherkolonien einer unbekannten Bedrohung wegen ihr Zuhause verlassen haben.«

»Es hört sich so an, als hätten sie eine Menge Feinde«, sagte Gregor. »Die Spinner, die Hacker …«

»Das waren nur Revierkämpfe. Sobald die Huscher ihre Gebiete verlassen hatten, waren weder die Spinner noch die Hacker daran interessiert, sie zu verfolgen. Ich kann mir nur ein Tier vorstellen, das so etwas tun würde«, sagte Howard.

Niemand brauchte die Ratten zu erwähnen. Alle wussten, wer gemeint war.

Während des Fluges hatten sie sich aus den Picknickkörben bedient und vor allem das gegessen, was obenauf lag. Jetzt breitete Howard die Köstlichkeiten aus, die in der Küche vorbereitet worden waren. Würzige Fischsalate, viele verschiedene Käsesorten, eingelegte Gemüse, gebratenes Huhn, Rindfleischscheiben, gefüllte Eier, mehrere Brote und verschiedene Desserts. Es war eine beeindruckende Auswahl, aber niemand außer Boots hatte Appetit. Sie aß, bis ihr Bauch so prall war wie ein Fußball. »Guck mal!«, sagte sie zu Gregor und hob ihr T-Shirt hoch. Er pikste ihr in den Bauch und schüttelte den Kopf. »Apropos fressen wie ein Leuchter!«, sagte er. Wahrscheinlich stand bei ihr der nächste Wachstumsschub an. Hoffentlich.

Am Ende des Picknicks waren sie alle hundemüde. Alle bis auf Boots, die während der Reise ein schönes Nickerchen gehalten hatte und jetzt zum Spielen aufgelegt war.

Sie beschlossen, in Zwei-Stunden-Schichten Wache zu halten. Gregor und Temp meldeten sich für die erste Schicht.

Gregor kramte in seinem Rucksack nach etwas, womit er Boots ruhigstellen konnte. Er hatte kein Spielzeug dabei, weil sie ja ursprünglich gar nicht mitkommen sollte. Das Einzige, was er ihr anbieten konnte, war das Fernglas.

»Guck mal, Boots, eine Zauberbrille«, sagte er. Es dauerte ein paar Minuten, bis sie begriffen hatte, wie man durch das Fernglas schaute. Dann war sie von den vergrößerten Bildern fasziniert. Immer wieder schaute sie durch das Fernglas und ließ es dann wieder sinken. »Temp ist groß. Temp ist klein. Temp ist groß. Temp ist klein.«

»Psst. Die anderen wollen schlafen«, sagte Gregor.

»Temp ist groß. Temp ist klein. Temp ist groß. Temp ist klein«, flüsterte Boots.

Gregor war froh darüber, ein wenig Zeit mit dem Kakerlak verbringen zu können. Mit Boots und Hazard schwatzte Temp immer lebhaft in der skurrilen Mischung aus Menschensprache und Krabblisch, die die drei entwickelt hatten, aber in größeren Gruppen machte er kaum den Mund auf. Man konnte leicht vergessen, dass er überhaupt da war.

»Temp, was hältst du von der Sache mit den Huschern?«, fragte Gregor, als die anderen schliefen.

»Hassen die Huscher, die Nager, hassen die Huscher«, sagte Temp.

»Aber wir wissen ja noch gar nicht, ob die Ratten etwas damit zu tun haben«, sagte Gregor.

»Wird sein zu spät, das Wissen, zu spät«, sagte Temp.

»Zu spät wofür, Temp?«, fragte Gregor.

»Fürs Tun«, sagte Temp.

»Du meinst, um etwas zu tun, womit wir den Huschern irgendwie helfen könnten?«, fragte Gregor, und der Kakerlak nickte.

Als die zwei Stunden für Gregor um waren, war auch Boots endlich müde. Er legte sich mit ihr hin, und schon bald schlummerte sie ein. Bei ihm dauerte es etwas länger. Er dachte über Temps Worte nach – darüber, dass es zu spät zum Handeln sein würde. Niedergeschlagen schaute Gregor sich in der verlassenen Kolonie um. Er hatte Angst, dass der Kakerlak recht haben könnte.

Am nächsten Morgen freute sich keiner darauf, nach Regalia zurückzukehren.

»Was wir gesehen haben, wird nicht ausreichen, um den Rat zum Handeln zu bewegen«, sagte Luxa.

»Vielleicht würde es doch helfen, wenn du die Geschichte von deiner Krone erzählst«, sagte Howard.

»Nein. Da Cevian uns nicht verraten konnte, warum sie die Krone geschickt hat, wird man annehmen, die Huscher seien von den Schlänglern aus dem Dschungel vertrieben worden und hätten sich auf die Suche nach einer neuen Heimat gemacht«, sagte Luxa.

»Was ist mit den geheimen Zeichen?«, sagte Hazard. »Im Dschungel würden sie ausreichen.«

»Doch wir wissen nicht genau, weshalb sie eingeritzt

wurden, daher hat der Rat keine Grundlage, Soldaten nach den Huschern auszuschicken«, sagte Luxa.

»Um ehrlich zu sein, Cousine, so halte ich es für sehr wahrscheinlich, dass die Nager die Huscher aus beiden Kolonien vertrieben haben. Doch dafür fehlen uns die Beweise. Und selbst wenn wir sie hätten – wir haben noch nie eine Armee ausgeschickt, um die Huscher vor der Vertreibung zu bewahren«, sagte Howard.

»Hätten wir das nur getan«, sagte Luxa grimmig.

»Was ist mit dem Korb voll Mäusebabys?«, sagte Gregor. Aus irgendeinem Grund beunruhigte ihn das am meisten.

»Der Rat könnte, wie du anfangs, behaupten, die Mutter sei verrückt. Oder, falls die Huscher vertrieben wurden, dass sie nicht glaubte, die Jungen würden die Reise überstehen. Sie werden es kleinreden. Doch wenn ich alles zusammennehme, die Krone, Cevians Tod, die Mäusejungen, zwei verlassene Kolonien und die geheimen Zeichen, dann weiß ich im tiefsten Innern, dass gerade ein sehr schlimmes Unrecht geschieht«, sagte Luxa. »Wir müssen mehr eindeutige Beweise finden.«

»Das dürfte schwierig sein, umso mehr, als wir alle Hausarrest bekommen, wenn wir nach Regalia zurückkehren«, sagte Howard.

»Meine Mutter schickt Boots und mich garantiert ins Überland«, sagte Gregor. »Ich glaub kaum, dass wir noch mal herkommen dürfen.«

»Für wie lange?«, fragte Howard.

»Vielleicht für immer, Howard«, sagte Gregor. Seine Familie wartete nur auf die Rückkehr der Mutter. Sobald sie konnte, würde sie alles zusammenpacken und mit ihnen nach Virginia ziehen.

»Du meinst, dass wir dich nach dieser Reise nicht wiedersehen werden?«, fragte Luxa.

»Wahrscheinlich nicht«, sagte Gregor. Es kam ihm unwirklich vor, dass er die Unterländer ab morgen womöglich nicht mehr sehen würde. Aber seine Mutter würde ihm hier nie mehr vertrauen, wenn sie erfuhr, dass er Boots mit auf das »Picknick« genommen hatte.

»Hätten wir das gewusst, hätten wir nicht erlaubt, dass du uns begleitest!«, sagte Luxa. Sie lief ständig weg und stürzte sich in gefährliche Abenteuer, und nie hatte das irgendwelche ernsthaften Konsequenzen. Aber Gregor war keine Königin, und er war im Unterland nicht zu Hause. »Aber Moment, Gregor, du irrst dich sicher. Was ist mit der Proph…«

Luxa verstummte, aber Gregor wusste, was sie sagen wollte. Was ist mit der »Prophezeiung der Zeit«? Der Prophezeiung, über die ihm niemand etwas verraten mochte. Die davon handelte, dass er »möglicherweise« bald den Fluch töten würde. Er überlegte, ob er nachhaken sollte, aber Nerissa hatte gesagt, es könnte ihm oder denen, die er liebte, schaden, wenn er etwas über die Prophezeiung wüsste. Hatte sie Angst, dass er, wenn er von der Prophezeiung wüsste, abhauen und irgendeine Dummheit machen würde? Er dachte daran, wie besessen er von der Prophezeiung des Bluts gewesen war und wie er herauszufinden versucht hatte, was sie bedeutete … Aber das hatte zu nichts geführt … und doch nagte das Wissen um diese neue Prophezeiung an ihm. Er beschloss, Luxa nicht danach zu fragen; wenn er allerdings wieder in Regalia war, wollte er Vikus darauf ansprechen. Was genau stand darin? Handelte die Prophezeiung eindeutig von Gregor? Denn wenn es so war, musste er im Unterland bleiben, um sie zu erfüllen, und damit wäre seine Mutter niemals einverstanden. Fürs Erste beschloss er, Luxas Bemerkung einfach zu überhören.

»Weißt du, ich wäre sowieso bald von hier weggegangen, selbst wenn ich nicht mit euch gekommen wäre«, sagte Gregor. »Aber ich wollte mitkommen. Um gemeinsam mit euch herauszufinden, was mit den Huschern passiert ist.«

»Was uns noch immer nicht gelungen ist«, sagte Howard. »Wir wissen weder, was mit ihnen passiert ist, noch, wo sie jetzt sind. Auf jeden Fall wurden sie nicht hier getötet. Und sie wurden auch nicht in den Fluss geworfen, denn dann hätten ihre Leichen nach Regalia getrieben werden müssen.«

»Dann sind sie also tiefer in die Tunnel hineingegangen«, sagte Luxa.

»Das ist möglich«, sagte Howard. »Doch wie konnte eine ganze Huscherkolonie den Kundschaftern vom Quell entgehen? Sie überwachen dieses Gebiet.«

»Wo könnten sie dann hin sein?«, fragte Gregor.

»Ich kann mir nur eine Möglichkeit denken. Den Stollen«, sagte Howard.

»Was ist das?«, fragte Gregor.

»Ein Tunnel, der von den Höhlen aus unter dem Fluss verläuft«, sagte Luxa. »Howard, weißt du, wo der Eingang ist?«

»Ja. Ich hatte Freunde unter den Huschern, die ihn mir gezeigt haben. Ich habe den Stollen einmal durchquert. Und ich habe das sichere Gefühl, dass wir dort einige Antworten finden werden«, sagte Howard. »Doch ich möchte Gregor nicht in Schwierigkeiten bringen.«

»Vergiss es. Noch mehr Ärger kann ich sowieso nicht kriegen«, sagte Gregor. »Ob wir nun den Stollen durchqueren oder nicht, ich werd sowieso nach Hause geschickt.«

»Was kann es schaden, Howard? Wir sind ohnehin alle in Ungnade gefallen«, sagte Luxa.

Wenige Minuten später hatten sie die Öffnung des Stollens ausfindig gemacht und rutschten mehr oder weniger den steilen Tunnel hinunter. Der Tunnel war so groß, dass die Fledermäuse hätten hindurchfliegen können, aber da sie hofften, etwas über den Verbleib der Huscher herauszufinden, fanden sie alle, dass ein langsamer Fußmarsch sinnvoller war als ein schneller Flug.

Das Durchqueren des Stollens erinnerte Gregor an eine Fahrt mit der U-Bahn von der 14th Street in Manhattan nach Brooklyn. Sie führte unter dem East River hindurch. Es dauerte nicht lange, nur ein paar Minuten, aber ungefähr nach der Hälfte wurde Gregor jedes Mal ein wenig nervös. Es war nicht ohne, einen ganzen Fluss über sich zu wissen. Hätte man nicht besser eine Brücke bauen können?

Schließlich war der Weg nicht mehr so steil, und sie gingen auf ebenem Grund. Erst jetzt konnte Gregor sich auf etwas anderes konzentrieren als auf seine Füße. Er leuchtete mit der Taschenlampe über das Geröll und hoffte auf ein Indiz dafür, dass auch die Huscher hier langgegangen waren, aber die Steine gaben nichts preis. Als Nächstes untersuchte er die Wände des Tunnels. Auf den ersten Blick wirkten sie unberührt wie der Boden, doch als es langsam bergauf ging und sie sich dem anderen Ufer des Flusses näherten, entdeckte Gregor etwas.

»Wartet mal«, sagte er. Er trat hinüber zu der einen Wand und leuchtete mit der Taschenlampe auf eine Stelle etwa dreißig Zentimeter über dem Boden. Dort war ein Fußabdruck, leicht verwischt, aber unverkennbar. »Schaut mal.« Er kniete sich hin und stützte sich mit einer Hand an der Wand ab.

Die anderen kamen herbei. »Das ist der Abdruck einer Huscherpfote«, sagte Luxa. »Ohne jeden Zweifel. Doch woraus besteht er?«

Howard kratzte mit dem Fingernagel darüber, rieb den Stoff zwischen den Fingern und roch daran. Er hielt die Hand Nike hin. »Blut?«, fragte er.

»Huscherblut«, bestätigte Nike. »Aber schon einige Tage alt.«

»Wenn man keine Zeit hat, eine weitere Sense einzuritzen …«, sagte Gregor.

»Oder wenn man dabei nicht gesehen werden darf …«, sagte Luxa.

»Genau. Auf diese Weise kann man sehr schnell ein Zeichen hinterlassen«, sagte Gregor.

»Vor allem, wenn man bereits blutet«, sagte Aurora.

Stumm starrten sie auf den Fußabdruck. Eine ganze Geschichte verbarg sich darin. Wie auch in Cevians kaltem Körper, dem Korb mit den Mäusebabys und den verlassenen Höhlen. Für sich genommen bewies das alles gar nichts. Doch Gregors Instinkt verriet ihm, dass Luxa recht hatte. Dass hinter alledem etwas Böses steckte. Das war ein komisches Wort. Ein Wort aus Märchenbüchern. Kein Wort, das er sonst in seiner ursprünglichen Bedeutung gebrauchte. Aber hier im Tunnel passte es.

Als könnte sie nicht anders, legte Luxa die Hand auf den Fußabdruck. Sie senkte den Kopf ein wenig und kniff einen kurzen Moment lang die Augen zu. Der Kummer, der von ihr ausging, war fast greifbar.

Gregor überlegte gerade, was sie als Nächstes tun sollten, als er merkte, dass die Erde unter seinen Füßen wackelte. Nur eine U-Bahn, die vorbeifährt, dachte er. Die Bahnen ließen die Bahnsteige vibrieren, das spürte man sogar über der Erde. Da fiel ihm ein, dass er in diesen Tunnel gar nicht mit der U-Bahn gefahren war.

»In die Lüfte!«, schrie Howard, und die Fledermäuse machten sich startklar. »Was ist?«, fragte Hazard. »Was ist los?«

Gregor hob Boots hoch und stieg schnell auf Ares' Rücken. Auch ohne dass Howard es sagte, wusste er, dass das hier das erste Erdbeben seines Lebens war.

11. Kapitel

Gregor und Boots saßen bereits auf Ares' Rücken, als Ares durch ein weiteres Beben das Gleichgewicht verlor. Er schaffte es noch abzuheben, ebenso Nike mit Howard und Aurora mit Luxa. Doch Thalia hatte weniger Glück. Die kleine Fledermaus mit Hazard auf dem Rücken wurde zur Seite geschleudert.

»Hazard!«, schrie Luxa. Sie sauste mit Aurora hinunter und streckte die Arme aus, um Hazard hochzuziehen, aber er stieß sie von sich.

»Nein, Luxa! Ich muss bei Thalia bleiben!«, sagte er. »Wir wollen uns miteinander verbinden!«

»Mit dir auf dem Rücken kann sie nicht fliegen!«, sagte Howard. »Oh, dafür haben wir nun wahrlich keine Zeit! Nike!« Nike flog zu Thalia, und Howard zog den Jungen mit einer Hand zu sich herüber.

»Thalia!«, kreischte Hazard, als Howard ihn zu sich auf

Nike zerrte. »Thalia!« Obwohl sie verzweifelt mit den Flügeln schlug, gelang es ihr nicht, abzuheben.

Jetzt schien die ganze Welt zu beben, und ein tiefes Grummeln drohte ihre Stimmen zu übertönen.

»Haltet euch fest!«, rief Ares. Gregor umklammerte die Fledermaus mit den Beinen und schlang die Arme um Boots, als sie sich nach unten neigten. Dann flogen sie wieder waagerecht. Gregor spürte, dass ein Gewicht an Ares zog, und wusste, dass er Thalia in den Klauen hatte. »Wohin?«, schrie Ares. »Zurück zur Kolonie?«

»Nein, das schaffen wir nie. Mir nach!«, rief Howard und steuerte in einen Tunnel, der zur anderen Seite des Stollens führte.

Jetzt begann es Felsstückchen von der Tunneldecke zu regnen. Erst nur kleine, wie das Geröll, das den Boden bedeckte, aber schon bald größere Brocken. Einer traf Gregor an der Schulter, und die scharfe Kante durchschnitt ihm das T-Shirt bis aufs Fleisch. Er legte sich schützend über Boots und drückte sie an Ares' Hals. Plötzlich fiel ihm etwas Schreckliches ein. »Temp! Wir haben Temp vergessen!« Er hatte den Kakerlak auf keiner der Fledermäuse gesehen. Da stieß ihn von hinten etwas an, und er begriff, dass Temp auf Ares' Rücken geklettert war, als das Erdbeben losging. Ein Glück, denn jetzt wäre es zu spät gewesen, um noch umzukehren.

Über Ares' Nacken gebeugt konnte Gregor den Boden sehen; wie Meereswellen wogte der Schotter.

Jetzt zeigten sich Risse in den Tunnelwänden. Erst nur

feine Linien, die rasch über die Felsen liefen und baumartige Muster ergaben. Dann wurden die Risse tiefer. Und dann spürte Gregor Wasser im Nacken. Es waren nur kleine Spritzer wie Regentropfen, aber er wusste, dass es nicht dabei bleiben würde.

»Die Decke! Sie stürzt ein! Der Fluss kommt durch!«, schrie er. Er wusste nicht, ob Ares ihn bei dem Lärm überhaupt verstehen konnte. Doch er flog sowieso schon, so gut es eben ging. Jetzt fielen noch mehr und noch größere Gesteinsbrocken herunter, und sosehr Ares sich auch bemühte, er konnte nicht allen ausweichen.

Plötzlich strömte Wasser über den Schotterboden, und Gregor wusste, dass irgendwo hinter ihm der Fluss durch die Decke gebrochen war. Die Öffnung des Tunnels war in Sicht. Nike und Aurora waren gerade hinaus in die Freiheit gesaust, als die Welle Ares traf.

Boots wurde Gregor aus den Armen gerissen. Ares verschwand unter ihm. Gregor trieb allein im Wasser und konnte noch nicht mal nach Luft schnappen, weil er keine Ahnung hatte, wo die Luft sein könnte. Boots!, schrie es in seinem Kopf. Boots!

Gregor wurde gegen die Felsen geschleudert und holte einmal kurz Atem, ehe eine weitere Welle ihn überspülte. Immer wieder überschlug er sich in dem schwarzen Wasser. Er stieß mit dem Kopf gegen irgendetwas und schnappte nach Luft, Wasser strömte ihm in die Lunge. Er merkte, wie er das Bewusstsein verlor.

Dann spürte er undeutlich einen stechenden Schmerz im Fuß, und mit einem Mal war wieder Luft um ihn herum. Er hing im freien Raum, und Wasser lief ihm aus Mund und Nase. Eine Fledermaus hatte ihn hochgehoben, aber er konnte nicht sehen, welche.

Die Fledermaus setzte ihn auf einem Steinvorsprung ab, wo er den Rest des Flusswassers herauswürgte, das er in der Lunge hatte. Die Erde neben ihm bebte ganz leicht. Gregor zwang sich auf die Knie. Seine Taschenlampe funktionierte noch. Howard, Luxa und Aurora lagen blutend und keuchend neben ihm. Offenbar waren auch sie von der Welle erfasst worden. Von den anderen war nichts zu sehen.

»Boots!«, schrie Gregor. Der Schein seiner Taschenlampe durchschnitt die Dunkelheit. Sie befanden sich hoch über tosendem Wasser. Ein paar Hundert Meter weiter konnte er den oberen Teil dessen sehen, was einmal der Eingang zum Stollen gewesen war. Schnell flogen Ares und Nike übers Wasser, um die anderen zu suchen.

»Hazard! Hazard!« Luxa war genauso verzweifelt wie Gregor.

Boots, Hazard, Thalia, Temp. Die Kleinsten, die Jüngsten, die Wehrlosesten, sie alle fehlten.

»Aurora, kannst du fliegen? Kannst du fliegen?«, flehte Luxa. Doch die goldene Fledermaus spie noch immer Wasser und konnte nicht antworten.

Im Schein der Taschenlampe wurde etwas sichtbar, das ganz in der Nähe in seichtem Gewässer zappelte. Ares flog im Sturzflug hinab, und als er wieder hochkam, hatte er die triefnasse Thalia in den Klauen. Und Thalia hatte Hazard in den Klauen.

Ares legte die beiden sanft auf den Stein und flog dann wieder los. Thalia hatte die Lunge voller Wasser, wahrscheinlich war sie einem Schock nahe, aber sie kämpfte. Hazard dagegen wirkte leblos. Seine Haut war bleich mit einem bläulichen Schimmer. An der Stirn hatte er eine tiefe blutende Wunde. Seine Brust bewegte sich nicht.

Howard war sofort bei ihm und versuchte ihn wiederzubeleben. Gregor und Aurora mussten mit vereinten Kräften Luxa zurückhalten.

»Howard macht das schon! Er kennt sich aus!«, sagte Gregor, als sie sich aus seinem Griff befreien wollte. Wenn Mareth da wäre, hätte er Luxa einfach k. o. geschlagen. Das hatte er einmal bei Howard gemacht, der ausgerastet war, als seine Fledermaus Pandora von Mücken aufgefressen worden war. Aber Gregor konnte sich nicht vorstellen, Luxa derart fest zu schlagen.

Als sie sich so weit beruhigt hatte, dass Aurora sie allein halten konnte, winkte Gregor Ares herbei. Dann flogen sie zusammen dicht über dem Wasser und hielten nach einem Lebenszeichen Ausschau.

»Boots!«, schrie Gregor. »Boots!« Mit jeder Sekunde, die verging, schwand die Hoffnung, sie lebend zu finden.

Er spürte, wie die Verzweiflung ihn übermannte, als er

ein schwaches Jammern hörte. »Ma-maa!« Jetzt wurde es lauter. »Ma-maa!«

»Oh Gott, sie lebt!«, sagte Gregor, und Tränen der Erleichterung traten ihm in die Augen. »Boots! Ich komme! Warte!«

»Ma-maa!«, rief sie wieder, aber sie sahen sie noch immer nicht.

»Wo ist sie, Ares?«, fragte Gregor.

»Ich weiß nicht! Ich kann sie nicht orten!«, sagte Ares.

»Ma-maa!« Jetzt war der Schrei schwächer.

Gregor hatte das Gefühl, dass die Dunkelheit sie jeden Moment für immer verschlucken könnte. »Boots! Wo steckst du?« Als ob sie ihm das sagen könnte. Doch wie sich herausstellte, konnte sie das tatsächlich. Denn plötzlich sah er einen winzigen Lichtfleck. Ihr Zepter! Ihr blödes, albernes, wunderbares, erstaunliches und offenbar wasserfestes Prinzessinnenzepter!

Sie fanden sie in einem kleinen Wasserbecken. Sie weinte. Ihr Krönchen und ihr Prinzessinnenrock waren weg. Das Zepter hielt sie ganz fest. Sie saß auf Temps Rücken und paddelte im Kreis herum. Die Felswände, die sie umgaben, waren zu steil, um daran hochzuklettern.

»Ach, meine Kleine«, sagte Gregor und zog sie hoch in seine Arme. »Ach, Boots.«

Sie klammerte sich an ihn, aber sie war auch wütend. »Du hast losgelassen. Im Wasser. Du hast mich losgelassen!«, schluchzte sie und schlug ihn mit ihrer kleinen Faust.

»Es tut mir leid. Das wollte ich nicht. Es tut mir leid, Boots«, sagte er, aber sie wollte ihm nicht verzeihen.

Temp herauszuziehen war nicht so einfach. Schließlich packte Ares ihn mit dem Maul, warf ihn in die Luft und fing ihn auf dem Rücken auf. Temp landete mit einem dumpfen Schlag, der bestimmt nicht angenehm war, aber Temp war hart im Nehmen.

Boots kam jetzt richtig in Fahrt. »Du hast Temp losgelassen! Du hast Temp auch losgelassen!«

»Tut mir leid. Tut mir leid«, sagte Gregor immer wieder, und dann landeten sie bei den anderen.

Howard versuchte noch immer, Hazard wiederzubeleben, als die Erde erneut bebte.

Ein Nachbeben, dachte Gregor. So nannte man das wohl. Als er Boots fest umarmte, überlegte er, ob sie versuchen sollten zu fliehen. Doch wohin soll man fliehen, wenn die ganze Welt wackelt?

Als Gregor das Geräusch eines Steinschlags hörte, drehte er sich zum Eingang des Stollens. Die Steinwand über dem Tunnel, die von dem ersten Erdbeben schon Risse hatte, brach allmählich weg. Plötzlich ertönte ein ohrenbetäubender Knall, und im nächsten Moment lag Gregor auf der Seite, Boots noch in den Armen.

Er hob die Taschenlampe und sah gerade noch, wie der Eingang des Stollens von einer Lawine zugeschüttet wurde.

12. Kapitel

Die Lawine traf mit solcher Wucht auf das Wasser, dass einige Wellen zu ihnen herüberschwappten, aber sie wurden nicht weggespült. Und nasser konnten sie sowieso nicht mehr werden – sie waren alle durchweicht, bis auf die Knochen.

Howard hatte die neueste Katastrophe kaum mitbekommen, weil er mit Hazard beschäftigt war. Die anderen saßen triefend und zitternd da, während er rhythmisch auf die Brust des Jungen drückte und ihn beatmete. Sekunden wurden zu Minuten. Luxa wehrte sich nicht länger und schaute Hazard nur an; sie sah aus wie erstarrt und schien weit weg zu sein. Sie dachte wohl, Hazard sei nicht mehr zu retten.

Erst als Howard rief: »Sein Herz schlägt!«, kam wieder Leben in die anderen.

Luxa stürmte auf Hazard zu und fasste seine Hand. »Lebt er? Lebt er?«, fragte sie.

In diesem Moment kam ein ganzer Schwall Wasser aus Hazards Mund. Howard drehte den Jungen auf die Seite, und Luxa tröstete ihn, während er sich erbrach.

Die Fledermäuse hatten noch immer die Picknickkörbe auf dem Rücken. Howard kramte in dem kleineren Korb, den Nike trug, und holte einen großen Lederkasten heraus. Howard vergaß nie, einen Erste-Hilfe-Kasten zu packen. Daran hatte Gregor überhaupt nicht gedacht. Noch ein Zeichen dafür, dass er wohl nicht zum Arzt taugte.

Dafür hatte Gregor Taschenlampen und Reservebatterien mitgenommen, und das war gut, denn abgesehen von Boots' Zepter waren sie die einzige Lichtquelle. Die Fackeln waren den Fluten zum Opfer gefallen.

»Ich muss seine Wunde nähen«, sagte Howard. Während Luxa Hazard in den Armen hielt, säuberte Howard die klaffende Wunde an seiner Stirn und nähte sie mit schnellen, fachkundigen Stichen. Er leuchtete Hazard mit Gregors Taschenlampe in die Augen und sah sich seine Pupillen an.

»Wird er genesen?«, fragte Luxa.

»Oh ja. Er hat nur einen Schlag auf den Kopf abbekommen und etwas zu viel Wasser geschluckt«, sagte Howard fröhlich. »Wenn du das nächste Mal Durst hast, Hazard, trink doch lieber aus einer Tasse anstatt aus einem Fluss.«

Hazard brachte ein schwaches Lächeln zustande. »Mach ich.«

Thalia lachte hysterisch, dann fing sie an zu weinen. Es war heute alles zu viel für sie gewesen. Nike nahm die kleine Fledermaus unter die Flügel, bis sie sich wieder beruhigt hatte.

Howard befreite Hazard von den nassen Kleidern und wickelte ihn in eine Decke. »Ich gebe dir jetzt etwas, was deine Kopfschmerzen lindert.« Howard gab Hazard aus einer großen grünen Flasche zu trinken, ein Schmerzmittel, das Gregor noch von der letzten Reise kannte. »Versuche, ganz ruhig liegen zu bleiben. Kannst du das?«

Hazard nickte.

»Gut. Wie steht es um die anderen?«, fragte Howard.

Sie starrten ihn alle nur an. Im Vergleich zu Hazards Schmerzen wirkten ihre eigenen Verletzungen völlig unbedeutend, und niemand wagte es zu klagen. Außer Boots natürlich.

»Gre-go hat mich losgelassen«, sagte sie, noch immer schniefend. »Guck.« Theatralisch hob sie ihren kleinen Zeigefinger hoch. Was da zu sehen war, konnte man nicht einmal als Schnitt bezeichnen, es war höchstens ein Kratzer.

»Ach je. Das müssen wir sofort behandeln«, sagte Howard. »Und stellt euch bitte alle in der Reihe auf. Ich möchte nicht, dass hier irgendjemand tapfer ist.«

Es dauerte keine Minute, Boots zu behandeln, dann ging Howard zu den anderen, nähte die Wunden und untersuchte alle auf Knochenbrüche. Sie hatten einiges abbekommen, aber niemand war ernsthaft verletzt. Luxa, die Hazard im Arm gehalten hatte, während die anderen verarztet wurden, kam als Letzte an die Reihe. Sie hatte einen Finger der linken Hand verstaucht.

Während Howard ihn mit einer schmalen Schiene aus Stein und Stoff ruhig stellte, sagte sie: »Ich bin so dankbar, dass du mitgekommen bist.«

»Das hätte ich gern in Stein eingemeißelt. Für den Fall, dass du wieder einmal entscheiden musst, wer dich auf ein Picknick begleiten darf«, sagte Howard.

»Danke, dass du Hazard gerettet hast«, sagte Luxa mit bebender Stimme.

»Er ist mein Cousin«, sagte Howard, während er den Stoff festband. »So, wie du meine Cousine bist, nicht wahr?«

Statt einer Antwort schlang Luxa ihm die Arme um den Hals. »Oh nein, du willst mich tatsächlich umarmen?« Er erwiderte ihre Umarmung und grinste Gregor über ihre Schulter hinweg an. »Und es hat nur ein Erdbeben, eine Überschwemmung und eine Lawine gebraucht.«

Da lachten sie alle, sogar die Fledermäuse und Temp. Sogar Luxa.

Jetzt, da die unmittelbare Gefahr überstanden war, mussten sie sich dem nächsten großen Problem zuwenden.

»Die Lawine hat den Eingang zum Stollen versperrt. Wie kommen wir jetzt zurück nach Regalia?«, fragte Gregor. Die Suche nach den Mäusen war vorbei. Jetzt mussten sie Hazard nach Hause bringen.

»Das ist leichter gesagt als getan«, sagte Howard. »Denn wir befinden uns im Gang des Hades.«

»Und was ist das?«, fragte Gregor.

»Das ist ein langer Gang, der sehr tief unter die Erde führt. Und er hat nur zwei Eingänge. Einmal auf dieser Seite den Stollen, der uns versperrt ist. Und dann am anderen Ende die Feuerländer, viele Meilen von hier«, sagte Howard.

»Was, gibt es keinen anderen Ausgang?«, fragte Gregor.

»Ich fürchte, nein. Es gibt einige Höhlen, aber keine weiteren Tunnel«, sagte Howard.

»Die Feuerländer … liegen die nicht in der Nähe des Dschungels?«, fragte Gregor. Er versuchte, sich die Karte vom Unterland vor Augen zu führen, die er einmal gesehen hatte, aber das Bild war verschwommen.

»Ja. Die Reise dorthin dürfte etwa fünf Tage dauern. Drei Tage für den Gang des Hades und zwei für den Rückweg nach Regalia. Doch bevor wir aufbrechen, müssen wir etwas essen und uns ausruhen. Wir sind alle erschöpft, und Hazard darf nicht so bald bewegt werden«, sagte Howard.

Niemand mochte etwas essen. Von dem Flusswasser hatten sie alle ein flaues Gefühl im Bauch. Gregor schaltete seine Taschenlampe auf gedimmtes Licht und stellte sie in die Mitte der Runde. Mehr konnten sie sich nicht leisten, denn sie hatten einen langen Weg ohne Fackeln vor sich.

»Dein Licht, Gregor. Wie lange wird es halten?«, fragte Luxa.

»Keine fünf Tage«, sagte Gregor.

»Ich mag die Dunkelheit nicht«, sagte Hazard wehmütig. »Ich vermisse den Dschungel. Dort gab es immer Licht.«

»Wenn wir schlafen, Hazard, spielt es keine Rolle, ob es hell oder dunkel ist«, sagte Luxa und strich ihm die Locken zurück. »Darf er jetzt schlafen, Howard?«

»Ja, Hazard darf ruhen, doch wir müssen ihn jedes Mal wecken, wenn die Wache wechselt«, sagte Howard. »Das ist wichtig bei Kopfverletzungen.«

Luxa wollte die erste Schicht übernehmen. Vor Sorge um Hazard konnte sie sowieso nichts anderes machen. Gregor dachte darüber nach, wie sich Luxas Leben durch ihre tiefe Zuneigung zu Hazard verändert hatte. Sie war auf eine neue Art verletzlich geworden. Die Vorstellung, einen geliebten Menschen zu verlieren, war immer unerträglich, aber als Gregor damals gedacht hatte, er hätte Boots verloren, war das für ihn das Ende der Welt gewesen. Die Liebe zu einem kleinen Kind war etwas ganz Besonderes.

Hazards Unfall und die Angst um die Mäuse hatten Luxa an die Grenze dessen getrieben, was sie ertragen konnte. Gregor meldete sich freiwillig mit zur ersten Schicht, ehe ihm jemand zuvorkommen konnte. Er wollte ein bisschen auf Luxa aufpassen.

Sie hatten alle nasse Kleider beziehungsweise nasses Fell, sogar Temps Panzer war nass – immer wieder tropfte ihm irgendwo Wasser heraus –, aber trotzdem waren sie bald eingeschlafen.

Gregor setzte sich neben Luxa auf den kleineren Picknickkorb, den sie gegenüber von Hazards Schlafstätte gestellt hatte.

Jetzt hatte er sich richtig was eingebrockt. Die Liste seiner Vergehen war ziemlich beeindruckend. Er war heimlich mit Luxa zu der Mäusekolonie geflogen. Er hatte Boots mitgenommen. Er hatte sich in den Stollen gewagt, über den er nichts wusste, und eine Lawine hatte ihm den Weg abgeschnitten. Frühestens in fünf Tagen war er wieder in Regalia, und bis dahin würde seine Familie durch die Hölle gehen. Sie wussten nur, dass er mit Boots zu einem Picknick geflogen und nicht mehr zurückgekehrt war. Da kam ihm plötzlich ein Gedanke.

»Du, Luxa, wenn so viel Wasser vom Fluss in den Stollen geflossen ist, dann merken die das doch in Regalia, oder? Ich meine, der Fluss führt dann ja weniger Wasser«, sagte Gregor.

»Ja, so wird es sein. Nach der Lawine ist der Wasserspiegel hier nicht mehr angestiegen. Anscheinend kommt kein Wasser mehr hindurch. Doch wir wissen nicht, was auf der anderen Seite des Stollens geschehen ist«, sagte Luxa. »Warum?«

»Ich dachte nur, die Leute in Regalia können sich vielleicht denken, dass wir hierhergeflogen sind, und sich dann ausrechnen, dass wir für den Rückweg eine Weile brauchen«, sagte Gregor. »Angenommen, sie haben nachgeforscht, warum der Fluss so wenig Wasser führt. Vielleicht haben sie dabei die Stelle in der Huscherkolonie entdeckt, wo wir ein Feuer gemacht haben. Vielleicht zählen sie dann eins und eins zusammen und kommen darauf, dass wir in den Stollen geflogen sind.«

»Aber Gregor, das Feuer hätte doch von jedem stammen können. Und wenn der Fluss in den Stollen strömt, überflutet er vielleicht auch die Kolonie der Huscher und verwischt alle unsere Spuren«, sagte Luxa.

Sie hatte recht. Wenn auf dieser Seite eine große Welle aus dem Stollen geschwappt war, dann war auf der anderen Seite bestimmt dasselbe passiert. Gregor hatte zu wenig Ahnung von Geografie, um sich vorzustellen, was mit dem Fluss oder dem Umland passieren würde, wenn sich die Lage beruhigt hatte.

»Überdies haben sie keinen Grund anzunehmen, dass wir so weit fortfliegen würden. Wären wir beide allein unterwegs, dann vielleicht. Man traut uns nicht sonderlich. Doch wir haben Hazard und Boots mitgenommen, denen wir sehr zugetan sind. Und Howard … Niemand würde es Howard zutrauen, unerlaubt eine solche Reise zu unternehmen. Er ist immer so pflichtbewusst«, sagte Luxa.

»Das hat sie aber nicht davon abgehalten, ihn des Hochverrats anzuklagen«, sagte Gregor.

»Das ist richtig, doch er war schnell wieder von dem Verdacht befreit. Und heute Morgen sah Vikus uns mit zwei Picknickkörben losfliegen. Ich nehme an, dass sie die beliebtesten Picknickplätze nach uns absuchen«, sagte Luxa.

»Ach so. War ja auch nur ein Gedanke«, sagte Gregor. »Und ... wie geht es dir?«

»Besser, jetzt, da Hazard wieder atmet«, sagte Luxa.

»Mach dir keine Sorgen. Howard kümmert sich schon um ihn«, sagte Gregor.

»Ja, Howard wacht über ihn«, sagte Luxa.

»Über dich wacht er auch«, sagte Gregor und dachte an das unglückselige Gespräch über Dates. Sein Gesicht wurde wieder heiß. »Hör mal, als wir losgeflogen sind und ich gesagt habe, wir hätten ein Date – das tut mir leid. Ich wollte nur, dass sie uns weglassen. Ich wollte nicht ... ich konnte ja nicht wissen ... Im Überland ist ein Date nicht so eine große Sache ... Na ja, für mich wär's das schon, aber für andere Leute – okay, du brauchst mich nicht mehr so anzugucken. Das war's.«

Während seines Gestammels hatte der Blick ihrer violetten Augen ihn nicht losgelassen. »Hat Howard mit dir darüber gesprochen?«, fragte Luxa, ohne den Blick abzuwenden.

»Ja. Er hat mir ziemlich klipp und klar gesagt, dass es mit uns beiden kein Date geben wird«, sagte Gregor.

Sie lachten beide.

»Ich wusste, dass es nichts zu bedeuten hatte«, sagte Luxa. »Gewiss bin ich nicht das Mädchen, das du zu einem Date einladen würdest.«

»Das stimmt nicht«, platzte Gregor heraus. Oh nein! Warum sagte er das jetzt? Sie hatte sich mit seiner Erklärung doch zufriedengegeben. Und jetzt tappte er schon wieder geradewegs in die Falle. »Ich meine, ich hab überhaupt nichts gegen dich.« Das klang auch nicht gut. »Es ist nur, dass du Königin bist und so.«

»Und dass du Überländer bist und so«, sagte sie und wandte endlich den Blick ab.

»Ja«, sagte er. Was sollte das heißen? Dass sie, wenn er kein Überländer wäre, vielleicht ... vielleicht was? Er musste jetzt damit aufhören. Er musste das Thema wechseln. Themawechsel ... Themawechsel ... »Magst du ein Sandwich?«, fragte er.

»Ein Sandwich?«, sagte Luxa. »Gern.«

»Ich mach uns welche«, sagte Gregor. Dann aßen sie Käsesandwiches und sprachen nur noch wenig. Als Ares und Nike aufwachten, um sie abzulösen, legte sich Gregor neben Boots und zog sich die Decke über den Kopf. Er war froh, dass Luxa ihn endlich nicht mehr anschaute.

Am nächsten Morgen beim Frühstück klärte Howard sie über den Gang des Hades auf. »Ich habe ihn selbst noch nie durchquert. Er wird von den Menschen nur selten benutzt, da es kürzere und ungefährlichere Wege gibt.«

»Wo genau kommt er raus?«, fragte Gregor.

»In den Feuerländern. Sieh mal, Gregor, so kannst du es dir vorstellen«, sagte Howard. Er tunkte den Finger in eine scharfe Soße und malte ein A. »Hier sind wir.« Links von dem A zeichnete er eine lange Linie. »Das ist der Fluss, der in den Wasserweg mündet.« Er zeichnete den Wasserweg als großes Oval. Ein ganzes Stück links vom Wasserweg malte er ein B. »Hier liegen die Feuerländer. Und der Gang des Hades verläuft ungefähr so.« Howard zeichnete eine Schlangenlinie von Punkt A zu Punkt B.

Gregor starrte auf die Karte. Irgendetwas daran irritierte ihn. »Und wo liegt Regalia?«

»Hier«, sagte Howard und zeigte auf den höchsten Punkt der Schlangenlinie.

»Und wieso führt der Weg dann nicht nach Regalia?«, fragte Gregor.

»Weil der Gang des Hades weit unterhalb Regalias verläuft und es keinen Zugang zur Stadt gibt. Du darfst dir das Unterland nicht als Ebene vorstellen. Stell es dir als Kugel vor, in der man sowohl auf und ab als auch hin und her reisen kann«, sagte Howard.

»An einer Stelle wird Regalia genau über uns liegen«, sagte Luxa. »Es gefällt mir gar nicht, so weit unter die Erde zu gehen.« Gregor kam das absurd vor, weil sie ja sowieso schon meilenweit unter der Erdoberfläche lebte.

Sie packten ihre Sachen zusammen und machten sich reisefertig. Die größte Sorge galt Hazard. Howard band ihn auf Aurora fest und gab Luxa genaue Anweisungen darüber, wie sie ihn pflegen musste. Gregor nahm Boots und Temp auf Ares mit, Howard flog auf Nike, und sie alle hofften nur, dass Thalia, die niemanden tragen musste, es schaffte.

Am Anfang war Gregor noch optimistisch. Der Gang des Hades war ein gewaltiger Tunnel. Manchmal konnte man nicht einmal beide Wände des Tunnels gleichzeitig sehen. Saubere, fischreiche Flüsse flossen hindurch, für Essen und Trinken war also gesorgt. Der Boden war felsig und uneben, aber sie hatten ja die Fledermäuse. Insgesamt sah es nach einer ganz angenehmen Reise aus.

Doch mit der Zeit merkte Gregor, dass sie nur langsam vorankamen. Der Tunnel führte plötzlich so steil bergab, dass die Fledermäuse praktisch ins Nichts stürzten. Sie konnten gar nicht richtig fliegen, sie mussten sich fallen lassen und steuerten nur hin und wieder mit den Flügeln. So ging es im Schneckentempo voran. Außerdem mussten sie alle paar Minuten anhalten. Einmal musste Boots pinkeln, dann brauchte Thalia eine Pause, Hazards Verband musste gewechselt werden, dann entdeckte Nike einen guten Fluss und meinte, sie sollten sicherheitshalber ihre Wasserbeutel füllen.

So ging es etwa sechs Stunden lang, bis Howard sagte, es sei Zeit, ein Nachtlager aufzuschlagen. Hazard konnte nicht mehr reisen. Der Gang führte immer noch steil bergab, aber sie fanden einen großen Felsvorsprung an der Tunnelwand, auf dem sie sich niederlassen konnten.

Hazard und die Fledermäuse gingen schlafen. Die anderen versammelten sich im Schein von Gregors Taschenlampe und taten so, als machten sie sich keine Sorgen. Boots machte sich auch wirklich keine Sorgen. Sie spielte mit Temp »Ich sehe was, was du nicht siehst«. Das ging nicht besonders gut, weil es zu dunkel war, um etwas zu erkennen. Aber das konnte Boots nicht abhalten.

»Ich sehe was, was du nicht siehst, und das ist schwarz!«, rief sie ungefähr tausendmal. Dann versuchte Temp zu raten. Am Ende zeigte Boots nur irgendwo in die Dunkelheit und sagte: »Das da!«

Sie waren alle ziemlich erleichtert, als sie endlich einschlief. Jetzt konnte Gregor etwas ansprechen, was ihm schon den ganzen Tag auf der Seele lag. Etwas, das er nicht vor den Kleinen bereden wollte. »Howard, du hast gesagt, dieser Weg ist gefährlicher als andere. Was hast du damit genau gemeint?«

»Die Tiefe der Tunnel ist schwer zu orten. Wenn wir uns den Feuerländern nähern, wird die Luft anfangen, übel zu riechen. Und es leben Wesen hier, die lieber nicht gestört werden möchten«, sagte Howard.

»Gefährliche Wesen?«, fragte Gregor.

»Manche. Die meisten werden uns einfach aus dem Weg gehen. Von denen, die uns schaden wollen, können viele nicht fliegen, ihnen werden wir aus dem Weg gehen. Und dann gibt es andere, die zwar nicht feindselig sind, denen man sich jedoch erkenntlich zeigen muss«, sagte Howard.

»Wer denn?«, fragte Gregor.

Es war, als hätte das Wesen in der Dunkelheit nur auf seinen Einsatz gewartet. Und als es sprach, erkannte Gregor die hohe, winselnde Stimme auf Anhieb. Wie hätte er sie auch vergessen können?

»Seid alle gegrüßt! Ich bin der, den man Photos Glimm-Glimm nennt … Und das hier ist Zack.«

13. Kapitel

Das darf doch nicht wahr sein!«, entfuhr es Gregor. Nie hätte er damit gerechnet, die Glühwürmer noch einmal zu sehen. Auf der Suche nach der weißen Ratte hatten sie damals das Schiff verlassen und alle an Bord an die Ratten verraten. Gregor, Boots, Ares, Howard, Luxa, Aurora und Temp, sie alle hätte dieser Verrat fast das Leben gekostet. Gregor wusste nicht, was die Glühwürmer hier im Gang des Hades zu suchen hatten, aber er fand es unglaublich, dass sie es wagten, so freundlich zu tun.

Howard, der sich über den Vertrauensbruch der Glühwürmer am meisten empört hatte, sprang auf und zog das Schwert. »Zeigt euch, Leuchter!«, rief er in die Dunkelheit und weckte damit die Fledermäuse auf. »Zeigt euch, ihr aufgeblasenen, verräterischen Viecher!«

Lange Zeit blieb es still. Dann hörte Gregor, wie Zack sagte: »Das war aber unhöflich.«

»Sehr unhöflich«, sagte Photos Glimm-Glimm.

»Nach allem, was wir für sie getan haben. Da könnte man doch ein wenig Dankbarkeit erwarten«, sagte Zack gekränkt.

»Dankbarkeit!«, sagte Howard wütend. »Ihr habt uns an die Ratten verkauft, und wir sollen noch dankbar sein? Zeigt euch!«

»Da hat aber jemand ein sehr selektives Gedächtnis«, sagte Photos Glimm-Glimm. »Du scheinst vergessen zu haben, dass wir euch zuliebe fast verhungert wären, dass wir euch über den Wasserweg geführt und meisterhaft gegen die Tintenfische verteidigt haben!«

»Ich weiß noch, dass ihr von dem Tintenfisch gegessen habt«, sagte Gregor. »Das war aber auch alles.« Er hatte sich noch nicht mal die Mühe gemacht aufzustehen. Die Leuchter waren so faul und unfähig, dass sie sowieso nicht angreifen würden. Wahrscheinlich könnte er sie sogar im Dunkeln stellen … und was dann? Er verabscheute sie, aber umbringen wollte er sie nicht.

Howard war anderer Ansicht. »Nike!«, rief er. »Komm, wir wollen uns dieser Verräter ein für alle Mal entledigen!« Nike flatterte zu ihm.

Aber da packte Luxa Howard am Arm. »Warte«, sagte sie.

Howard schaute sie überrascht an. »Bist du etwa nicht auf meiner Seite, Cousine? Nach allem, was du ihretwegen erlitten hast?«

Gregor konnte kaum verstehen, was Luxa Howard zuflüsterte. »Sie haben Licht.«

Howard ließ die Schultern hängen, als er Luxas Vorschlag erwog. Schließlich schob er das Schwert zurück in den Gürtel.

»Leuchter, wollt ihr euch nicht zeigen?«, fragte Luxa freundlich. »Wir werden euch nichts tun.«

»Es scheint uns klüger, wenn wir uns bedeckt halten«, sagte Photos Glimm-Glimm.

»Er meint versteckt«, sagte Zack. »Immer bringt er die Ausdrücke durcheinander.«

»Ich meinte sich bedeckt halten! Im Sinne von sich zurückhalten!«, sagte Photos Glimm-Glimm.

Und dann hatten die beiden eine große Auseinandersetzung über »bedeckt« und »versteckt«. Als sie vom Streiten erschöpft waren, versuchte Luxa es noch einmal.

»Das ist wirklich bedauerlich. Denn wir sitzen hier mit einem Überfluss an Essen, das bald nicht mehr genießbar sein wird. Insbesondere die Torte«, sagte sie.

»Torte?«, sagte Zack. Wieder blieb es lange still.

»Ist es Torte mit … Zuckerguss?«, fragte Photos Glimm-Glimm.

»Oh ja. Torte ohne Zuckerguss kommt mir nicht ins Haus«, sagte Luxa. »Zu schade, dass wir sie verderben lassen müssen.« Sie holte eine Torte aus dem Picknickkorb und sah sie bedauernd an. Sie war ziemlich mitgenommen, weil sie während der Überschwemmung hin und her geschleudert worden war, aber sie roch köstlich.

»Nun ja, Eure Hoheit war nicht so unhöflich zu uns wie einige andere hier. Wenn ich Euch also eine Freude damit machen könnte, die Torte zu essen … so hätte ich nichts dagegen einzuwenden«, sagte Photos Glimm-Glimm.

»Ich auch nicht!«, sagte Zack, und plötzlich waren die beiden Glühwürmer direkt vor Luxas Nase. Ihre Hinterteile leuchteten flammend gelb.

Zum ersten Mal seit Tagen konnte Gregor richtig sehen. Sofort fiel ihm Verschiedenes auf, was ihm zuvor entgangen war. Dass die Decke des Tunnels großflächig mit Pilzen bewachsen war. Dass die Wände Risse hatten, durch die Dunstschwaden hereinkamen. Dass Boots einen großen blauen Fleck am Arm hatte. Wenn er das alles nicht gesehen hatte, was war ihm sonst noch entgangen? Was für Gefahren lauerten im Dunkeln, die er nicht wahrgenommen hatte?

Gregor wusste, dass Luxa die Leuchter auf den Tod nicht ausstehen konnte. Aber ihr war auch klar, dass sie ihnen nützen konnten. Er musste sie dafür bewundern, wie schnell sie die Lage eingeschätzt und beschlossen hatte, sich mit ihnen zu arrangieren. Ripred hätte sie zu ihrer Gerissenheit sicher beglückwünscht. Ripred selbst hätte sich wohl ähnlich verhalten. Wenn er hier wäre. Anstatt den Fluch zu jagen. Oder was auch immer er gerade trieb. Gregor hoffte, dass Ripred schon wieder in Regalia war, wenn sie dort ankamen.

Luxa halbierte die Torte, und die Glühwürmer verputzten sie bis zum letzten Krümel.

»Was führt Euch in den Gang des Hades, Königliche Hoheit?«, fragte Photos Glimm-Glimm.

»Wir haben zum Vergnügen den Stollen durchquert, und dann hat eine Lawine uns den Weg abgeschnitten. Nun müssen wir diesen Weg nach Hause nehmen«, sagte Luxa. »Und ihr?«

»Wir wohnen hier«, sagte Zack unglücklich.

»Ihr wohnt hier?«, fragte Gregor. Er hätte nie gedacht, dass die Glühwürmer irgendwo wohnten.

»Wir wurden von Schurken, die bei Weitem in der Überzahl waren, aus einer angenehmeren Gegend vertrieben«, sagte Photos Glimm-Glimm. »Von den Schleimern.«

Howard schnaubte höhnisch. »Von Schnecken, Gregor. Sie wurden von Schnecken aus ihrem Gebiet vertrieben.«

»Sind die Schnecken hier unten so schnell?«, fragte Gregor.

»Schnell genug!«, sagte Photos Glimm-Glimm schnippisch.

»Wenn sie voll aufdrehen, schaffen sie einen Meter in der Stunde«, sagte Nike.

»Aber sie sind hartnäckig«, sagte Zack aufgebracht.

»Es wird allgemein angenommen, dass die Schnecken von ihrem Sieg über die Leuchter gar nichts wissen, so unbedeutend war deren Widerstand«, sagte Howard.

Gregor merkte, dass Howard bei den Glühwürmern einen Nerv getroffen hatte. Zack flackerte wütend auf, und das Hinterteil von Photos Glimm-Glimm war leuchtend rot geworden.

»Howard, Nike, warum verärgert ihr meine Gäste?«, sagte Luxa.

»Wir hoffen, sie so sehr zu beleidigen, dass sie verschwinden«, sagte Nike.

»Und ich hoffe, dass sie sich uns für einige Tage anschließen«, sagte Luxa. »Schließlich befinden wir uns hier auf ihrem Territorium. Sie kennen sich gut aus. Und ihr beide?«

»Wir nicht«, sagte Howard mürrisch.

»Dann stellt euch meinen Wünschen nicht in den Weg«, sagte Luxa.

»Ich hoffe, du weißt, was du tust, Hoheit«, sagte Howard.

»Du siehst müde aus. Warum ruhst du dich nicht ein wenig aus?«, sagte Luxa.

Grummelnd wickelte Howard sich in eine Decke und legte sich hin. Nike kam zu ihm geflogen. Die beiden könnten sich gut miteinander verbinden, dachte Gregor. Beide waren anständig, mutig und hatten ein gutes Herz. Bereits jetzt vertrauten sie einander ihre Geheimnisse an. Und was die Leuchter anging, waren sie sich vollkommen einig.

»Einige hier scheinen der Meinung zu sein, dass wir bei unserer letzten Begegnung die Bösen waren. Obwohl es doch in Wahrheit ihr Menschen wart, die den Vertrag mit uns gebrochen haben«, sagte Photos Glimm-Glimm. »Man hatte uns eine bestimmte Menge Essen zugesichert – und die wurde nicht bereitgestellt.«

»Nur euch zuliebe sind wir mehrere Tage länger geblieben«, sagte Zack.

»Ja, wir waren eindeutig die Geschädigten«, sagte Photos Glimm-Glimm.

Es war interessant zu hören, wie die Glühwürmer die Sache sahen. In einigen Punkten hatten sie schon recht. Die Suche nach der weißen Ratte war nicht ihre Angelegenheit gewesen. Sie waren als Lichtquellen angeheuert worden. Trotzdem konnte Gregor sie nicht ausstehen.

»Das Entscheidende ist gar nicht, dass ihr abgehauen seid. Es geht darum, dass ihr den Ratten unser Kommen angekündigt habt«, sagte Gregor.

Die Glühwürmer rutschten unbehaglich hin und her.

»Das war Zacks Idee«, murmelte Photos Glimm-Glimm.

»Lügner!«, kreischte Zack. Wütend flog sie auf Photos Glimm-Glimm zu.

Sie knallten mit den Köpfen zusammen, es gab ein ekliges knackendes Geräusch, und beide plumpsten zu Boden. Sie stöhnten und beschimpften sich gegenseitig. Dann schauten sie sich nur noch zornig an.

»Nun ja, sprechen wir nicht mehr davon«, sagte Luxa. »Vielleicht möchtet ihr uns auf unserer Reise durch den Gang des Hades begleiten. Sehr viel Essen kann ich euch nicht versprechen, doch was wir haben, werden wir mit euch teilen, und die Flieger sind ausgezeichnete Fischer.«

Photos Glimm-Glimm und Zack waren einverstanden, vermutlich spekulierten sie auf noch mehr Torte. Und was hatten sie auch schon groß zu tun? Gregor traute ihnen nicht genug Willenskraft zu, um selbst etwas Sinnvolles auf die Beine zu stellen. Wer sich von Schnecken aus dem eigenen Land vertreiben ließ, konnte nicht besonders tatkräftig sein. Doch sie taten so, als hätten sie einen vollen Terminkalender.

»Also, ich glaube, das könnten wir einrichten«, sagte Zack. »Wenn wir ein paar andere Verpflichtungen absagen.«

»Ja, wir werden zwar einige enttäuschen müssen, aber wir werden es möglich machen«, sagte Photos Glimm-Glimm. »Wir können euch ja nicht im Stich lassen, wenn ihr hier unten allein gegen die Nager seid.«

»Nager?«, sagte Howard und fuhr hoch. Er hatte überhaupt nicht geschlafen. »Habt ihr hier unten in letzter Zeit welche gesehen?«

»Ach, sieh an, wer sich jetzt plötzlich dazu herablässt, mit uns zu reden«, sagte Photos Glimm-Glimm.

»Ja, der alte Fatzke«, sagte Zack.

»Leuchter, solltet ihr etwas über die Nager wissen, wären wir euch sehr verbunden, wenn ihr dieses Wissen mit uns teilen würdet«, sagte Luxa.

»Sie sind durch unser Land gekommen«, sagte Zack mit einem Nicken in Richtung des Tunnels vor ihnen.

»Hinter den Huschern her«, sagte Photos Glimm-Glimm.

All das, was passiert war, das Erdbeben, die Überschwemmung, die Lawine, Hazards Unfall und die Reise durch den Gang des Hades, hatte in Gregors Gedanken die Notlage der Huscher verdrängt. Doch an Luxas Reaktion merkte er, dass sie die Huscher keine Sekunde lang vergessen hatte.

»Wo?«, fragte sie und sprang auf. »Wie viele Huscher? Waren die Nager bei ihnen, oder konnten sie fliehen? Erzählt es mir!«

»Oh, es müssen Hunderte gewesen sein«, sagte Zack. »Vielleicht auch Tausende.«

»Die Nager haben sie irgendwohin getrieben. Sie treiben die Huscher ja immer irgendwohin. Aus den Höhlen in den Dschungel, aus dem Dschungel in die Tunnel. Es ist sehr ermüdend anzusehen«, sagte Photos Glimm-Glimm.

»Wir sind eingeschlafen«, sagte Zack.

»Waren es Huscher aus dem Dschungel?«, fragte Gregor.

»Nein, die aus dem Dschungel haben sie direkt in die Feuerländer gebracht«, sagte Zack. »Jedenfalls meine ich, dass das irgendwer gesagt hat. Es ist schon einige Tage her. Aber die Ratten treiben die Huscher ja schon seit Jahren von einem Ort zum anderen.«

»Vielleicht lassen sie sie einfach in den Feuerländern und hören endlich auf, uns alle zu nerven«, sagte Photos Glimm-Glimm.

»In den Feuerländern können die Huscher keine anständige Heimat finden«, sagte Nike.

»Wir haben alle unser Päckchen zu tragen, und keiner hilft dem anderen«, sagte Zack. »Seht uns an. Die Schleimer haben uns vertrieben, und wer ist uns zu Hilfe gekommen?«

»Niemand wusste, dass man euch angriff«, sagte Luxa.

»Weil … weil wir zu stolz waren, jemanden um Hilfe zu bitten!«, sagte Photos Glimm-Glimm theatralisch.

»Und bis nach Regalia war es außerdem so weit«, gestand Zack ein. »So weit wollte niemand fliegen.«

»Aber vor allem … weil wir zu stolz waren, jemanden um Hilfe zu bitten!«, sagte Photos Glimm-Glimm wieder.

Die Glühwürmer behaupteten, sie seien stundenlang geflogen und müssten für diese Nacht von der Wache befreit werden. Schon bald schnarchten sie.

Luxa bat Howard, zusammen mit ihr die erste Schicht zu übernehmen. Während Gregor eindöste, hörte er, wie Luxa ihren Cousin zu besänftigen versuchte; sie sagte, die Glühwürmer könnten Hazard ablenken und ihnen möglicherweise weitere Informationen über die Huscher liefern.

Am nächsten Morgen wurde Gregor von Boots' überraschtem Geplapper geweckt. »Fo-Fo? Bist du Fo-Fo?«

»Ich bin der, den man Photos Glimm-Glimm nennt, und werde auf nichts anderes antworten!«, sagte der Glühwurm.

»Oh, Leuchter!«, sagte Hazard, rieb sich die Augen und lächelte. »Wie hell sie sind!«

»Temp! Temp! Guck mal! Fo-Fo ist da!«, rief Boots fröhlich.

»Ich sagte, ich bin der, den man … Ach, was soll's«, sagte Photos Glimm-Glimm missmutig.

Beim Frühstück besserte sich seine Laune. Die Fledermäuse holten für die Glühwürmer einige Fische aus dem Fluss, und Luxa gab jedem von ihnen etwas Shrimpssalat. Er fing schon an umzukippen, aber das schienen sie nicht zu merken.

Sie waren noch keine fünf Minuten geflogen, als sie am Quartier der Glühwürmer vorbeikamen. Es war eine riesige Höhle, die vom Gang des Hades abging und aus der ein unablässiges Jaulen drang. Die Hinterteile der Bewohner leuchteten in allen möglichen Farben. Ein paar Glühwürmer erkundigten sich, was Photos Glimm-Glimm und Zack vorhätten, doch keiner machte sich die Mühe hinauszufliegen, um nachzusehen.

Offenbar waren Photos Glimm-Glimm und Zack im Vergleich zu ihren Artgenossen richtige Draufgänger.

Der Gang des Hades schlängelte sich erschreckend steil nach unten. Tiefer und tiefer drangen sie in die Erde ein. Gregor spürte einen Druck auf den Ohren; wenn er schluckte, waren die Ohren für kurze Zeit wieder frei.

Sie mussten oft haltmachen und fischen, um die Glühwürmer bei Laune zu halten. Gregor fragte sich, ob sie es überhaupt wert waren. Aber als er daran dachte, wie Twirltongue und ihre Freunde ihn in der Höhle fertiggemacht hatten, wusste er wieder, dass sie es wert waren.

»Jetzt sind wir bald unten«, sagte Photos Glimm-Glimm schließlich.

»Gut, lasst uns hier Rast machen«, sagte Howard.

»Ohne uns«, sagte Zack.

»Warum?«, fragte Gregor.

»Sind eure Nasen denn zu gar nichts nütze?«, fragte Photos Glimm-Glimm.

Es stimmte, ein Geruch lag in der Luft. Ein ekelhafter

Geruch, der von unten kam. Gregor musste plötzlich an einen Sommer auf der Farm in Virginia denken, ein paar Jahre war das schon her. Damals hatte sein Großvater eine tote Beutelratte unter dem Schuppen gefunden. Irgendwas ist hier gestorben, dachte Gregor. Gleich darauf sah er sie.

Auf dem Grund des Tunnels lagen mindestens hundert Mäuse reglos und mit verdrehten Körpern da.

14. Kapitel

Schlafen die Mäuse?«, fragte Boots.

»Macht das Licht aus!«, schrie Gregor die Glühwürmer an. Noch ein paar Sekunden, dann würde selbst Boots erkennen, dass die Mäuse nicht schliefen, sondern tot waren. Manche lagen in getrockneten Blutlachen. Andere starrten mit weit aufgerissenen Augen ins Leere. »Licht aus!«

Die Lichter an den Hinterteilen von Photos Glimm-Glimm und Zack erloschen. Gregor schaltete die Taschenlampe an seinem Gürtel ein, leuchtete jedoch nicht nach unten.

»Was hat Boots gesagt? Was für Mäuse? Haben wir die Huscher gefunden?«, fragte Hazard und versuchte sich aufzurappeln.

»Leg dich wieder hin, Hazard, da gibt es nichts zu sehen«, sagte Howard.

»Wonach riecht es hier?«, fragte Hazard.

»Das kommt von einem fauligen Fluss. Wir fliegen weiter«, sagte Luxa.

Keiner wollte, dass Hazard oder Boots die toten Mäuse sah. Aber vor Thalia konnten sie sie nicht verheimlichen. Als sie etwa einen Kilometer hinter dem Massengrab einen Rastplatz gefunden hatten, merkte Gregor, dass die kleine Fledermaus zitterte. Er selbst fühlte sich auch ziemlich wacklig.

Howard baute für Hazard ein Bett, dann nahm er Luxa und Gregor beiseite. »Einer von uns muss bei den Jungen bleiben, während die anderen beiden zurückfliegen.«

»Ich muss zurück«, sagte Luxa.

»Du bleibst hier, Howard«, sagte Gregor. »Für den Fall, dass es Hazard schlecht geht oder so.«

Howard, Nike und Temp blieben zurück und passten auf Hazard, Boots und Thalia auf. Photos Glimm-Glimm wartete auf dem Rastplatz, während Zack Gregor und Luxa und ihre Fledermäuse zu den Mäusen begleitete.

Bevor sie loszogen, gab Howard ihnen mit antiseptischer Lösung getränkte Tücher, die sie sich gegen den Verwesungsgeruch vor die Nase halten konnten. »Die Huscher nicht berühren«, befahl er. »Wir wissen nicht, ob sie womöglich ansteckende Krankheiten haben.«

Die Tücher halfen, aber als sie bei den Mäusen angekommen waren, musste Gregor von dem Gestank trotzdem würgen.

Zacks Licht reichte aus, um die ganze Gegend zu erleuchten. Am Ende des Tunnels ging es mehr als zehn Meter steil in die Tiefe. Offenbar waren die Mäuse über den Rand der Klippe getrieben worden und in den Tod gestürzt. Sie waren übereinandergefallen, auch ganz junge Mäuse waren dabei. Ratten waren keine unter den Toten.

Selbst Zack, die im Allgemeinen wenig Mitgefühl zeigte, blieb von dem Anblick nicht unberührt. »Wie sinnlos. Wie sinnlos. Ich kann nicht behaupten, dass ich die Huscher mag, aber so etwas Sinnloses.«

»Sie sind wohl direkt über die Klippe gegangen«, sagte Gregor.

»Hätte man ihnen Zeit gelassen, hätten sie einen Weg gefunden, die Wand hinunterzuklettern«, sagte Luxa bitter. »Das war das Werk der Nager.«

»Sollen wir mit den Toten irgendwas machen?«, fragte Gregor.

»Wir können nichts tun«, sagte Luxa. »Wenn wir sie ins Wasser werfen, verunreinigen wir unsere eigenen Trinkvorräte. Wir sind weder genug, um sie im Stein zu begraben, noch haben wir die Mittel, sie zu verbrennen.«

Sie hatte recht. Aber Gregor fand, dass sie nicht einfach wegfliegen konnten, ohne etwas zu tun.

»Wir könnten irgendwas hierlassen, einen Grabstein oder eine Botschaft«, sagte Gregor. Doch es war nicht so einfach, Buchstaben in den Stein zu meißeln. Eigentlich wollte er mit ein paar Sätzen erklären, was passiert war, aber es war schon schwierig, mit dem Schwert einen einzigen Strich in die Felswand zu ritzen. Während er auf die Wand starrte und überlegte, kam Luxa zu ihm und malte einen kleinen Bogen an den Strich. Die Sense, das geheime Zeichen.

»Das wird jeden warnen, der uns folgt«, sagte sie. »Und es ist das passende Zeichen für das Grab der Huscher.«

Was Luxa dann tat, gab Gregor das Gefühl, ihr gleichzeitig erstaunlich nah und Lichtjahre von ihr entfernt zu sein. Sie riss sich das Tuch von der Nase, kniete nieder und legte die Krone vor sich. Sie kreuzte die Handgelenke, hielt die Hände über den goldenen Kreis und sagte laut:

»Auf diese Krone schwöre ich:
Solang ich atme, wank ich nicht.
Euren Tod, ich werde ihn rächen.
Dies ist mein ewiges Versprechen.«

Die Worte hallten durch den Tunnel. Das war kein spontaner Reim, nichts, was sie sich gerade ausgedacht hatte. Zorn schwang in den Versen mit, gleichzeitig klangen sie nach einem besonderen, formellen Ritual. Gregor war sich sicher, dass es ein Eid war. Ein Schwur, etwas zu erfüllen oder beim Versuch dabei zu sterben. In Luxas Stimme lag ein solcher Schmerz, dass Gregor sie am liebsten in den Arm genommen hätte. Aber der Eid hatte sie auch voneinander entfernt. Er hatte Gregor wieder daran erinnert, dass er nur ein Gast in diesem merkwürdigen Land war, wo die Leute Rache schworen, wo Kronen eine Rolle spielten und Königinnen für ihn unerreichbar waren.

Als Luxa sich erhob, sah Gregor in ihr nicht mehr das zwölfjährige Mädchen auf der Suche nach seinen verschwundenen Mäusefreunden. Er sah das zukünftige Oberhaupt von Regalia und seiner stattlichen Armee, und er sah, dass die Ratten auf irgendeine Weise mit ihrem Blut bezahlen würden.

Jetzt passierte etwas im Tunnel. Undeutliches Geflüster war zu hören, Gesumm, Flügelrascheln. Gregor erinnerte sich an Howards Worte, dass es im Gang des Hades viele Lebewesen gab. Bis dahin hatten sie sich zurückgehalten, aber sie waren da, schauten zu und lauschten, und nun reagierten sie auf Luxas kleine Rede. Sie bemerkte die Reaktion, und aus einem Grund, den Gregor nicht verstand, lächelte sie.

Ein Stöhnen ließ sie alle zusammenfahren. Zack leuchtete heller, und da sahen sie, dass sich unter all den reglosen Körpern etwas bewegte. Eine Schwanzspitze bebte. Obwohl Howard gesagt hatte, sie sollten die Mäuse nicht anfassen, lief Luxa zu dem Mäuserich, hockte sich neben ihn und streichelte ihm übers Fell. Er konnte nicht sprechen.

»Komm, wir bringen ihn zu Howard«, sagte Gregor. Zusammen mit Luxa hob er ihn auf Ares' Rücken. Gregor schwang ein Bein über den Nacken der Fledermaus, aber Luxa blieb unten. »Kommt ihr nicht mit?«, fragte er.

»Nein, Gregor. Wir bleiben, um sicherzustellen, dass es nicht noch mehr Huscher gibt, die noch Licht haben.« Im Unterland wurde das Wort »Licht« oft stellvertretend für »Leben« gebraucht.

Gregor sah die Opfer an. »Wir kommen zurück und helfen euch«, sagte er.

»Das ist nicht nötig«, sagte Luxa. »Aurora und ich schaffen das schon.«

»Wir kommen zurück«, sagte Ares.

Gregor und Ares brachten der Mäuserich, der kaum bei Bewusstsein war, zu Howard und flogen dann zurück zum Fuß der Klippe. Sie untersuchten jedes einzelne Tier. Einige waren eindeutig tot. Bei manchen war es schwer zu sagen, also fühlten sie nach dem Puls oder nach dem Atem. Doch es gab keine weiteren Überlebenden.

Als sie wieder am Rastplatz angelangt waren, schrubbte Gregor sich am Fluss, aber er hatte das Gefühl, dass er den Geruch der toten Mäuse nicht aus den Poren bekam. Und was er dort gesehen hatte … Er wusste, dass die Bilder ihn noch lange in seinen Träumen verfolgen würden.

Howard kümmerte sich um den Verletzten. Er hatte ein Vorderbein gebrochen, und Howard schiente den Bruch. Die rauen, blutigen Pfoten behandelte er mit einer Salbe. Etwa eine Stunde lang flößte Howard ihm immer wieder löffelweise Wasser ein, dann bereitete er einen dünnen Brei aus Fisch, Brotkrumen und Brühe und gab ihm ein wenig zu essen. Das Wasser und das Essen gaben ihm immerhin so viel Kraft, dass er ein paar Worte sagen konnte. Als Erstes verriet er ihnen seinen Namen, Cartesian. Howard konnte Cartesians Verletzungen jetzt besser einschätzen. Er hatte schlimme Prellungen an den Rippen, doch sie schienen nicht gebrochen zu sein. Außerdem hatte er einen Schlag am Kopf abbekommen. Hunger und Durst hatten ein Übriges getan. Howard konnte nicht genau feststellen, was Cartesian zugestoßen war, aber er konnte ihn wenigstens behandeln. Er machte ihm einen Verband um den Kopf, gab ihm ein Schmerzmittel und eine Arznei gegen die Schwellungen und fütterte ihn.

Boots wollte unbedingt helfen, deshalb übertrug Howard ihr die Aufgabe, Cartesian in den Schlaf zu singen. Sie hockte sich ein paar Schritte entfernt hin und sang ein paar Liedchen, die sie von zu Hause kannte. Es waren vor allem die Titelmelodien der Kindersendungen, die sie immer im Fernsehen sah. Dann wechselte sie zu ihrem Unterland-Repertoire und sang unter anderem die Lieder über die Spinner, die Fische und die Fledermäuse.

Fledermaus
Komm nach Haus
Ich geb dir ein Stück Schinken
Camembert zum Dessert
Und dann noch was zu trinken.

Danach sang sie eine Strophe aus dem Lied über die Königin und die Huscher und den Tee, weil sie dachte, dass ein Lied über die Mäuse Cartesian bestimmt gefallen würde.

Fangt die Huscher in dem Loch
Seht sie blitzschnell wirbeln noch
Dann ganz still, sie schlafen doch.
Vater, Mutter, Schwester, Bruder
Fort. Und wer weiss, ob wir uns sehen
An einem anderen Ort.

Langsam döste Cartesian ein, und Howard lobte Boots für ihren wunderbaren Schlafgesang. Boots war von ihrem neu entdeckten Talent so begeistert, dass sie der Reihe nach zu allen ging, um sie in den Schlaf zu singen. Die einen waren so müde, dass sie tatsächlich einschliefen, die anderen taten so, als ob, bis Boots selbst eingeschlafen war. Dann versammelten sich Gregor, Luxa, Howard, Aurora, Nike und Ares, um sich im Schein von Photos Glimm-Glimms Licht zu beraten.

»So tragisch die Entdeckungen des heutigen Tages auch sind, so wissen wir nun wenigstens, dass wir der richtigen Spur gefolgt sind«, sagte Howard.

»Das war kein großes Kunststück«, sagte Luxa. »Wir wählten diesen Weg, weil er der einzige ist, der hinausführt. Bis wir den Gang des Hades verlassen, können wir gewiss sein, dass wir der richtigen Spur folgen.«

»Und dann?«, fragte Gregor.

»Was ›und dann‹?«, sagte Luxa.

»Und dann wirst du ihr weiter folgen, oder? Anstatt nach Regalia zurückzufliegen«, sagte Gregor. Sie antwortete nicht, aber er wusste, dass er recht hatte. Sie würde nicht nach Hause zurückkehren. Nicht, nachdem sie sich auf den Boden gekniet und den Eid über der Krone geleistet hatte.

»Das ist ausgeschlossen«, sagte Howard. »Wir haben Verletzte, die wir nach Hause bringen müssen. Und ich glaube, wir verfügen über genug Beweise, um den Rat zum Handeln zu bewegen. Schließlich haben wir jetzt Cartesian als Zeugen.«

»Ihr fliegt zurück. Aurora und ich halten weiter Ausschau nach den Huschern. Irgendjemand muss ihnen auf der Spur bleiben«, sagte Luxa.

»Aber das wirst nicht du sein, Cousine. Eher schleppe ich dich eigenhändig zurück nach Regalia, als dich hier allein zu lassen«, sagte Howard.

»Sie hat so eine Art Schwur geleistet«, sagte Gregor. »Bei den Klippen.«

»Einen Schwur?« Howard sah Luxa erschrocken an. »Doch nicht den ›Eid für die Toten‹?«, flüsterte er. Luxa nickte. »Oh, Luxa, was hast du getan? Du bist noch nicht einmal volljährig. Du regierst noch nicht. Die Armee hört nicht auf dein Kommando. Wie willst du den Eid erfüllen?«

»Auf die einzig mögliche Weise«, sagte Luxa. »Ich werde den Huschern folgen, und der Rat wird die Armee nach mir ausschicken.«

»Als du im Rattenlabyrinth gefangen warst, haben sie auch keine Armee nach dir ausgeschickt«, sagte Gregor.

»Weil wir sie alle tot glaubten«, sagte Howard. »Jetzt werden sie es tun. Sie müssen. Vor allem, wenn sie den Eid gesprochen hat.«

»Woher sollen sie das denn wissen?«, fragte Gregor. »Die Menschen haben im Gang des Hades doch keine Kundschafter.«

»Glaubst du, nur die Ohren der Menschen zählen?«, sagte Photos Glimm-Glimm spöttisch. »Die Flieger haben es gehört, der Huscher hier hat es gehört, Zack hat es gehört und es mir bereits erzählt. Wir sind hier im Gang des Hades, nicht im Land des Todes. Wer weiß, wie viele andere noch im Dunkeln waren und gelauscht haben!«

Viele, dachte Gregor und erinnerte sich an die merkwürdigen Geräusche, die auf Luxas Schwur gefolgt waren. Deshalb hatte sie gelächelt. Sie wollte, dass alle es hörten.

»In wenigen Stunden wird das halbe Unterland wissen, was sie gesagt hat; sie kann es nicht zurücknehmen«, sagte Howard.

»Das würde ich auch nicht tun, selbst wenn ich könnte«, sagte Luxa.

»Aber du bist doch erst zwölf«, sagte Gregor. »Gilt das da überhaupt schon?«

»In diesem Fall gilt es«, sagte Howard. »Bis der Rat von dem Schwur erfährt, ist er unseren Feinden längst zu Ohren gekommen. Es wird keine Möglichkeit geben, ihn zurückzunehmen oder zu leugnen. Und unter den gegebenen Umständen haben wir gar keine Wahl.«

»Unter welchen Umständen?«, fragte Gregor.

Luxa schaute ihn ruhig an. »Ich habe soeben den Ratten den Krieg erklärt.«

15. Kapitel

So also fängt ein Krieg an, dachte Gregor. Nicht mit zwei Armeen, die sich gegenüberstehen und auf das Kommando zum Angriff warten. Nicht mit einem Heer von Ratten, das in die Straßen von Regalia einfällt. Nicht mit einer Formation von Fledermäusen, die auf eine nichts ahnende Rattenkolonie hinabstürzt. Er fängt ganz leise an. In einem Zimmer, auf einem Platz, in einem abgelegenen Tunnel, wenn jemand, der die Macht hat, entscheidet, dass es so weit ist.

»Nein«, sagte er. »Wir müssen versuchen, ihn zu verhindern.«

»Dafür ist es zu spät«, sagte Luxa. »Es ist verrückt. In Regalia könnte ich niemals einen Krieg anfangen. Dort bekomme ich kaum die Erlaubnis, ein Picknick zu machen. Doch hier, weit weg von der Stadt, habe ich die Freiheit, schnelle Entscheidungen zu treffen.«

»Wenn du hier rumläufst und den Krieg erklärst, sollten sie dich vielleicht lieber in deiner Stadt einsperren!«, sagte Gregor.

»Hast du die Toten nicht gesehen?«, rief Luxa. »Was soll ich deiner Meinung nach tun, Gregor? Ruhig abwarten, während meine Freunde in den Tod getrieben werden?«

»Wir wissen nicht genau, was die Nager mit den Huschern vorhaben, Cousine«, sagte Howard. »Wir wissen nur, dass sie sie schon immer von einem Ort zum anderen getrieben haben. Vielleicht sind die meisten Huscher schon wohlbehalten in ihrer neuen Heimat angelangt.«

»Wir können es nicht hinnehmen, dass man sie gewaltsam aus ihrer Heimat vertreibt!«, sagte Luxa. »Wir können nicht hinnehmen, dass Hunderte unterwegs sterben!«

»Okay! Aber vielleicht könntest du mal über eine andere Lösung nachdenken, anstatt gleich den Krieg zu erklären!«, sagte Gregor.

»Hast du einen besseren Vorschlag?«, sagte Luxa.

»So auf die Schnelle fällt mir jetzt auch nichts ein«, sagte Gregor. »Aber ich komme garantiert auf irgendwas, das nicht ganz so krass ist.«

»Nun, wenn dir etwas eingefallen ist, würde ich es sehr gern hören«, sagte Luxa. »Gewiss wird es uns alle verblüffen.« Sie machte sich über ihn lustig. Das war ja, als würde er mit Ripred reden.

Gregor starrte sie einen Augenblick an. »Es war ziemlich einfach, Krieg anzufangen«, sagte er.

»Es war nicht schwer«, sagte Luxa.

»Ob es auch so einfach ist, ihn wieder zu beenden?«, fragte Gregor.

»Das wirst du wohl kaum herausfinden. Da du ja nach Hause zurückkehrst«, sagte Luxa. »Wir hingegen müssen hierbleiben und hier leben.«

In dieser Nacht hielten sie nicht gemeinsam Wache. Gregor wollte nicht mit Luxa streiten. Lieber wollte er sich eine Lösung einfallen lassen, mit der er tatsächlich alle verblüffen könnte. Das Problem war, dass er keine Ahnung hatte, wie sich verhindern ließe, dass die Ratten die Huscher schlecht behandelten. Wie sollte man sie aufhalten, wenn nicht mit Gewalt? Er wusste, dass die Ratten nicht auf sie hören würden. Seit die Pest ausgebrochen war, hatten die Menschen den Ratten eine Menge Lebensmittel und Medikamente als Entschädigung zukommen lassen, aber die Ratten waren noch immer verbittert.

Noch komplizierter wurde die Sache dadurch, dass die Ratten keinen Anführer hatten, mit dem man hätte verhandeln können. Nach dem Tod von König Gorger waren die Ratten in einzelne Grüppchen zersplittert. Die Pest hatte das Chaos noch vergrößert. Jetzt gab es den Fluch. Er könnte der nächste König werden. Aber was war mit den Ratten, die nicht hinter ihm standen, wie Ripred und seine Bande? Was war zum Beispiel mit Lapblood, die Gregor bei der Suche nach dem Heilmittel gegen die Pest geholfen hatte? Sie hatte versucht, das Leben ihrer Jungen zu retten. Viel mehr wusste er nicht über sie. Würde sie den Fluch unterstützen? Wenn er überhaupt noch lebte – wenn Ripred ihn nicht getötet hatte.

Wem genau hatte Luxa eigentlich den Krieg erklärt? Den Ratten, die die Huscher von der Klippe getrieben hatten? Denen, die für den Fluch waren? Oder einfach allen Ratten, ganz gleich, was sie dachten und auf welcher Seite sie standen? Was Luxa auch im Sinn haben mochte – wenn wirklich ein Krieg ausbrach, würde sich wohl kaum jemand die Zeit nehmen, eine Ratte erst nach ihrer Gesinnung zu fragen, bevor er sie tötete.

Jetzt hätte Gregor gern mit Hamnet, Hazards Vater, geredet. Aber Hamnet war nicht mehr da. Es war schon Monate her, dass die Ameisen ihn bei der Schlacht im Dschungel umgebracht hatten. Vor mehr als zehn Jahren war Hamnet einer der führenden Soldaten Regalias gewesen. Während einer Schlacht hatte er damals versehentlich einen Dammbruch verursacht, und dabei waren nicht nur Heerscharen von Ratten ertrunken, sondern auch Menschen, Fledermäuse und die unschuldigen Rattenbabys, die in die umliegenden Höhlen gebracht worden waren. Hamnet hatte für eine Weile den Verstand verloren, dann war er verschwunden. Viele Jahre später war er mit seinem kleinen Sohn Hazard im Dschungel wieder aufgetaucht, um Gregor als Führer zu dienen. Gregor dachte daran, wie Vikus, Hamnets Vater, seinen Sohn gebeten hatte, zurück nach Regalia zu kommen. »Was tust du hier, was du nicht auch zu Hause tun könntest?«, hatte Vikus gefragt. Und Hamnet hatte erwidert: »Ich richte kein Unheil an. Ich richte kein Unheil mehr an.« Hamnet hatte gewusst, dass er in Regalia wieder hätte kämpfen müssen.

Hamnet hatte Luxa zu erklären versucht, wie er über den Krieg dachte. Dass man damit nichts erreichen konnte. Dass dabei Unschuldige sterben mussten und dass der Krieg den Hass zwischen den Menschen und den Ratten letztlich nur weiter schürte. Hamnet war dafür, so wenig Gewalt wie irgend möglich anzuwenden.

Seine Gründe hatten Gregor damals eingeleuchtet. Dann war eine Ameisenarmee aufgetaucht, um das wertvolle Heilmittel gegen die Pest zu zerstören, und es war doch zum Kampf gekommen. Und dabei war Hamnet gefallen. Aber was er gesagt hatte ... alles, was er gesagt hatte, war richtig gewesen. Davon war Gregor im tiefsten Innern überzeugt. Er wusste nur nicht, wie er Luxa davon überzeugen konnte. Nicht hier. Nicht jetzt, da so viele Mäuse gestorben waren und der Fluch frei herumlief. Und warum sollte sie auch auf ihn hören? Warum sollte sie auf ihn hören, wenn er sagte, Gewalt sei ein schlechtes Mittel – auf ihn, der kalt lächelnd ein paar Hundert Schlangen zerhackt hatte? Verzweifelt und verwirrt schlief er ein. Und ohne eine einzige verblüffende Idee.

Als er am nächsten Morgen aufwachte, waren die Fledermäuse schon fischen gewesen. Photos Glimm-Glimm und Zack verspeisten laut schmatzend ihr Frühstück. Zum Fisch hatte Howard ihnen noch ein paar Leckereien aus dem Picknickkorb gegeben, die schon verdorben waren … Pilze in Sahnesoße, gammeliges Gemüse.

Die Fledermäuse und Temp beschränkten sich jetzt auf das, was der Fluss hergab, aber trotzdem ging der Proviant allmählich zur Neige. Es gab noch ein paar altbackene Brote, etwas Käse, getrocknetes Gemüse und Torte. Gregor besah sich die Vorräte und dachte daran, wie Boots im Dschungel nach Essen und Wasser gejammert hatte. Seufzend nahm er einen rohen Fisch und schnitt mit dem Schwert ein Stück ab. Sie konnten die mitgebrachten Sachen besser für die Kleinen aufbewahren.

Howard hatte offenbar denselben Gedanken, denn er schlug mit einem Stein eine Muschel auf. »Probier mal«, sagte er und reichte Gregor ein schleimiges Etwas auf einer Muschelschale. »Bei uns am Quell ist das eine Delikatesse.«

Gregor kippte sich den Inhalt der Muschel in den Mund. Er bewegte den Schleimklumpen im Mund hin und her, dann schluckte er. Bah. »Das kann ich gut verstehen«, sagte er höflich.

»Es sind noch genug da«, sagte Howard und schob ihm einen ganzen Haufen hin.

»Er will sie nicht, Howard, sie sind ekelhaft«, sagte Luxa. Geschickt häutete sie einen Fisch.

Gregor musste Luxa insgeheim zustimmen, aber weil er wütend auf sie war und Howard mochte, aß er noch ein paar Muscheln, nur um sie Lügen zu strafen. Er spülte den

Geschmack mit Wasser herunter, doch dann spürte er, wie die Dinger in seinem Magen herumglibberten.

Cartesian wachte auf, er schien sich ein wenig erholt zu haben. Er war benebelt von der Medizin. »Wo sind die anderen?!«, fragte er immer wieder.

»Wir gehen gleich zu ihnen«, sagte Luxa sanft.

Aber er hörte nicht auf zu fragen. »Wo? Wo sind die anderen?!«

Howard gab Cartesian etwas zerkleinerten Fisch zu essen und verabreichte ihm noch mehr Schmerzmittel. Schon bald schlief er wieder. »Ich fürchte, ich werde ihn während der ganzen Rückreise nach Regalia betäuben müssen«, sagte Howard.

Auf den Fledermäusen wurde es langsam eng. Hazard sollte noch immer liegen, also war Aurora mit ihm und Luxa voll besetzt. Auf Ares saßen Gregor, Boots und Temp. Und auf Nikes Rücken legte Howard Cartesian. »Wir werden zu einem fliegenden Krankenlager«, sagte er. »Gut, dass außer Hazard und Cartesian niemand verletzt ist.«

Boots hob beleidigt den Finger. Jetzt war der Kratzer beim besten Willen nicht mehr zu erkennen. »Ich!«, sagte sie, empört darüber, dass man sie übersehen hatte.

»Ach herrje. Habe ich dich vergessen, Boots? Dann wollen wir dich mal schnell verarzten«, sagte Howard.

Nach einer knappen Stunde hatten sie den flachen Abschnitt vom Gang des Hades hinter sich. Danach ging es ebenso plötzlich bergauf, wie es zuvor bergab gegangen war. Bergab mussten die Fledermäuse zwar sorgfältig navigieren, aber sie konnten sich die meiste Zeit treiben lassen. Jetzt, wo es bergauf ging, schienen sie schneller vorwärtszukommen, allerdings mussten sie sich richtig anstrengen. Im Verlauf des Vormittags fiel Thalia zurück. Gegen Mittag sahen sie ein, dass die kleine Fledermaus völlig erschöpft war.

»Ich weiß, dass es eng wird, aber wir müssen uns aufteilen«, sagte Howard und reichte Gregor eine schöne, frisch geknackte Muschel.

Gregor schluckte sie hinunter, ohne zu kauen. Das war erträglicher. »Wie soll das gehen?«

»Thalia muss auf Ares fliegen. Temp, könntest du dich auf Thalia setzen?«, fragte Howard.

Gregor erinnerte sich daran, wie Temp zum ersten Mal geflogen war. Wie schrecklich er es fand. »Kann ich, ja, kann ich«, sagte der Kakerlak, doch Gregor wusste, wie viel Überwindung es Temp kostete, auf einer fliegenden Fledermauspyramide zu sitzen.

»Cartesian ist schwer und ich auch, daher glaube ich, dass Nike nur Boots tragen kann«, sagte Howard.

Gregor wusste, was das bedeutete. Er musste mit Luxa fliegen.

»Wenn das geht«, sagte Howard.

»Kein Problem«, sagte Gregor.

Luxa war von der neuen Sitzordnung bestimmt genauso wenig begeistert wie Gregor, aber sie konnten nichts dagegen sagen. Als sie weiterziehen mussten, setzte sich Gregor mit dem Blick nach vorn auf Auroras Nacken. Luxa setzte sich mit dem Rücken zu Gregor, damit sie Hazard ablenken konnte. Hazard lag mit den Füßen in Luxas Schoß und schaute sie an.

Die ersten Stunden beachtete Luxa Gregor praktisch gar nicht. Sie machte Wortspiele mit Hazard. Als ihm das langweilig wurde, erzählte sie ihm die Unterlandversion von »Rotkäppchen«. In Luxas Geschichte war Rotkäppchen ein Mädchen, das mit seiner Fledermaus von Regalia zur Großmutter am Quell fliegen wollte. Obwohl sie den Weg nicht verlassen sollte, tat sie es doch. Statt in den Wald gelangte sie in den Tunnel, wo lauter schöne Pilze wuchsen. Dort geriet sie in die Fänge der großen bösen Ratte. Die Ratte tötete sie nicht, weil Rotkäppchen zu hoch flog. Aber sie stellte sich so freundlich, dass Rotkäppchen ihr all seine Pläne erzählte. Als Rotkäppchen beim Haus der Großmutter ankam, erwartete die große böse Ratte sie schon. Sie hatte sich als Großmutter verkleidet. Dann kam das altbekannte Spiel, »Großmutter, warum hast du so große Augen?« und so weiter. Da tauchte die Großmutter auf, tötete die große böse Ratte und warf sie mit Rotkäppchens Hilfe in den Fluss. Und die Moral von der Geschichte: Trau niemals einer Ratte über den Weg.

»Aber was ist mit den guten Ratten, Luxa?«, fragte Hazard. »Lapblood zum Beispiel. Sie hat Boots im Dschungel das Leben gerettet. Oder Ripred. Mein Vater sagte, er sei eine gute Ratte, und er ist Vikus' Freund.«

»Ja, was ist mit denen, Eure Hoheit?«, sagte Gregor. Das war ja eine der Fragen, die er sich letzte Nacht gestellt hatte.

»Mit Ratten musst du sehr vorsichtig sein, Hazard«, sagte Luxa. »Ich müsste eine Ratte schon viele Jahre kennen, und sie müsste sich viele Male als zuverlässig erwiesen haben, ehe ich sie als Freund bezeichnen würde. Die Ratten lehren schon ihre Jungen, uns zu hassen.«

»Du machst doch genau dasselbe«, sagte Gregor. »Oder sollen wir etwa Mitleid mit der großen bösen Ratte haben?«

»Du hast wirklich keine Vorstellung davon, wie sehr sie dich hassen, nicht wahr, Überländer?«, sagte Luxa.

Das stimmte ihn nachdenklich. »Ich weiß, dass das für die meisten gilt«, gab er zu. »Aber es gibt auch ein paar, die ich als Freunde bezeichnen würde.«

»Ich frage mich, ob sie dich wohl auch als Freund bezeichnen würden«, sagte Luxa.

Gregor ließ die Frage in der Luft hängen. Bei genauerer Überlegung war es schwer vorstellbar, dass Ripred oder Lapblood ihn wirklich als Freund bezeichnen würden. Die einzige Ratte, die das vielleicht tun würde, war Twitchtip, aber die war von den anderen Ratten wegen ihres außergewöhnlichen Geruchssinns ins Land des Todes getrieben worden, und dann hatte sie sich einer Gruppe von Menschen angeschlossen, die den Fluch töten wollten. Twitchtip war also nicht gerade eine typische Ratte.

Hazard fing an zu gähnen, und sie schwiegen, bis er eingeschlafen war. Erst als er leise schnarchte, sprach Luxa wieder.

»Du bist sehr wütend auf mich, weil ich den Krieg erklärt habe«, sagte sie.

»Ich glaube, das war ein großer Fehler«, sagte Gregor.

»Es gibt keinen anderen Weg, Gregor. Das wissen wir alle. Die Menschen und die Nager können nicht in Frieden miteinander leben. Einer muss weichen, sie oder wir«, sagte Luxa.

»Ripred hat gesagt, dass es früher Zeiten des Friedens gegeben hat«, sagte Gregor.

»Doch das waren immer nur kurze Zeitabschnitte. Der Frieden ist nie von Dauer«, sagte Luxa. »Wir können es ebenso gut hinter uns bringen. Führen wir also den Krieg, der die Frage beantworten wird, wer bleibt und wer gehen muss.«

»Gehen wohin, Luxa? Wenn die Menschen verlieren, kommt ihr dann wieder an die Erdoberfläche?«

»Ich weiß es nicht. Wahrscheinlicher ist es, dass wir in die Länder ziehen würden, die nicht auf der Karte verzeichnet sind, in die Länder jenseits der Grenzen unserer Karte. Vielleicht könnten wir dort irgendwo eine neue Heimat finden«, sagte Luxa traurig.

»Und wenn die Ratten verlieren, müssen die Überlebenden in die Länder jenseits der Karte ziehen?«, sagte Gregor.

»Ich könnte Ripred bei mir behalten. Als Haustier«, sagte Luxa.

Gregor musste lächeln. »Als Haustier, hm?«

»Gewiss. Ich könnte ihm Schleifen um den Schwanz binden, ihn mit Shrimps in Sahnesoße füttern und ihn neben meinem Kopfkissen schlafen lassen«, sagte Luxa.

»Das wär genau das Richtige für ihn«, sagte Gregor. Jetzt lachte er. Die Vorstellung von Ripred mit Schleifen im Schwanz war einfach zu komisch.

»Ich hatte einmal ein zahmes Lamm, das war ganz nett«, sagte Luxa.

»Du könntest ihm ja Kunststücke beibringen«, sagte Gregor.

»Oh ja.« Luxa kicherte. »Apportieren und kommen, wenn ich pfeife. Mein Lamm konnte sogar durch einen Reifen springen.«

»Es würde vielleicht ein Weilchen dauern, aber ich wette, das würde er lernen«, sagte Gregor.

»Oh ja, Ripred ist sehr gelehrig«, sagte Luxa. Sie lehnte sich an Gregors Rucksack. Er spürte, wie sie beim Lachen bebte. Nach einer Weile entspannte sie sich, doch sie rückte nicht von ihm ab. Sie legte den Kopf auf seine Schulter, und er spürte ihr Haar an seinem Ohr. Das war ein schönes Gefühl. Er saß ganz still, weil er nicht wollte, dass sie sich wegbewegte. Er wollte nicht mehr an den Krieg denken. Oder an zu Hause. Er wollte nur nah bei ihr sitzen, still und friedlich.

Lange flogen sie so dahin. Es wurde wärmer, und ein übler Geruch stieg ihm in die Nase. Nach faulen Eiern … Das musste Schwefel sein – und Rauch. Bestimmt sind wir jetzt ganz oben im Gang des Hades, dachte Gregor. Howard hat gesagt, wenn man die Feuerländer erreicht, fängt die Luft an, faulig zu riechen.

Aurora legte sich in die Kurve, und in diesem Moment ging das Licht der Glühwürmer aus. Trotzdem konnte Gregor noch ein wenig sehen. Einen Moment war er verwirrt und dachte, sie wären im Dschungel. Als seine Augen sich an das schwache rötliche Licht gewöhnt hatten, wurde ihm klar, dass sie den Gang des Hades verlassen hatten und in einer völlig neuen Welt gelandet waren. Es kam ihm vor, als flögen sie über einen fernen Planeten. Die Länge der Höhle war unmöglich zu schätzen, die Höhe betrug nur etwa sieben Meter. Der Boden war karg, von Kratern zerfressen und mit ascheartigem Staub bedeckt, der in kleinen Wölkchen aufwirbelte und sich dann wieder senkte. Es sah nicht so aus, als könnte es hier Leben geben.

Doch irgendetwas war sehr lebendig. Ein paar Hundert Meter entfernt waren Lebewesen, aber Gregor sah sie nur von hinten. Es mussten irgendwelche Nagetiere sein. Ein paar kleinere Tiere hatten sich um ein graues geschart, das alle anderen überragte. Im ersten Moment dachte Gregor, sie hätten die Mäuse mit einem Rattenwärter gefunden. Dann schüttelte sich das graue Tier, die Asche flog herab, und perlweißes Fell wurde sichtbar.

16. Kapitel

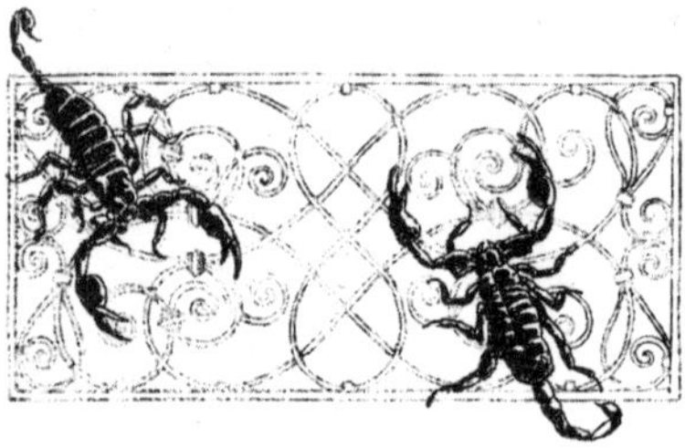

Aurora wendete scharf, und sie landeten in einem Hohlraum in der Mauer rechts von ihnen. Man konnte ihn kaum als Höhle bezeichnen, so klein war er, aber immerhin waren sie dort vor den Blicken der Ratten geschützt. Schnell kamen auch Ares und Nike herbei.

»Der Staub dürfte verhindern, dass sie uns riechen«, sagte Howard.

Jetzt hörte Gregor die Ratten, die er gesehen hatte. Doch es waren keine wütenden Angriffsrufe zu hören.

»Und gesehen haben sie uns auch nicht«, flüsterte Gregor.

»Nein«, sagte Aurora. »Sie schauen alle zu … ihm … Ist er es?«

»Ja, das ist der Fluch«, sagte Gregor und rutschte von ihrem Rücken. Howard und Luxa spähten mit ihm um die Ecke.

»Ich will auch gucken!«, rief Boots und schaltete ihr Zepter ein.

»Nein, Boots! Es muss dunkel bleiben.« Schnell konfiszierte Gregor das Zepter und steckte es in seinen Rucksack. »Ich geb es dir nachher zurück«, versprach er.

»Er ist gigantisch«, sagte Howard.

»Er ist noch größer als beim letzten Mal, als ich ihn gesehen hab«, sagte Gregor.

»Wann denn? Als er noch ein Baby war?«, fragte Luxa.

Ach ja, sie wussten ja gar nicht, dass er den Fluch schon einmal unter der Stadt Regalia getroffen hatte. Er hatte mit niemandem darüber gesprochen. »Das erzähl ich euch später«, murmelte er.

Luxa sah ihn wütend an. »Vielleicht solltest du es uns jetzt erzählen. Hast du ihn gesehen …?«

Aber Howard fiel ihr ins Wort. »Psst, er sagt gleich etwas.«

Der Fluch hatte sich auf einem Felsvorsprung vor den anderen Ratten aufgebaut. »Nager! Nager!«, rief er. »Ich bitte euch einen Moment um eure Aufmerksamkeit!« Seit Gregor ihn damals im Kampf mit Ripred gesehen hatte, war seine Stimme erwachsener geworden. Sie war jetzt tief und voll, eine Stimme, auf die man hörte. Weitere Ratten kamen herbei und gesellten sich zu der Versammlung. Jetzt waren es schon mehrere Hundert.

»Einen Moment eurer Zeit, weil ich euch danken möchte«, sagte der Fluch. »Dafür, dass ihr hier seid. Dass ihr zu mir haltet. Denn was bin ich, was ist irgendwer von uns, wenn wir allein dastehen?«

Die Ratten hatten sich jetzt alle hingesetzt und hörten dem Fluch gebannt zu. Er begann auf allen vieren vor der Menge auf und ab zu gehen. Er hatte etwas Lässiges, und er sprach ganz unaufgeregt. »Ich weiß, was wir früher einmal waren. Die unangefochtenen Herrscher des Unterlands. Und ich weiß, was aus uns geworden ist. Schwache, hungrige, kranke Wesen, die auf die Gnade ihrer Feinde angewiesen sind. Gequält von den Menschen und verspottet von jenen, die es früher nicht einmal gewagt hätten, uns in die Augen zu sehen.«

Gemurmel erhob sich in der Menge.

»Beliebt waren wir nie«, fuhr der Fluch fort. »Doch wir waren immer gefürchtet. Bis Gorger starb. Als die anderen aufhörten, uns zu fürchten, verloren sie auch den Respekt vor uns. Stört euch das Gelächter der Krabbler, die unsere Flüsse leer fischen?«

Ein paar Ratten riefen: »Ja!«

»Stört es euch, wenn die Hacker uns Land wegnehmen, das seit Jahrhunderten in unserem Besitz war?«, fragte der Fluch.

»Ja!« Jetzt stimmten mehr Ratten ein.

»Wenn die Menschen uns mit einem Bazillus infizieren, der so viele von uns dahinrafft, und dann mit ein paar Körben voll Korn gut Wetter machen wollen?«, fragte der Fluch und erhob zornig die Stimme.

»Ja!« Jetzt antworteten fast alle Zuhörer. Gregor sah, wie erregt die Ratten waren, wie sie zuckten und wie ihre Schwänze hin und her peitschten.

»Wie viele von euch haben ihre Jungen verloren?«, fragte der Fluch. »Und wie viele von euch nennen sich noch Eltern? Was ist schlimmer? Sie leiden und schnell sterben zu sehen oder zu sehen, wie sie langsam sterben, jeden Stolz verlieren und vor niederen Kreaturen kriechen? Haben wir uns solch ein Leben für unsere Kinder gewünscht?«

Einige Ratten riefen »Nein!«, während andere den Tod der Menschen forderten.

»Die Menschen. Die Menschen«, sagte der Fluch voller Abscheu. »Schon als sie ankamen, wussten wir, dass das Unterland nicht groß genug für sie und für uns ist. Und zu gegebener Zeit werden wir uns mit den Menschen befassen. Aber es gibt andere, um die wir uns vorher kümmern müssen …« Er blieb stehen und sah die Menge jetzt direkt an. »Wenn wir uns fragen, wer an unserer Misere schuld ist, müssen wir uns auch fragen, wer von unserem Elend profitiert. Wer fand fruchtbares Land, das er nutzen konnte? Wer vermehrte sich, während wir immer weniger wurden? Wessen Junge gediehen, während unsere von Hunger und Krankheit dahingerafft wurden? Ihr wisst, von wem ich rede!«

»Die Huscher!«, ertönte es aus der Menge.

»Ja, die Huscher! Mein Vater scherzte gern, nur ein toter Huscher sei ein guter Huscher«, sagte der Fluch sarkastisch.

Ein hässliches Gelächter lief durch die Menge.

»Aber vielleicht wären wir heute gar nicht hier, wenn er seinerzeit gehandelt hätte, anstatt zu scherzen!«, fuhr der Fluch fort. »Könnt ihr mir sagen, weshalb nicht ein einziges Huscherjunges an der Pest starb? Warum blieben sie als Einzige verschont, während sich Nager, Flieger und sogar Menschen vor Schmerzen krümmten? Ich kann euch sagen, warum. Weil es *ihre* Pest war. Alle geben den Menschen die Schuld, die Dummköpfe geben sich sogar selbst die Schuld. Doch woher kam der Bazillus? Irgendwoher muss er ja gekommen sein. Die Menschen haben ihn nicht in ihren Labors geschaffen. Wir alle wissen, woher die Pest kommt. Aus dem Dschungel. Und wer hatte sich bis vor Kurzem den Dschungel als Heimat auserkoren? Die Huscher. Sie haben diesen Bazillus gefunden. Sie haben ihn den Menschen zur Verfügung gestellt, damit diese ihn als Waffe gegen uns nutzen konnten. Aber erst, als sie das Heilmittel hatten. Die ganze Zeit hatten sie das Heilmittel, die ganze Zeit waren sie siegesgewiss, während sie uns beim Sterben zuschauten!«

In der Menge war verwirrtes Gemurmel zu hören. Gregor hatte den Eindruck, dass die Ratten diese Theorie zum ersten Mal zu hören bekamen.

»Warum sollte uns das überraschen?«, sagte der Fluch verächtlich. »Haben sie nicht schon immer gegen uns intrigiert? Haben sie sich nicht schon in dem Moment mit den Menschen verbündet, als Sandwich ankam und sie sich als Spione andienten? Sind sie nicht bis heute die Augen und Ohren

Regalias? Von allen, die sich an unserer Erniedrigung ergötzen, kann ich die Huscher am allerwenigsten ausstehen!«

Darauf folgte zustimmendes Gegröle. Der Fluch erhob die Stimme, um die Menge zu übertönen. »Immer wieder haben wir versucht, sie aus unseren Gebieten zu vertreiben, aber nie war es weit genug. Ich sage euch, diesmal treiben wir sie an einen Ort, von dem es keine Wiederkehr gibt!«

Der Fluch brachte die Menge zum Rasen.

»Zögert hier noch jemand? Glaubt hier noch jemand, wir könnten eine andere Lösung finden? Bedenkt, dass wir es immer wieder im Guten versucht haben, und seht, wohin uns das geführt hat!«, sagte der Fluch.

Jetzt stellte er sich auf die Hinterbeine und richtete sich zu seiner vollen Größe auf. »Es ist ein Naturgesetz. Die Starken bestimmen über das Schicksal der Schwachen. Sind wir schwach? Sind wir die Schwachen?«

Die Ratten sprangen hoch und schrien: »Nein! Nein!«

»Dann sammelt eure Kräfte und kämpft mit mir! Wir haben viele Feinde. Die Schlacht, die vor uns liegt, wird eine lange, blutige sein. Es wird eine schwere Schlacht werden. Doch wenn ihr zu verzagen droht, besinnt euch auf den Hass in euren Herzen und schöpft daraus neue Kraft. Denkt an das Lachen der Krabbler, das hämische Grinsen der Menschen, denkt daran, wie die Huscher sich fett fressen, während wir verhungern, und dann fragt euch, ob ihr den Mut für das habt, was vor euch liegt!«

Die Menge jubelte dem Fluch zu.

»Ihr sagt, ich soll euch führen? Ich werde euch führen! Aber ein Führer ist nur so stark wie die Streitmacht, die hinter ihm steht. Seid ihr stark?«, brüllte der Fluch.

»Ja!«

»Steht ihr hinter mir?«, rief er.

»Ja!«

»Dann können unsere Feinde machen, was sie wollen. Niemand im ganzen Unterland kann uns aufhalten!« Der Fluch legte den Kopf in den Nacken und stieß einen grauenhaften Kampfschrei aus, und die Menge unter ihm rastete völlig aus.

Gregor ließ sich gegen die Mauer der Höhle sinken, schwindlig und atemlos. »Oh nein.« Er war erschrocken über die Bosheiten, die der Fluch verbreitete, fast noch mehr aber darüber, wie überzeugend er sie vortragen konnte. Er ist bei Twirltongue in die Lehre gegangen, dachte Gregor. Sie hat ihm Ideen in den Kopf gesetzt und ihm beigebracht, wie er sie vorbringen muss. Und jetzt glaubt er selbst daran.

Luxa und Howard sahen blass und erschrocken aus. »Er ist ein Monster«, sagte Howard. »Hast du gehört, was er gesagt hat? Ist er verrückt? Wie kann er die Pest den Huschern in die Schuhe schieben?«

»Die anderen haben ihm geglaubt«, sagte Luxa.

»Ich hätte ihm beinahe selbst geglaubt«, sagte Ares. »Es klang alles so einleuchtend.«

»Was hat er mit den Huschern vor?«, fragte Aurora. »Was meint er mit dem Ort, von dem es keine Wiederkehr gibt?«

»Ich weiß nicht. Ganz gewiss will er sie aus dem Unterland hinaustreiben«, sagte Howard.

»In die Länder, die nicht auf der Karte verzeichnet sind«, sagte Luxa.

Die Ratten wurden allmählich ruhiger.

Boots zupfte Howard am Ärmel. »Ich hab Hunger.«

Schnell legte er ihr einen Finger auf die Lippen. »Schscht. Sie dürfen uns nicht entdecken, Boots. Wie beim Versteckspiel, verstehst du?«

Boots grinste und hüpfte aufgeregt. »Schscht!«, machte sie.

»Schscht!«, wiederholte Howard.

Aber da war jemand, der sich nicht so leicht ruhigstellen ließ. Cartesian hatte sich in seinem narkotisierten Schlaf unruhig bewegt. Doch die Worte der weißen Ratte mussten in seine Träume gedrungen sein. »Nein!«, schrie er. »Nein!«

»Wecke ihn, Howard! Sonst hören sie ihn!«, rief Luxa.

Howard rüttelte Cartesian, und der fuhr entsetzt hoch. »Wo sind die anderen?!«, schrie er und warf den Kopf hin und her. »Wo sind die anderen?!«

»Cartesian, ganz ruhig. Sie sind in Sicherheit. Du bist in Sicherheit«, flüsterte Howard eindringlich.

Doch seine Worte kamen nicht bei Cartesian an. »Wo sind die anderen?!«, rief er wieder.

Gregor schaute nur einmal ganz kurz über die Höhlenwand. In diesem kurzen Moment sah er, dass das Heer der Ratten auf sie losstürmte. »Sie haben uns gehört! Steigt auf! Wir müssen hier raus!«

Im Nu waren sie alle wieder auf den Fledermäusen. Gregor schnappte sich Boots, weil Howard Cartesian auf Nikes Rücken festhalten musste, der völlig außer sich war und immer wieder rief: »Wo sind die anderen?! Wo sind die anderen?!«

Die Fledermäuse sausten empor, doch sie hatten keine Ahnung, wohin es gehen sollte. Kaum waren sie alle in der Luft, wurden sie auch schon erkannt. »Der Krieger! Königin Luxa!«, riefen die Ratten. Einige lachten; sie konnten ihr Glück kaum fassen, solch fette Beute so leicht gefangen zu haben.

»Wohin?«, rief Ares. Er kreiste in der Luft, Thalia und Temp klammerten sich an seinem Rücken fest.

Gregor glaubte, in den Wänden Tunnelöffnungen auszumachen, doch er konnte es nicht genau erkennen, weil die Ratten die Asche vom Boden aufwirbelten. »Wir brauchen mehr Licht!«, sagte er und erwartete, dass die Glühwürmer voll aufdrehen würden. Aber es kam keine Reaktion. »Leuchter!« Er schaute sich um und versuchte, die Glühwürmer ausfindig zu machen. »Wo sind sie?«

»Weg!«, sagte Howard wütend. »Sobald wir die Höhle verließen, sind sie wieder in den Gang des Hades geflüchtet!«

»Die dämlichen Viecher!«, sagte Gregor. Aber was hatte er erwartet? Es war klar, dass Photos Glimm-Glimm und Zack in so einer Situation Reißaus nehmen würden. Er schaltete die Taschenlampe an seinem Gürtel ein und leuchtete damit in der Höhle herum.

Unter ihnen waren Hunderte wütender Ratten, die fluchten und so hoch sprangen, wie sie konnten. Andere hatten sich aus der großen Gruppe gelöst und rannten los, um die Tunneleingänge zu versperren. Manche waren schon nicht mehr zugänglich.

»Sollen wir zurück in den Gang des Hades?«, rief Gregor.

»Nein, dort würden wir mit Sicherheit in der Falle sitzen!«, sagte Luxa.

»Dann wähle du einen Tunnel, Luxa!«, sagte Howard. Er drückte Cartesian jetzt mit Gewalt auf Nikes Rücken. »Beeile dich!«

»Den Tunnel links, Aurora! Fliege hinein!«, befahl Luxa.

Die Ratten waren noch nicht ganz bei dem Tunnel angelangt, als die Fledermäuse hineinsausten. Die Ratten befanden sich ganz knapp hinter ihnen, und es gab kein Zurück. Gregor hörte sie vom Eingang her rufen, lachen und spotten. Gregor hatte kein gutes Gefühl bei der Sache.

»Sie scheinen nicht besonders traurig darüber zu sein, dass wir ihnen entwischt sind«, sagte er.

»Das kann nur eines bedeuten«, sagte Luxa. »Was hier im Tunnel lauert, wünscht uns ebenso den Tod wie die Ratten.«

Sie hatte es kaum gesagt, als Ares sie warnte: »Ergreift die Waffen! Pikser! Ergreift die Waffen!«

Die Fledermäuse flogen in einen riesigen Raum hinein. Auf dem Boden saßen zwei gigantische Skorpione mit angriffslustig erhobenen Schwänzen.

17. Kapitel

Der eine Skorpion war ungefähr drei, der andere vier Meter lang. Sie hatten je acht Beine, und jeder besaß vorn noch eine Kneifzange. Doch Gregor wusste, dass ihre gefährlichste Waffe der Schwanz war, und den schwangen sie hin und her, als die Fledermäuse hineingeflogen kamen. Als ein Schwanz an ihm vorbeisauste, sah Gregor an dessen Ende einen Stachel von etwa dreißig Zentimetern Länge. Die meisten Skorpione im Überland stachen nur fürchterlich, aber manche konnten mit ihrem Gift einen Menschen töten. Und im Vergleich zu diesen hier waren sie winzig. Gregor war sich sicher, dass diese Monster mit einem einzigen Stich jemanden umbringen könnten.

Offenbar dachten die Fledermäuse dasselbe, denn sie taten alles, um den Skorpionschwänzen auszuweichen, auch wenn sie dafür so tief fliegen mussten, dass sie den Kneifzangen gefährlich nahe kamen.

Mit dem rechten Arm hielt Gregor Boots fest umschlungen, in der linken Hand hatte er die Taschenlampe. Er versuchte, das Schwert aus dem Gürtel zu ziehen, ohne Boots loszulassen, aber sie beugte sich neugierig über Nikes Hals.

»Was sind das für welche?«, fragte sie. »Spinnen?«

»Setz dich richtig hin, Boots!«, sagte er.

»Wir brauchen mehr Licht!«, sagte Luxa.

»In meinem Rucksack!«, sagte Gregor, als er es endlich geschafft hatte, das Schwert zu ziehen. Doch jetzt musste er seine zappelige kleine Schwester mit der Hand festhalten, in der er die Taschenlampe hielt. »Kannst du nicht mal still sitzen?«

»Sind das Spinnen, Gre-go?«, fragte Boots. »Wie in ›Imse, Wimse, Spinne‹?«

»Nein!«, sagte Gregor. »Boots, dreh dich um! Klammer dich an mich wie ein Äffchen!« Sie gehorchte, verrenkte sich jedoch noch immer den Hals nach den »Spinnen«.

Gregor spürte, dass Luxa in seinem Rucksack kramte, und kurz darauf wurde die Höhle von einem weiteren Lichtstrahl erhellt. »Oh Mann«, sagte er, als er den größeren der beiden Skorpione besser sehen konnte. Bei Licht betrachtet sah er noch gefährlicher aus. Sein Körper war von einem Panzer umgeben, und er hatte etwa zehn Augen. Die vielen Augen fand Gregor besonders gruselig.

»Halt dich gut fest, Boots! Ich muss dich jetzt loslassen!«, sagte er. Darauf hörte sie. Vielleicht dachte sie an die Überschwemmung und daran, was passiert war, als er sie das letzte Mal losgelassen hatte, denn sie klammerte sich mit Armen und Beinen so fest an ihn, dass er kaum noch Luft bekam. »Gut so«, keuchte er.

»Hackt ihnen die Schwänze ab!«, rief Howard.

»Ja!«, rief Gregor, aber er schaffte es nicht, auf Angriff umzuschalten. Aurora neigte sich mal nach rechts, mal nach links, und Boots erdrosselte ihn fast … Außerdem konnte er das Schwert nicht so bewegen, wie er wollte, weil er um Boots herum schlagen musste. Hoffentlich erwischen Luxa und Howard die Biester, dachte er. Doch schon bald musste er einsehen, dass damit nicht zu rechnen war. Howard schaffte es noch nicht mal, sein Schwert zu ziehen, weil er noch immer versuchte, Cartesian im Zaum zu halten. Luxa saß rückwärts auf Aurora, nicht gerade die optimale Kampfstellung, und hatte alle Mühe, sich und Hazard oben zu halten.

»Gregor, kannst du angreifen?«, fragte Howard.

»Ich versuch's«, sagte Gregor und schlug in Richtung eines Schwanzes. Er traf meilenweit daneben. Ein schöner Wüter war er! Er spürte rein gar nichts von der äußersten Konzentration und der Angst, die den Zustand oft ankündigten. Stattdessen kam er sich vor, als wäre er in einem zweitklassigen Horrorfilm gelandet.

»Babyspinnen!«, sagte Boots, als hätte sie etwas ganz Tolles entdeckt. »Siehst du die Babys?«

»Das sind keine Babys«, sagte er, und gleich darauf kam

ihm der furchtbare Gedanke, dass das hier nur Babys waren und Boots noch größere Skorpione entdeckt hatte, zehn Meter lange Monster, die direkt auf sie zumarschierten.

»Hallo, Babys!«, sagte Boots.

»Wo? Wo sind die Babys?«, fragte Gregor.

»Auf der Mama«, sagte Boots und zeigte darauf. »Siehst du? Babys!«

Gregor leuchtete mit der Taschenlampe auf den Rücken des kleineren Skorpions, und da wusste er, was Boots meinte. Etwa zehn winzige Skorpione tummelten sich auf dessen Panzer. Na super, dachte er. Nur eins konnte noch schlimmer sein, als gegen einen Riesenskorpion zu kämpfen: gegen einen Riesenskorpion zu kämpfen, der seine Brut verteidigte.

»Ich singe die Babys in den Schlaf«, verkündete Boots.

»Ja, schön«, sagte Gregor und dachte, es wäre gut, wenn Boots abgelenkt war für den Fall, dass es ihm gelingen sollte, einen der Schwänze zu erwischen. Gewalt konnte sie überhaupt nicht ertragen. Ganz bestimmt wollte sie nicht, dass er ihren »Spinnen« wehtat.

Erst als Boots in ihr »Imse, Wimse, Spinne« verfiel, merkte Gregor, was für eine schlechte Idee die Sache mit der Singerei gewesen war. Denn zu dem Lied gehörten verschiedene Handbewegungen, und um die auszuführen, ließ Boots seinen Hals los.

»Halt dich fest, Boots! Halt dich fest!«, schrie er. Aber da war es schon zu spät. Gerade als in dem Lied die Sonne kam, neigte Aurora sich zur Seite, um einem Skorpionschwanz auszuweichen, und Boots fiel herunter.

»Ich!«, rief sie und schlug mit den Armen, genau wie damals in der Arena.

»Boots!«, schrie Gregor.

Ares sauste im Sturzflug hinab, um Boots zu fangen, und schaffte es, sie auf seinen Kopf zu heben, aber die Bewegung erschreckte Thalia derart, dass sie von seinem Rücken fiel und Temp mit sich riss. Weder Aurora noch Nike konnten die beiden auffangen. So prallten die kleine Fledermaus und der Kakerlak hart auf dem Steinboden auf.

»Thalia!«, schrie Hazard. »Flieg!«

»Warte, Temp!«, rief Gregor.

Thalia rappelte sich schnell auf, und Temp, der nicht wusste, wohin, rückte ein paar Meter zur Seite. Ares machte kehrt und streckte die Klauen aus, um die beiden zu retten, aber zu spät. Blitzschnell griff die Skorpionmutter an und drückte mit ihren Scheren Thalias Flügel zu Boden. Sie ließ ihren Schwanz über den Kopf schnellen, bereit zum tödlichen Stich. Thalia stieß einen kläglichen Schrei aus; sie wusste, wie nah sie dem Tod war.

»Nein!«, brüllte Hazard. »Nein!« Er wand sich aus Luxas Armen und sprang von Auroras Rücken. Zum Glück flog Aurora nur drei Meter hoch, und Hazard landete auf Händen und Füßen. Er krabbelte sofort zu Thalia, beugte sich über ihren Kopf und streckte die Hände aus, um den Skorpion abzuwehren. »Nicht!«

Luxa war Hazard, wenige Sekunden nachdem er ihr entwischt war, hinterhergesprungen. Sie landete auf den Füßen und ging mit gezücktem Schwert auf den Skorpion los. Der Skorpion zischte wütend. Schnell drehte Hazard sich um und hielt Luxa am Arm fest. »Nein! Greif sie nicht an!«, sagte er panisch. »Keiner greift hier an!« Während er Luxa noch immer am Arm festhielt, wandte er sich zu dem Skorpion und gab eigenartige Zischlaute von sich.

Der Schwanz des Skorpions zuckte eine Weile, als wüsste er nicht recht, was er tun sollte. »Steckt eure Schwerter weg! Alle die Schwerter weg!«, sagte Hazard. Luxa zögerte. »Bitte, Luxa!« Widerstrebend steckte sie das Schwert in den Gürtel, behielt die Hand jedoch am Griff.

Wieder gab Hazard zischende Laute von sich. Langsam ließ der Skorpion den Schwanz sinken, ohne jedoch Thalia freizugeben.

Jetzt war Aurora mit Gregor gelandet. Gregor stieg ab und steckte sofort das Schwert in die Scheide.

»Kannst du mit ihr sprechen, Hazard?«, fragte er.

»Ich weiß nicht. Ich spreche Zischisch, wie früher mit Frill. Aber ich glaube nicht, dass die Pikser dieselben Wörter benutzen«, sagte Hazard.

Da hatte Gregor plötzlich eine Idee. In einem Punkt hatte Boots recht: Die Skorpione hatten acht Beine wie die Spinnen … Sie gehörten zwar nicht zu derselben Art, aber vielleicht … »Versuch es mal mit der Spinnensprache.«

Hazard klopfte sich auf die Brust und stieß eine Reihe vibrierender Töne aus. Der Skorpion rutschte ein wenig hin und her, er sah verwirrt aus.

»Temp! Temp! Versuch es mit Krabblisch!«, sagte Howard.

Temp kam zu Hazard getrippelt und schnalzte versuchsweise. Hazard stimmte ein; die Sprache der Kakerlaken beherrschte er jetzt fast fließend. Und da war natürlich noch jemand, der unbedingt mitmischen wollte.

»Ich auch! Ich auch!«, rief Boots. Sie sprang von Ares' Kopf, und Gregor fing sie gerade noch auf. »He!«, sagte er. »Du kannst doch nicht einfach so …«

Aber sie hatte sich schon aus seinen Armen gewunden und lief zu der Skorpionmutter hinüber. »Ich will reden! Ich will reden!«, quiekte Boots und hüpfte aufgeregt von einem Bein aufs andere. Und schon plapperte sie los, Schnalzlaute, vermischt mit ihrer eigenen Sprache. Sie ging so darin auf, dass Hazard und Temp sich zurückzogen und sie gewähren ließen. Boots quasselte immer weiter, zeigte auf die Babys, sang »Imse, Wimse, Spinne« und schnalzte vor sich hin. Dann verstummte sie plötzlich, klatschte in die Hände und reckte das Kinn vor, als warte sie gespannt auf eine Antwort.

Eine ganze Weile blieb es still, dann machte einer der beiden Skorpione hinter Gregor schnalzende Laute. Und dann fingen alle an zu schnalzen, zu quasseln und zu zischen, bis Howard sagte, sie sollten ruhig sein.

Nike landete neben ihnen. Cartesian war völlig erschöpft, er lag matt auf ihrem Rücken und starrte vor sich hin. Howard ließ sich von der Fledermaus gleiten und nahm Hazards Hand.

»Was ist los, Hazard? Welche Sprache sprechen sie?«, fragte er.

»Ich glaube, die beiden verstehen ein wenig Zischisch; ob sie Spinnisch verstehen, weiß ich nicht, aber der große hier versteht auf jeden Fall Krabblisch«, sagte Hazard.

»Also gut«, sagte Howard. »Dann bitte sie, Thalia freizulassen. Sag ihnen, dass wir ihnen nichts tun und nur vorbeimöchten.«

Hazard sprach zu dem Skorpion, der geschnalzt hatte. Sie hörten keine Antwort. Aber er musste irgendetwas zu der Skorpionmutter gesagt haben, denn sie ließ Thalia los. Thalia flog sofort zu Aurora und steckte den Kopf unter Auroras Flügel.

Jetzt schnalzte der Skorpion wieder.

»Er will wissen, wie wir hierhergekommen sind«, sagte Hazard.

»Erzähle es ihm«, sagte Luxa. »Sage ihm, dass die Nager uns im Vertrauen darauf hierherjagten, dass die Pikser uns töten würden.«

Hazard übersetzte, und nach einer Weile antworteten die Skorpione. »Die Nager sind auch ihre Feinde«, sagte Hazard. »Es ist noch nicht lange her, dass sie die Pikser aus einem Teil ihrer Gebiete vertrieben haben.«

»Haben sie die Huscher gesehen?«, fragte Luxa.

Hazard sprach kurz mit dem Skorpion und sagte dann: »Ja. Erst gestern haben die Nager sie hier vorbeigetrieben. Und es geht den Huschern nicht gut. Viele sind krank oder verletzt.«

Boots, die für ihre drei Jahre bis jetzt sehr geduldig gewesen war, konnte sich nicht länger beherrschen. Sie legte wieder los, schnalzte und sang und zeigte auf die Skorpionmutter.

»Was hast du denn?«, fragte Gregor und hob sie hoch.

»Sie möchte die Babys streicheln«, sagte Hazard.

»Was? Das sind Skorpione, Boots. Die streichelst du bitte nicht!«, sagte Gregor. Aber er irrte sich schon wieder. Kurz darauf, nachdem man ihnen versichert hatte, die Babys seien noch zu klein, um zu stechen, saß Boots auf dem Rücken der Skorpionmutter und sprach zärtlich mit den Kleinen, während sie ihnen über den Panzer streichelte. Gregor dachte, dass er sich eigentlich nicht wundern dürfte – schließlich hatte Boots die Kakerlaken damals auch so schnell ins Herz geschlossen. Und die waren sogar ausgewachsen gewesen.

Hazard gesellte sich zu ihr; er schien sich mit der Skorpionmutter durch Zischen ein wenig verständigen zu können. Howard und Temp unterhielten sich weiter mit dem zweisprachigen Skorpion. Luxa holte die allerletzte, schon ziemlich gammlige Torte heraus und stellte sie den Skorpionen zum Zeichen des Friedens hin. Keiner dachte mehr an Kampf.

Luxa leckte ein wenig Zuckerguss vom Finger und schüttelte den Kopf. »Das erinnert mich an etwas, das Hamnet im Dschungel gesagt hat«, sagte sie zu Gregor.

»Was denn?«, fragte er.

»Dass viele Lebewesen lieber nicht kämpfen würden«, sagte Luxa.

»Aber wenn man immer gleich mit dem Schwert rumfuchtelt, erfährt man das nicht«, sagte Gregor, dem es jetzt auch wieder einfiel. »Wie gut, dass wir heute alle so neben der Spur waren.«

»Ja, hätten wir gekämpft, hätte es gewiss Tote gegeben«, sagte Luxa.

»Die Pikser sind einverstanden, dass wir hier Rast machen, ehe wir weiterziehen«, sagte Howard.

Ares und Nike erfuhren von einem Fluss, der durch einen nahe gelegenen Tunnel floss, und kehrten bald mit Fisch zurück. Dann machten sie eine Art Picknick mit den Skorpionen: Es gab rohen Fisch und Kuchen und zum Trinken kaltes Wasser.

Boots rührte den Fisch nicht an, aber es machte ihr großen Spaß, die Skorpionbabys damit zu füttern. Sie nahmen den Fisch, konnten ihn jedoch noch nicht richtig schlucken. Offenbar tranken die Skorpione ihre Nahrung, ähnlich wie die Spinnen damals. Sie spritzten eine Flüssigkeit hinein, bis eine breiige Masse entstand. Die Babys stibitzten kleine Häppchen von dem Brei, der vor ihrer Mutter lag. Gregor gab sich alle Mühe, nicht hinzusehen.

Hazard und Temp machten sich derweil weiter als Dolmetscher nützlich.

»Von den Piksern wissen wir so wenig«, sagte Howard. »Frag sie mal, ob sie schon immer hier gelebt haben oder ob sie umherziehen.«

»Sie sagen, dass sie schon immer hier gelebt haben. Normalerweise ist es hier ganz friedlich. Keiner stört sie. Doch in letzter Zeit kommt das ganze Unterland an ihre Tür. Leuchter, Huscher, Nager, Krabbler, Flieger und sogar Töter«, sagte Hazard. Er biss in einen rohen Fisch, als hätte er nichts Ungewöhnliches gesagt. Aber Gregor sah den entsetzten Ausdruck auf Howards und Luxas Gesicht.

»Töter«, sagte Gregor. »Was sind denn das für welche? Läuft hier noch ein anderes Monster rum?«

»Oh nein, Gregor«, sagte Hazard nur. »Das sind wir. Wir Menschen sind die Töter.«

18. Kapitel

»Was meinst du damit, wir sind die Töter?«, fragte Gregor.

»Du weißt doch, dass alle Lebewesen zwei Namen haben. Die Ratten heißen Nager. Die Fledermäuse heißen Flieger. Die meisten bezeichnen Temp als Krabbler, aber meine Mutter nannte ihn Kakerlak wie du«, sagte Hazard. »Und sie sagte ›Spinne‹, wie Boots.«

»Als Sandwich hier herunterkam, hat er ebenfalls das Wort ›Spinne‹ benutzt«, sagte Howard. »Aber mit der Zeit wurde ›Spinner‹ gebräuchlicher.«

»Im Unterland sind die Lebewesen nach dem benannt, was sie tun«, sagte Hazard. »Deshalb heißen sie Pikser«, fügte er mit einer Kopfbewegung zu einem Skorpion hinzu. »Und Ares ist ein Flieger. Und wir sind Töter.«

»Das hab ich noch nie gehört«, sagte Gregor.

»Wir mögen den Namen nicht, deshalb nennen unsere

Freunde uns nicht so. Und auch unsere Feinde gebrauchen ihn nicht in unserer Gegenwart, weil er die Menschen zu stark erscheinen lässt«, sagte Howard.

»Töter, hm?«, sagte Gregor zu Luxa. Er hatte so viel im Unterland gesehen, dass er die Menschen schon längst nicht mehr für die Guten hielt. Sie konnten großen Schaden anrichten. Aber womit hatten sie den Namen »Töter« verdient? Hatten sie wirklich mehr getötet als alle anderen Lebewesen?

»Es ist ein sehr alter Name. Wie Howard bereits sagte, mögen wir ihn nicht«, sagte sie. »Es überrascht mich, ihn aus deinem Munde zu hören, Hazard.«

»Mein Vater hat ihn manchmal benutzt«, sagte Hazard.

»Nun ja, dein Vater war nicht … er gehörte nicht mehr richtig zu uns«, sagte Luxa. »Ich meine, er wollte nicht mit uns zusammenleben.«

»Nein. Er wollte kein Töter sein«, sagte Hazard.

»Hör auf! Ich will das nicht mehr hören!«, sagte Luxa.

Hazard schaute sie verdutzt an. Sie wies ihn so gut wie nie zurecht. »Warum nicht? Es ist doch wahr. Die Menschen sind dafür bekannt, dass sie töten.«

»Es ist ein sehr alter Name, Hazard«, sagte Howard. »Und wir würden uns wünschen, dass er ganz in Vergessenheit geriete.«

»Ich wüsste nicht, wie das passieren sollte«, sagte Hazard ernsthaft. »Die meisten Lebewesen nennen euch in ihrer eigenen Sprache so, auch wenn sie es nicht in der Menschensprache sagen würden. Die Zischer, die Spinner, die Krabbler, fast alle.«

»Aha, das sind ja interessante Neuigkeiten«, sagte Luxa und warf Temp einen bösen Blick zu.

»Altes Wort ist es, altes Wort«, sagte Temp peinlich berührt.

»Wie kommt es, dass ihr das nicht wusstet?«, fragte Hazard.

»Weil du und dein Vater die ersten Menschen waren, die je die Sprache der Tiere erlernt haben«, sagte Gregor. »Lass es lieber auf sich beruhen, Hazard.«

»Tut mir leid«, sagte Hazard und drückte Luxas Hand.

»Es macht gar nichts«, sagte sie und nahm ihn in den Arm. Doch Gregor merkte, dass das Gespräch ihr zu schaffen machte.

Gregor fand das Ganze auch nicht gerade lustig. Wenn die Menschen als Töter verschrien waren, was war er dann? Ihr Krieger, ihr Wüter? Ein Mörder unter Mördern? Zum ersten Mal machte er sich Gedanken darüber, was Luxas Kriegserklärung an die Ratten für ihn persönlich bedeutete. Gingen sie davon aus, dass er als der Krieger auf ihrer Seite kämpfen würde? Er war noch nie bei einem richtigen Krieg dabei gewesen, nur bei ein paar Schlachten. Einer ganzen Armee von Ratten hatte er noch nie gegenübergestanden. Im Grunde war er völlig unerfahren, aber er bezweifelte, dass das jemanden interessierte. Was erwarteten die Unterländer von ihm? Fiel ihm eine bestimmte Rolle zu? Zum

Beispiel … dass er den Fluch töten sollte? Gregor schob den Gedanken beiseite. Ehe er nicht wieder in Regalia war und mit Vikus die Prophezeiung der Zeit durchgehen konnte, hatte es keinen Sinn, sich darüber den Kopf zu zerbrechen. Und was dann? Dann musste er sich entscheiden, ob er mitmachen wollte oder nicht.

Es war ein langer Tag gewesen. Erst das Frühstück aus schleimigen Muscheln, dann die Reise zum Gang des Hades, die Rede des Fluchs, der Angriff der Ratten und schließlich die Skorpione. Irgendwo in diesem Wirrwarr war der wundervolle, friedliche Moment, den er mit Luxa geteilt hatte, als sie Rücken an Rücken dagesessen hatten. Er hätte gern noch ein wenig in der Erinnerung daran geschwelgt, doch kaum hatte er sich neben Boots zusammengerollt, schlief er schon tief und fest.

Am nächsten Morgen halfen ihnen die Skorpione bei der weiteren Planung.

Die Ratten hatten den Tunnelausgang garantiert versperrt, für den Fall, dass doch einer von ihnen überlebt hatte. Aber die Skorpione kannten sich hier viel besser aus als die Ratten. Sie schlugen vor, durch weitere Tunnel noch tiefer in die Feuerländer vorzudringen. Das bedeutete zwar einen längeren Rückflug nach Regalia, aber es gab mehr offene Flächen zum Fliegen, und die Ratten konnten sie nicht so leicht erwischen. Luxa sagte nichts davon, dass sie weiter nach den Mäusen suchen wollte, aber Gregor wusste, dass sie das fest vorhatte.

»Und sie sagen, wir sollen uns vor den Strömungen in Acht nehmen«, sagte Hazard.

Keiner machte sich große Sorgen wegen der Strömungen. Gregor war jetzt schon viele Male mit den Luftströmen ins Unterland und wieder zurück gereist. Mittlerweile fand er sie sogar sehr praktisch.

Zum Abschied ließ Luxa Hazard eine Botschaft für die Skorpione übersetzen. »Sag ihnen, dass die Menschen die Skorpione vom heutigen Tag an als ihre Verbündeten betrachten. Sag ihnen, dass wir friedliche Beziehungen mit ihnen wünschen. Sag ihnen, indem sie Thalia das Leben ließen, haben sie unsere Herzen erobert.«

Hazard übermittelte die Botschaft. Die Skorpione antworteten mit einem ähnlichen, wenn auch weniger pathetischen Versprechen. Aber wer konnte schon sagen, wie die Worte wirklich klangen – schließlich kannten sie die Skorpione kaum, und sie hatten ja mehrere Sprachen durcheinander gesprochen. Ein Skorpion sprach Krabblisch mit einem siebenjährigen Jungen, der diese Sprache eben erst erlernt hatte und eine Mischung aus der Menschensprache des Überlands und des Unterlands sprach. In dem Sprachmix war vielleicht einiges untergegangen.

Für Gregor war es schon ein großer Sieg, dass sie alle noch lebten. Und es war so etwas wie eine Vertrauensbasis geschaffen worden. Boots' Begeisterung für die Babys hatte einen guten Eindruck gemacht. Jetzt halfen die Skorpione ihnen sogar, den Ratten aus dem Weg zu gehen.

»Weißt du, wem das gefallen würde?«, sagte Gregor zu Luxa, als sie auf Auroras Rücken in den ersten Tunnel hineinflogen. »Deinem Opa.«

»Ja, Vikus ist ein großer Freund von friedlichen Lösungen. Ich auch. Ich glaube nur, Vikus strebt so sehr danach, dass er manchmal allzu vertrauensselig wird. Erinnerst du dich an unseren Besuch bei den Spinnern? Wir endeten als ihre Gefangenen«, sagte Luxa.

»Aber sie haben uns nicht umgebracht«, sagte Gregor.

»Mich haben sie beinahe umgebracht!«, sagte Luxa.

»Weil du fliehen wolltest«, sagte Gregor.

»Erst als Gorger und seine Armee die Spinner niederzumetzeln begannen, haben sie sich mit uns verbündet«, sagte Luxa.

»Vielleicht hätten sie das nie getan, wenn sie Vikus nicht vertraut hätten«, sagte Gregor.

»Vielleicht«, sagte Luxa.

»Ich will ja nur sagen, dass es schön ist, wenn keiner umgebracht wird«, sagte Gregor.

»Das ist eine hübsche Rede aus dem Munde eines Kriegers«, sagte Luxa. »Vor einer Schlacht solltest du das nicht gerade rufen.« Sie äffte ihn nach. »Denkt daran, es ist schön, wenn keiner umgebracht wird!«

Gregor lachte. »Wer weiß? Vielleicht sollte ich genau das vor einer Schlacht rufen.«

Für die Lage, in der er sich befand, war er eigenartig gut gelaunt. Er war weit weg von zu Hause, von Feinden umzingelt, viele seiner Gefährten waren verletzt, seine Familie war krank vor Sorge, die Mäuse wurden Gott weiß wohin getrieben, der Fluch hatte sich in einen ebenso begnadeten wie gefährlichen Führer verwandelt, und auf Gregor wartete eine weitere verhängnisvolle Prophezeiung. Und hier saß er und scherzte mit Luxa. Vielleicht war es nur die Erleichterung darüber, dass sie noch am Leben waren. Vielleicht war es auch etwas anderes …

Luxa lehnte sich wieder an seinen Rucksack und legte den Kopf auf seine Schulter. Howard flog vorbei und sah Gregor missbilligend an. Was sollte das? Schließlich war die Sitzordnung nicht Gregors, sondern Howards Idee gewesen. Es war einfach bequemer, wenn man sich während des Flugs an jemanden anlehnen konnte. Wahrscheinlich musste Gregor sich demnächst noch eine Predigt über Dates und Königinnen und so weiter anhören. Und wie unmöglich es war, dass er Luxa mochte.

Was soll's, dachte Gregor. Meine Mutter schickt mich wahrscheinlich sowieso nach Hause, sobald wir in Regalia ankommen. Aber dieser Gedanke stimmte ihn nicht froh.

Die Wände und der Boden des Tunnels waren jetzt nicht mehr stumpf und grau, sondern schwarz glänzend. Das Licht von Gregors Taschenlampe und von Boots' Zepter tanzte auf der Oberfläche und wurde zurückgeworfen. Als sie an einem Tümpel mit einer Quelle Rast machten, stieg Gregor ab und fühlte über den Boden. Er war glatt. Fast spiegelglatt.

Auch Luxa untersuchte den Boden. »Wie schwarzes Glas.«

»Ich glaube, es könnte Obsidian sein«, sagte Gregor.

Boots fand schnell heraus, wie glatt der Boden war. »Guck mal, Gre-go, ich laufe Schlittschuh!«, sagte sie. Sie schlitterte ausgelassen über die schwarze Fläche und schwenkte das Zepter.

»Das will ich auch probieren!«, sagte Hazard.

Howard hielt Hazard fest, bevor er richtig in Fahrt kam. »Nein, Hazard, das lässt du schön bleiben. Noch eine Kopfverletzung kannst du jetzt wirklich nicht gebrauchen.«

Luxa starrte noch immer auf den Boden. »Was ist … Obsidian?«, fragte sie.

»Das ist ein Gestein, das man in der Nähe von Vulkanen findet«, sagte Gregor. »Es besteht aus Lava.«

»Gewiss hast du recht«, sagte Luxa. »Die Feuerländer sind für ihre Vulkane bekannt.«

»Tätige Vulkane?«, fragte Gregor. »Funktionieren sie noch?«

»Warum nicht?«, sagte Luxa. »Sie können doch nicht kaputtgehen.«

»Aber erlöschen. So als ob sie schlafen«, sagte Gregor.

»Das weiß ich nicht. Niemand ist je lange genug geblieben, um sie zu untersuchen. Für einen längeren Aufenthalt ist die Luft zu schlecht«, sagte Luxa.

Plötzlich hoben alle vier Fledermäuse den Kopf, normalerweise ein Zeichen dafür, dass sie Gefahr witterten.

»Was ist, Aurora?«, fragte Luxa.

»Ich weiß nicht. Irgendein Lebewesen bewegt sich hier drin«, sagte Aurora und machte eine Kopfbewegung in die Richtung, in die Boots gerade schlitterte.

»Ich kann nicht feststellen, was für eine Form es hat«, sagte Ares verwundert.

»Komm wieder her, Boots!«, rief Gregor.

Doch entweder hörte sie ihn nicht, oder sie wollte nicht hören. »He, das meine ich ernst!«, sagte er und lief ihr nach. Nach etwa zehn Schritten rutschte er aus und landete auf dem Hosenboden. »Boots!«

»Huiii!«, rief Boots, als sie über den Boden wirbelte. Dann machte sie plötzlich »Oh!« und verschwand aus Gregors Blickfeld.

»Wo ist sie?«, rief Hazard.

»Aua!«, sagte eine kleine Stimme aus der Dunkelheit. »Wir sind zusammengestoßt.« Sie tapste mit ihren Sandalen herum. »Ich kenne dich!«, sagte sie. »Oh, aua …« Aber dieses zweite Aua drückte keinen Schmerz aus, sondern Mitgefühl.

Gregor rannte zu ihr und wäre ebenfalls hingefallen, wenn Howard ihn nicht rechtzeitig am Arm festgehalten hätte. Sie standen am Rand einer mehr als fünf Meter tiefen, großen Grube. Die Obsidianwände waren sehr steil und glatt.

»Gre-go, Gre-go!« Boots versuchte, aus der Grube zu klettern, aber sie rutschte immer wieder an der Wand ab.

»Gre-go, guck mal, wer hier ist! Au!« Sie hielt sich die Hand vor den Mund und zeigte mit dem Zepter auf das Lebewesen neben ihr.

Rechts von ihr lag eine magere Ratte und rang nach Luft. Ihre Zähne waren viel zu lang, mindestens dreißig Zentimeter, und hatten sich ineinander verkeilt. Dadurch war das Gesicht der Ratte zu einer fürchterlichen Grimasse verzerrt.

Aber Gregor erkannte die Narbe in dem gequälten Gesicht. »Ripred«, sagte er.

Die Ratte sah ihm in die Augen, konnte jedoch nicht sprechen.

»Bleib, wo du bist«, sagte Gregor. »Wir kommen.«

Teil 3

DIE KÖNIGIN

19. Kapitel

Gregor wandte sich an Howard, weil er der Fachmann für medizinische Probleme war. »Was können wir machen?«

Doch selbst Howard war ratlos. »Ich weiß nicht. Vielleicht können wir die Zähne irgendwie abfeilen. Ich glaube nicht, dass wir sie ziehen sollten, aber wenn es sein muss …«

»Oh, macht mal Platz!«, sagte Luxa ungeduldig und drängte sich an ihnen vorbei. Sie trat an den Abhang und rutschte, ein Bein gestreckt und eins gebeugt, direkt in die Grube hinein. Sie landete auf den Füßen, zog das Schwert und holte aus wie zum Angriff. »Zurück, Boots!«, befahl sie, und Boots ging aus dem Weg. Einen Moment lang glaubte Gregor, Luxa wolle Ripred töten. Als Ripred damals im Dschungel fast im Treibsand erstickt wäre, hatte Luxa nichts zu seiner Rettung unternommen. Doch statt Ripred die Kehle durchzuschneiden, schlug sie ihm die

Klinge in die verkeilten Zähne. Die Zähne in der linken Hälfte seines Mauls lösten sich krachend, sie waren spitz und zerklüftet. Bei dem Schlag stieß Ripred tief in der Kehle einen Schmerzenslaut aus, hob aber sofort den Kopf, damit sie noch einmal zuschlagen konnte. Mit dem zweiten Hieb schlug Luxa die Zähne auf der rechten Seite durch, und Ripred sank keuchend zu Boden. Die zackigen Kanten schnitten ihm ins Zahnfleisch, sodass es anfing zu bluten, aber immerhin hatte er die Kiefer wieder frei.

Ripred starrte Luxa einen Augenblick an, dann flüsterte er heiser: »Weißt du noch ... im Dschungel ... Da hast du gesagt, du stehst in meiner Schuld ...«

»Wenn du mir Hamnets Geschichte erzählst. Vom Garten der Hesperiden«, sagte Luxa.

»Betrachte die Schuld ... als beglichen«, sagte Ripred.

»Eine Geschichte gegen dein Leben? Das ist kein gerechter Tausch. Ich glaube, nun bist du mir etwas schuldig«, sagte Luxa.

»So ein Mist«, sagte Ripred und seufzte.

»Ich kann mir vorstellen, dass dir das nicht gefällt«, sagte Luxa und grinste. »Ares, kannst du ihn herausholen?«

Ares flog hinab, packte Ripred bei den Schultern und zog ihn aus der Grube, während Aurora Luxa und Boots heraufholte.

»Wasser«, war das Erste, was Ripred sagte, als er oben war.

Howard öffnete einen Lederbeutel und hielt ihn, während Ripred seinen Durst löschte. »Ich habe einen kleinen unbehauenen Stein, den ich zum Schärfen von Klingen benutze. Soll ich versuchen, deine Zähne damit zu begradigen?«

Gregor dachte, dass Ripred, der Unbesiegbare, von allen Gefürchtete, bestimmt tausend Tode starb, wenn er dasitzen musste, während ein Mensch ihm die Zähne abschliff. Und bestimmt war es für Ripred noch schlimmer, wenn er dabei Zuschauer hatte. Deshalb gab Gregor allen etwas zu tun. Er bat die Fledermäuse und Temp, in einem nahe gelegenen Fluss zu fischen. Hazard und Boots halfen Luxa, die Wasserbeutel zu füllen. Cartesian war von den Medikamenten so betäubt, dass er nicht richtig zählte.

Als der Fisch kam, schnitt Gregor einen Teil davon in winzige Stückchen. Er rührte ein wenig Wasser und eine Handvoll trockener Brotkrümel dazu. Als Howard mit Ripreds Zähnen fertig war, hatte Gregor eine schöne große Schale Fischbrei für Ripred bereit. Boots wollte ihn füttern, aber Gregor dachte, dass Ripred diese Schmach nicht überleben würde, also schaufelte er ihm selbst das Essen ins Maul. Obwohl Gregor mehrere Pfund Fischbrei zusammengerührt hatte, brauchte es noch einige weitere Schüsseln, bis Ripred satt war.

»Gut. Jetzt geht es mir gut«, sagte er und schob endlich die Schüssel weg, in der noch ein Rest Fischbrei war. Vorsichtig machte er das Maul auf und zu. »Kann ich den Stein mal haben?« Howard gab ihm den Stein, und Ripred machte sich an seinen Zähnen zu schaffen, bis sie wieder so waren wie immer. Nach einer Weile hörte er auf zu nagen und nahm die Gruppe zum ersten Mal in Augenschein. »Also, was führt den Kinderkreuzzug in die Feuerländer? Ich bin nicht so vermessen zu glauben, ihr hättet mich gesucht.«

»Wir sind bei einem Picknick vom Weg abgekommen«, sagte Luxa.

»Ich weiß, dass ich gerade ganz unten bin, aber Ihr solltet mich trotzdem nicht mit derart durchsichtigen Lügen beleidigen, Eure Hoheit«, sagte Ripred. »Sage ich nicht auch immer die Wahrheit?«

»Über die Prophezeiung des Bluts hast du mir nicht die Wahrheit gesagt. Du hast behauptet, ich bräuchte bloß zu einem Treffen zu kommen, dabei wusstest du genau, dass ich in den Dschungel musste«, sagte Gregor.

»Das stimmt nicht ganz. Wenn du dich erinnerst, ließen meine Bemerkungen verschiedene Interpretationen zu. Und du lässt dich nun mal leicht hinters Licht führen«, sagte Ripred. »Bei der Königin, die sich kaum je irgendwohin führen lässt … bei ihr war ich immer geradeaus, und das will ich auch in Zukunft so halten.«

Darüber dachte Luxa einen Augenblick nach. »Wir waren auf der Suche nach den Huschern«, sagte sie. »Eine Huscherin schickte mir meine Krone als Hilferuf. Die Huscher im Dschungel sind verschwunden. Und die Huscher vom Quell werden in die Feuerländer getrieben.«

»Mein kleiner Schützling, der Fluch, hat nicht allzu viel für sie übrig, oder?«, sagte Ripred. »Und was willst du damit bezwecken, dass du ihnen folgst?«

»Die Armee Regalias hierherlocken«, sagte Luxa. »Im Gang des Hades sprach ich den Eid für die Toten.«

»Ach, wirklich?«, sagte Ripred. »Es kommt mir vor, als wärst du gestern noch ein Baby gewesen, das bei seinem Großvater auf dem Knie geritten ist. Und jetzt erklärst du schon den Krieg. Wie die Zeit vergeht.«

»Und was hättest du an meiner Stelle getan?«, fragte Luxa.

»Nun ja, Eure Hoheit, ich bin in einer etwas unglücklichen Lage. Normalerweise würde ich sagen, ich hätte den Fluch eigenhändig erlegt und der Schlange damit sozusagen den Kopf abgeschlagen. Da Ihr mich aber soeben aus einer Grube gerettet habt, wo ich auf den Befehl des Fluchs hin einen qualvollen Tod sterben sollte – wirkt mein Rat natürlich nicht ganz so überzeugend.«

»Konntest du nicht herausspringen?«, fragte Howard.

»Nein, die Wände sind zu hoch zum Springen und zu glatt zum Klettern. Und es gab noch nicht mal einen Kieselstein, an dem ich hätte nagen können. Also wuchsen meine Zähne immer weiter. Anstatt in den Kopf bis ins Hirn zu wachsen, verkeilten sie sich ineinander. Glück für mich, Pech für den Fluch.«

»Hat er dich da reingesteckt? Hat er dich besiegt?«, fragte Gregor.

»Wer, der Fluch? Ich bitte dich. Seine Soldaten natürlich«, sagte Ripred.

»Aber … gegen dich kommt doch keiner an!«, sagte Gregor.

»Selbst einen Wüter kann man besiegen, wenn man in der Überzahl ist«, sagte Ripred. »Ab vierhundert zu eins wird's auch für mich schwierig. Du hast, wie ich höre, schon bei dreien schlappgemacht. Es gab natürlich mildernde Umstände.«

»Wovon spricht er?«, fragte Luxa.

Gregor gab keine Antwort. Es war zu peinlich, dass Ripred über die Episode mit Twirltongue Bescheid wusste. Dass alle Ratten es wussten und ihn auslachten.

»Erzähl's ihr lieber, bevor sie es von jemand anders erfährt«, sagte Ripred.

»Drei Ratten haben mich in den Tunneln unter Regalia fertiggemacht«, sagte Gregor.

»Was hattest du mit drei Ratten unter der Stadt zu suchen?«, fragte Luxa.

»Das nehm ich auf meine Kappe«, sagte Ripred. »Weißt du, ich hatte den Fluch mit zum Ultraschallunterricht genommen, damit Gregor ihn kennenlernen konnte. Er sollte mir helfen, ihn zu beseitigen. Leider ist mein perlpelziger Freund in der Nacht ausgebüxt. Ich musste ihm natürlich hinterher, und als Gregor am nächsten Tag wie verabredet zum geplanten Anschlag runterkam, traf er nicht mich und den Fluch, sondern drei seiner Kumpels. Wenn ich es richtig verstanden habe, hat unser Krieger sich eigentlich ganz wacker geschlagen, bis …?« Er sah Gregor scharf an.

»Bis ich meine Taschenlampe verloren hab«, murmelte Gregor.

»Und in diesem Moment wurde ihm klar, dass er beim Unterricht lieber hätte aufpassen sollen und dass …?« Ripred wartete.

»Dass du recht hattest, Ripred«, sagte Gregor.

»Dass du recht hattest, Ripred«, sagte die Ratte langsam und ließ sich jedes Wort auf der Zunge zergehen. »Weißt du, allein das war es die Sache schon wert, dass ich das aus deinem Mund hören darf«, sagte Ripred. »Ist noch Fischbrei da? Ich hab schon wieder Hunger.«

Ripred steckte die Nase in den restlichen Brei und fraß ihn auf.

Gregor spürte, wie sich Luxas Blick in ihn hineinbohrte.

»Und wann gedachtest du uns zu erzählen, dass der Fluch und seine drei Freunde unter unserem Palast herumlaufen?«, fragte sie.

»Möglichst gar nicht«, sagte Gregor. »Ich dachte, das wär nicht so wichtig.«

»Für dich wäre es aber sehr wichtig, wenn es sich um dein Zuhause handeln würde«, sagte Luxa.

»Vikus hat gesagt, die Tür ist stabil«, sagte Gregor.

»War die Tür verriegelt, als du gegen die Ratten kämpftest?«, fragte Luxa.

»Nein«, gab Gregor zu. Hätte er die Ratten nicht mit der Öllampe abgewehrt, hätten sie ohne Weiteres in den Palast eindringen können. »Aber ich wusste ja gar nicht, dass sie da waren. Ich dachte, es wären nur Ripred und der Fluch.«

»Sie sind überall, Gregor«, sagte Howard leise. Und da wusste Gregor, wie fahrlässig er gehandelt hatte. Howard ging nicht bei jeder Kleinigkeit in die Luft wie Luxa. Wenn er sich Sorgen machte, war es wirklich ernst.

»Ich hab die Tür während des Unterrichts nie verriegelt«, sagte Gregor. »Vikus hat mir nie gesagt, dass ich das tun soll.«

»Weil er wusste, dass ich da war und niemanden in den Palast lassen würde. Lasst den Krieger in Ruhe. Gebt mir die Schuld oder Vikus, wenn ihr unbedingt jemandem die Schuld geben wollt«, sagte Ripred.

»Ich gebe euch allen die Schuld«, sagte Luxa.

»Wenn es unbedingt sein muss. Aber gerecht ist das nicht«, sagte Ripred.

»Es ist nicht deine Stadt!«, sagte Luxa.

»Eure ist es vielleicht auch nicht mehr lange, Eure Hoheit, wenn solche Versager wie Gregor und ich sie nicht mehr verteidigen!«, stieß Ripred wütend hervor. »Oder habt Ihr die Prophezeiungen nicht richtig gelesen?«

»Eure Verteidigung ist überhaupt keine Garantie, oder hast du die Prophezeiungen nicht richtig gelesen?«, gab Luxa zurück. »Und wenn ich dich dahinsiechend in einer

Grube finde, überzeugt mich das nicht gerade von deiner Schlagkraft!«

»Schluss damit!« Howard sprang auf. »Ihr macht den Kindern Angst. Ihr macht uns allen Angst. Es bringt überhaupt nichts, wenn ihr so aufeinander losgeht.«

Gregor schaute sich um. Es stimmte. Hazard und Boots standen neben Temp, sie sahen verschreckt aus und hielten sich fest an den Händen. Die Fledermäuse raschelten aufgeregt mit den Flügeln. Cartesian wälzte sich unruhig im Schlaf.

»Wer warst du doch gleich?«, sagte Ripred zu Howard.

Gregor dachte, Ripred wolle Howard beleidigen. »Halt die Klappe, Ripred. Du weißt genau, wer er ist«, sagte er.

»Nein, weiß ich wirklich nicht«, sagte Ripred.

»Ach so. Er heißt Howard. Er ist Luxas Cousin. Sein Vater regiert am Quell«, erklärte Gregor.

»Also, ich wollte nur sagen, dass ich ganz Howards Meinung bin«, sagte Ripred. »Es bringt uns überhaupt nicht weiter, wenn wir uns streiten, Eure Hoheit. Wenn wir Euren Freunden helfen wollen, haben wir viel zu tun.«

»Ich brauche deine Hilfe nicht, Ripred«, sagte Luxa.

»Ach so, Ihr erledigt die Armee des Fluchs ganz allein«, sagte Ripred.

»In ein paar Tagen wird die Armee von Regalia hier sein. Sie werden die Huscher befreien«, sagte Luxa.

»In ein paar Tagen«, sagte Ripred, »wird es keine Huscher mehr geben, die man befreien könnte.«

20. Kapitel

Nach Ripreds Bemerkung gab Luxa ihre feindselige Haltung schließlich auf. »Wie meinst du das?«, fragte sie.

»Was glaubt Ihr denn, was der Fluch hier vorhat?«, sagte Ripred.

»Wir haben seine Rede gehört. Er hat gesagt, er will die Huscher zu einem Ort treiben, von dem es keine Wiederkehr gibt«, sagte Howard.

»Und hat er erwähnt, wo das sein soll?«, fragte Ripred.

»Irgendwo außerhalb des Unterlands«, sagte Gregor unsicher.

»In den Ländern, die nicht auf der Karte verzeichnet sind«, sagte Luxa.

»Aus den Ländern, die nicht auf der Karte verzeichnet sind, könnten die Huscher zurückkehren. Sie bräuchten bloß ihre eigene Spur zurückzuverfolgen«, sagte Ripred. »Meine Lieben, es gibt nur einen Ort ohne Wiederkehr.«

Ripred wartete, bis die anderen begriffen hatten.

»Der Tod«, flüsterte Luxa.

»So sieht es aus«, sagte Ripred.

»Willst du damit sagen, dass er sie umbringen will? Alle Huscher?«, fragte Howard.

»So ist es geplant, ja«, sagte Ripred.

»Aber es gibt Tausende Huscher. Sie lassen sich vielleicht irgendwohin treiben, aber sie werden sich nicht kampflos töten lassen«, sagte Howard. »Wie kann er so viele umbringen?«

»Jetzt hast du mich erwischt«, sagte Ripred. »Die Huscher sind gute Kämpfer, wenn sie mit dem Rücken zur Wand stehen. Ich schätze, hier gibt es zehnmal so viele Huscher wie Nager. Es würde zu einem blutigen Kampf kommen, sie würden einige verlieren, aber wenn sie wollten, könnten sie die Armee des Fluchs besiegen. Die Nager müssen sie also glauben machen, dass sie nur in eine neue Heimat gebracht werden. Dass sie ihr Leben retten können, wenn sie keinen Widerstand leisten. Aber so viel ist sicher: Der Fluch will auch den letzten Huscher töten.«

»Das sage ich auch!«, krächzte jemand. »Das sage ich auch!«

Alle wandten sich zu Cartesian um. Er hatte sich auf den Bauch gedreht und versuchte auf die Vorderbeine zu kommen.

Howard lief schnell zu ihm. »Ganz ruhig. Ich gebe dir etwas, das dich gesund macht.« Er nahm die große grüne Flasche und öffnete sie.

»Wir müssen kämpfen! Diesmal ist es anders als sonst. Die Nager haben es nicht auf das Land am Quell abgesehen. Das würden ihnen die Menschen nicht überlassen!«, sagte Cartesian.

»Warte, Howard! Lass ihn reden!«, rief Luxa. Sie lief zu Cartesian und kniete sich neben ihn.

»Er glaubt sich noch immer am Quell«, sagte Nike.

»Ja«, sagte Luxa. »Cartesian. Cartesian, ich bin Königin Luxa von Regalia.«

»Oh, die gute Königin. Die gute Königin«, sagte Cartesian und beruhigte sich ein wenig. »Sag ihnen, sie sollen jetzt kämpfen! Hier am Quell!«

»Ich werde es ihnen sagen«, antwortete Luxa und strich ihm mit der Hand über den Rücken.

»Ich habe es ihnen schon gesagt, aber nur wenige sind auf meiner Seite. Die meisten glauben den Nagern, wenn sie sagen, sie wollen uns nur in ein anderes Gebiet bringen«, sagte Cartesian. »Glaub ihnen nicht!«

»Nein, ich glaube ihnen nicht. Ich glaube dir!«, sagte Luxa.

»Was sollten die Nager mit dem Land am Quell anfangen? Ihr Menschen würdet es ihnen wieder wegnehmen«, sagte Cartesian.

»Und was sollten sie mit dem Dschungel anfangen?«,

sagte Ripred. »Hier würde auch kein Nager freiwillig leben wollen.«

»Das sage ich auch!«, sagte Cartesian. Er starrte Ripred mit fiebrigen Augen an, und beim Anblick der Ratte rastete er aus. »Wo sind die anderen?! Wo sind die anderen?!« Er fletschte die Zähne und versuchte, sich auf Ripred zu stürzen. Doch sein gebrochenes Bein gab unter ihm nach. »Wo sind die anderen?!«, fragte er wieder.

»Ich glaube, jetzt ist mal wieder eine Portion Medizin fällig«, sagte Ripred.

»Wo sind die anderen?!«, kreischte Cartesian.

Schnell flößte Howard Cartesian das Schmerzmittel ein, bevor Cartesian völlig durchdrehte. Wenige Augenblicke später wurde sein Körper schlaff.

Jetzt hatte Gregor eine Ahnung, was sich abgespielt hatte, als die Ratten die Mäusekolonie überfallen hatten. Die Mäuse waren sich uneins gewesen, ob sie kämpfen oder sich widerstandslos vertreiben lassen sollten. Und Cartesians Seite hatte verloren. Gregor hätte gewettet, dass es Cartesian gewesen war, der das Sensenzeichen in die Höhlenwand geritzt hatte.

»Also, entweder glaubt ihr jetzt mir und eurem Huscherfreund hier, oder ihr tröstet euch weiter mit dem Gedanken, dass die Huscher sich irgendwo ein wunderbares neues Leben aufbauen«, sagte Ripred.

Gregor dachte an die Mäusebabys, an die toten Mäuse unter der Klippe und an die Rede des Fluchs. »Nein, das kann ich jetzt nicht mehr. Wir müssen die Mäuse finden und sie warnen. Kannst du reisen?«, fragte er Ripred.

»Ja. Ich bin noch ein bisschen steif, aber nach ein paar Kilometern gibt sich das schon«, sagte Ripred.

»Ich habe nicht eingewilligt, dass du uns begleiten darfst«, sagte Luxa.

»Dann flieg mal los«, sagte Ripred. »Könnte allerdings passieren, dass du mich vermisst, wenn du am Ziel angekommen bist.«

Zwischen Luxas Augenbrauen bildete sich eine steile Falte, als sie überlegte, was sie machen sollte.

»Es ist besser, sich ein wenig zu beugen, als zu brechen, liebe Cousine«, sagte Howard. »Wir brauchen ihn. Lass ihn seine Schuld bei dir abtragen.«

»Ja, ich will zusehen, dass wir wieder quitt sind«, sagte Ripred.

»Ich werde keine Befehle von dir entgegennehmen«, fuhr Luxa Ripred an. »Du wirst meine Befehle befolgen.«

Ripred zuckte die Achseln. »Soll mir recht sein. Ich hab mein Leben lang Befehle erteilt, das reicht. Du sagst, wo es langgeht. Solltest du jedoch zu gegebener Zeit meinen Rat brauchen, zögere nicht, mich zu fragen.«

»Dann lasst uns aufbrechen«, sagte Luxa. »Haltet euch an das Tempo des Nagers.«

Sie stiegen wieder auf die Fledermäuse und flogen so schnell, wie Ripred lief. Ripred war ganz gut zu Fuß, wenn man bedachte, dass er mehrere Wochen in einer Grube festgesessen hatte.

Gregor grübelte über die Huscher nach. Wie wollten die Ratten sie alle umbringen? Wollten sie sie von einer Klippe stoßen wie im Gang des Hades? Sie ertränken? Er war sich ziemlich sicher, dass Mäuse schwimmen konnten. Sie aushungern? Das schien im Unterland ja eine beliebte Methode zu sein. Oder vielleicht würden sie versuchen, sie mit einer Seuche zu infizieren …

Etwa eine halbe Stunde später schaute Gregor nach unten und sah, dass Ripred dringend eine Pause brauchte. Er keuchte heftig und hatte schon Schaum vorm Mund. Gregor wusste, wie stur Ripred war; er würde nicht von sich aus um eine Pause bitten.

»Ripred kann so nicht weiterlaufen«, sagte Gregor zu Luxa.

»Es tut ihm gut«, sagte Luxa.

»Er kriegt einen Herzinfarkt«, sagte Gregor.

»Mach dir wegen Ripred keine Sorgen«, sagte Luxa.

»Willst du, dass er tot umfällt?«, sagte Gregor.

Luxa beugte sich über Auroras Flügel und sah, wie Ripred sich abmühte, um mit ihnen Schritt zu halten. Dann setzte sie sich auf. »Er ist zu niederträchtig, um zu sterben«, sagte sie.

»Luxa!« Plötzlich hatte Gregor die Nase voll von ihr. »Okay, halt! Alle landen!«, rief er.

»Du erteilst hier keine Befehle!«, sagte Luxa.

»Du aber auch nicht. Jedenfalls nicht mir«, sagte Gregor. Er schwang sich von Auroras Rücken, während sie noch in der Luft war, und ging zu Ares hinüber, der gerade landete. Thalia und Temp saßen übereinander auf Ares. »Thalia, kannst du fliegen?«

»Ja, wenn es nicht allzu schnell gehen muss«, sagte sie.

»Ares, kannst du Ripred tragen?«, fragte Gregor. Ares war die einzige Fledermaus, die vielleicht stark genug war.

»Ich kann es versuchen«, sagte Ares.

»Nein, Ares, du musst die Ratte nicht tragen«, sagte Luxa.

»Oh doch«, sagte Gregor. »Thalia, du übernimmst Temp.«

»Ach, hast du jetzt hier das Sagen?«, fragte Luxa.

»Warum muss einer von uns das Sagen haben? Alles lief bestens, bis du den Krieg erklärt hast und anfingst, alle rumzukommandieren!«, sagte Gregor.

»Soweit ich mich erinnere, fing das schon viel früher an«, sagte Ripred, während er sich auf Ares' Rücken hievte. »Sie war schon als Baby selbstherrlich.«

»Ich versuche, den Huschern zu helfen!«, sagte Luxa.

»Ach ja? Du hilfst ihnen aber nicht, indem du Ripred quälst«, sagte Gregor. Sie sah ihn wütend an und machte den Mund auf, aber Gregor ließ sie nicht zu Wort kommen. »Und es ist mir egal, ob du dich darüber aufregst, Luxa. Reg dich nur auf! Dann sprichst du eben nicht mit mir. Das tust du ja sowieso fünfundneunzig Prozent der Zeit nicht. Du bist doch andauernd wegen irgendwas auf mich sauer. Meistens weiß ich noch nicht mal, weshalb! Ist ja auch egal! Ich wohne nicht hier. Ich bin nur zu Besuch. Wenn ich dir helfe, dann nur, um dir einen Gefallen zu tun! Nicht, weil ich dir irgendwas schuldig wäre. Und wenn wir wieder in Regalia sind, werde ich nach Hause geschickt, und wir können vergessen, dass wir uns je gekannt haben! Okay?«

Das letzte Wort blieb im Tunnel hängen. Gregor war von dem Ausbruch selbst überrascht. Das war zu heftig gewesen. Warum hatte er sich so aufgeregt? Hatte es damit zu tun, dass er ein Wüter war? Warum hatte er das gesagt? Und was hatte er überhaupt gesagt? Er wusste es nicht mehr genau, aber er sah Luxa an, dass er sie verletzt hatte.

»Gre-go ist zu laut!«, sagte Boots. Sie rannte zu Luxa und hielt beschützend ihre Hand. »Schsch, Gre-go.«

Alle starrten ihn an und warteten darauf, was er als Nächstes tun würde. »Ich glaub, so geht es wirklich schneller«, sagte Gregor schroff.

»Gut«, sagte Luxa und ging zu Aurora. Boots trottete neben ihr her.

Howard berührte Gregor an der Schulter. »Vielleicht fliege ich besser mit …«

»Ja, ich fliege auf Nike«, sagte Gregor. »Keine Sorge, ich halte Cartesian gut fest.«

Als er auf Nikes Rücken stieg, spürte er, dass Ripred ihn ansah. »Was ist?«

»Nichts«, sagte Ripred unschuldig, aber Gregor merkte, dass Ripred einmal kräftig schnupperte.

Jetzt ging es wirklich schneller voran. Gregor versuchte, damit seinen Wutausbruch zu rechtfertigen, aber das klappte nicht so ganz.

Ein leichter Wind blies ihm ins Gesicht. Er war stärker als die Brise, die man immer spürte, wenn man auf einer Fledermaus flog. Die Luft war auch wärmer als sonst und roch beißend nach Schwefel. Irgendetwas flog ihm ins Auge, und er musste mehrmals blinzeln, um es wieder loszuwerden. Durch den Wind waren seine Augen ganz trocken.

Womit hatte er Luxa verletzt? Es war nicht nur der Streit gewesen, sie stritten ja andauernd. Er versuchte sich an seine Worte zu erinnern. Irgendwas über die Huscher. Und über Ripred. »Reg dich nur auf! Ist ja auch egal! Wir können vergessen, dass wir uns je gekannt haben …!«

Dieser letzte Satz. Er stellte sich vor, dass Luxa das zu ihm sagte, und merkte, wie schrecklich das wäre. Allein der Gedanke, sie könnten das letzte Jahr vergessen. Vergessen, was sie einander zu verdanken hatten. Ohne Luxa wäre er schon in seiner ersten Nacht im Unterland umgebracht worden. Er hätte nie seinen Vater zurückbekommen. Boots wäre im Irrgarten der Ratten gestorben. Und er hatte Luxa auch schon geholfen. Mehrmals. Und er war stolz darauf. Er hatte sie vor den Spinnern gerettet. Hatte ihr geholfen, das Heilmittel für die Pest zu finden. Und schließlich suchte er jetzt zusammen mit ihr die Huscher, oder? Seit dem ersten Augenblick waren ihrer beider Leben miteinander verwoben, in guten wie in schlechten Zeiten. Er wollte niemals vergessen, dass er sie gekannt hatte.

»Nike, kannst du schneller fliegen?«, fragte Gregor. »Ich muss Luxa was sagen.«

Während sie aufholten, bastelte Gregor an seiner Entschuldigung. Es tut mir leid, dachte er, das war schon mal ein guter Anfang.

Jetzt war Nikes Nase auf einer Höhe mit Auroras Füßen. Hazard schlief mit dem Kopf auf Luxas Schoß. Howard saß mit dem Rücken zu ihr und hatte Boots in den Armen. Luxa schaute Gregor abwartend an.

Gregor schluckte und beugte sich vor, damit er leise sprechen konnte. »Du, ich wollte dir nur sagen, dass es …«

In diesem Moment wurden sie von den Strömungen erfasst.

21. Kapitel

Der erste Luftstoß traf Nike von unten und warf sie hoch. Gregor und Cartesian wurden an die Decke geschleudert und zwischen Nike und dem Felsen eingezwängt. Zum Glück hatte Gregor sich vorgebeugt. Sein Rucksack federte den Stoß ein wenig ab, allerdings stachen ihn seine Reservetaschenlampen und das Fernglas in den Rücken. Er hatte das Gesicht in Nikes Nacken gepresst und versuchte den Kopf zur Seite zu drehen, damit er atmen konnte.

Nike versuchte gegen die starke Strömung anzukämpfen, als diese plötzlich nachließ. Sie fielen ein paar Meter in die Tiefe, bis ein zweiter Windstoß sie von hinten traf. Nikes Flügel wurden an ihren Körper gedrückt, und sie schossen wie eine Kanonenkugel durch mehrere Hundert Meter Tunnel in eine riesige Höhle.

Und dort waren sie dem Wind ausgeliefert.

In der Höhle gab es nicht nur ein oder zwei, sondern unzählige verschiedene Strömungen, die miteinander wetteiferten. Man konnte die einzelnen Luftströme erkennen. Sie waren neblig wie der Luftstrom, der Gregor damals vom Wäschekeller ins Unterland befördert hatte, und strahlten ein schwaches weißliches Licht aus. Gregor wurde sofort von Nikes Rücken gerissen und von den Strömungen durchgerüttelt, die von allen Seiten auf ihn zu wehten. Er kam sich vor wie ein Drachen im Sturm. Ein Drachen, dessen Schnur gerissen war und der keine Chance hatte, wieder eingeholt zu werden.

Zum Glück war seine Taschenlampe gut an der Schlaufe seines Gürtels befestigt. Während er herumwirbelte, sah er ganz kurz die anderen. Sie waren genauso hilflos wie er.

Als er im Schein seiner Taschenlampe sah, dass der Boden der Höhle mindestens fünfzehn Meter unter ihm lag, überkam ihn kurz die Panik. Aber dann merkte er, dass er nicht fiel. Niemand fiel. Sie wurden von den Luftströmen getragen und herumgewirbelt wie Blätter im Herbst.

Gregor schaffte es, eine Hand an die Taschenlampe zu bekommen, und fühlte sich gleich ein wenig sicherer. Ein besonders heftiger Windstoß traf ihn von hinten, und er stemmte sich dagegen.

Ripred segelte an ihm vorbei, er hatte die Beine ausgestreckt wie ein Flughörnchen. Er rief Gregor etwas zu, aber bei dem tosenden Wind konnte Gregor kein Wort verstehen. Kurz darauf, nachdem er mit Howard zusammengestoßen war und beinahe Boots gefangen hätte, die mit verwirrtem, aber nicht besonders ängstlichem Gesichtsausdruck an ihm vorbeisauste, kam Gregor wieder an Ripred vorbei, der genauso flog wie vorher. Diesmal verstand Gregor, was Ripred rief. »Nicht dagegen ankämpfen!«

Nicht dagegen ankämpfen? Gregor merkte, dass jeder Muskel in seinem Körper zum Zerreißen gespannt war, weil er tatsächlich gegen den Wind ankämpfte. Er wollte die Strömungen mit Armen und Beinen kontrollieren. Nicht dagegen ankämpfen, dachte er. Einfach lockerlassen! Es war einen Versuch wert. Er strengte sich wahnsinnig an, die Muskeln zu entspannen. Das war gar nicht so einfach. Bei jedem neuen Luftstoß verkrampfte er sich. Lockerlassen!, befahl er sich selbst. Du kannst nicht dagegen ankämpfen. Denk an Ripred! Gregor streckte die Arme über den Kopf und machte sich lang. Plötzlich war der Wind nicht mehr gegen ihn, er trug ihn. Gregor kam sofort vom Kurs ab, unterdrückte jedoch den Impuls, dagegen anzugehen. Lockerlassen!, befahl er sich und machte sich wieder lang. Der Luftstrom trug ihn mit Leichtigkeit dahin. Und jetzt begriff er. Wenn man nicht gegen die Strömungen ankämpfte, konnte man darauf reiten. Ein Hochgefühl durchströmte ihn. Ich fliege!

Eine Weile war er völlig fasziniert von diesem neuen Talent. Das hier war etwas ganz anderes, als auf einer Fledermaus zu fliegen, wo er nur Passagier war. Jetzt sauste Gregor durch den Himmel – na gut, es war nicht der Himmel, aber er sauste durch die Luft wie ein Superheld. Das Gefühl von Freiheit und Macht war unglaublich. Wenn ich Flügel hätte, dachte Gregor, hätte ich vor nichts und niemandem im Unterland Angst. Gregor stieß einen lauten Schrei aus und krachte mit Ripred zusammen. Er glitt an Ripreds Körper hinab, konnte sich aber gerade noch an dessen Schwanz festhalten.

»Na, wir amüsieren uns wohl prächtig, was?«, rief Ripred über den Wind hinweg. »Hast du in letzter Zeit mal was von deinen Freunden gehört?«

Gregor schämte sich sofort, dass er das Fliegen genossen hatte, und leuchtete mit der Taschenlampe umher. Über sich entdeckte er Luxa und sah, dass sie die Kunst des Fliegens schon beherrschte. Sie übertraf ihn sogar noch, denn sie schien problemlos von einer Strömung zur anderen hüpfen zu können. Als Luxa sich auf die Seite rollte, um zu einem anderen Luftstrom zu wechseln, sah Gregor, dass sie Boots auf dem Rücken hatte. Die Kleine hatte Arme und Beine um Luxa geschlungen. Temp schwebte vorbei, und Hazard klammerte sich an seinem Rücken fest. Cartesian hatte keine Schwierigkeiten, da er schlief und mit Leichtigkeit dahinglitt. Howard wurde ein wenig herumgewirbelt, als er versuchte, sich zu den Fledermäusen vorzukämpfen. Die Fledermäuse! Für sie war es am schwierigsten von allen.

Ihre schönen langen Flügel waren in dieser Situation ganz und gar nicht hilfreich. Sie waren mehreren unterschiedlichen Strömungen gleichzeitig ausgesetzt. Und da die Fledermäuse ihr Leben lang mit – harmloseren – Strömungen geflogen waren, konnten sie den Drang nicht unterdrücken, auch mit diesen hier aktiv zu fliegen. Doch kaum breiteten sie die Flügel ein wenig aus, wurden sie herumgewirbelt wie ein Kreisel. Ares, dessen Flügel die größte Spannweite hatten, war am schlimmsten dran.

»Ares!«, schrie Gregor. Er ließ Ripreds Schwanz los, aber sofort packte Ripred ihn und hielt ihn mit den Hinterpfoten am Rucksack fest.

»Was hast du vor?«, rief Ripred.

Gregor hatte gar nichts vor. Er wollte einfach nur seiner Fledermaus helfen. »Ich weiß nicht! Ich weiß nicht!«

»Wir müssen landen!«, rief Ripred. »Einen Stützpunkt bilden!«

»Okay!«, sagte Gregor, obwohl er keine Ahnung hatte, wovon Ripred redete.

Ripred arbeitete sich von einer Strömung zur anderen vor, sodass sie sich immer weiter vom Zentrum des Sturms entfernten. Gregor, der noch immer am Rucksack herumgezerrt wurde, wandte den Kopf und sah, dass sie direkt auf eine Wand der Höhle zusteuerten. »Nein!«, schrie er und versuchte sich zu befreien, bevor sie gegen die Wand knallten. Doch im letzten Moment erwischte Ripred eine andere Strömung, und Gregor wurde über den Boden einer Höhle geschleift.

»Ein bisschen Vertrauen, bitte«, sagte Ripred wütend.

»Entschuldige«, sagte Gregor. Er setzte sich auf und rieb sich den Ellbogen, den er sich am Boden aufgeschürft hatte. Als er aus der Höhle schaute, sah er seine Freunde, die noch immer herumflogen. »Und jetzt?«

»Jetzt müssen wir sehen, wie wir sie da runterholen. Du hast nicht zufällig so was Praktisches wie ein Seil dadrin, oder?«, sagte Ripred und stieß Gregors Rucksack an.

»Nein«, sagte Gregor.

»Nein.« Ripred seufzte. »Tja, dann muss wohl mein Schwanz dran glauben.«

Ripred stellte sich an den Rand der Höhle, hielt sich mit den Krallen am Boden fest und ließ seinen langen Schwanz hinauswehen.

»Und was jetzt?«, fragte Gregor.

»Wart's ab«, sagte Ripred. »Keine Sorge, die kommen schon.«

Gregor malte mit dem Schein der Taschenlampe im Höhleneingang eine Acht, um die Aufmerksamkeit der anderen dorthin zu lenken. Ripred hatte recht. Es dauerte nicht lange, da hatte Luxa sich auf den Luftströmen nach unten bewegt und Ripreds Schwanz gepackt. Ripred zog sie in die Höhle, und Gregor hob Boots von ihrem Rücken.

»Hey, was war das denn?«, fragte er Boots.

»Luxa ist eine Federmaus«, sagte Boots. »Ich bin gefliegt.«

»Das hast du gut gemacht«, sagte Gregor. »Jetzt müssen wir die anderen noch reinholen.«

»Ich will helfen!«, sagte Boots und lief zum Eingang der Höhle.

Sofort wurde sie nach oben gerissen. Gregor konnte sie gerade noch am Knöchel schnappen und wieder zurückziehen. »Stopp! Nein, Boots. Ich hab eine wichtige Aufgabe für dich.«

»Für mich?«, fragte Boots gespannt.

Jetzt musste Gregor sich schnell etwas einfallen lassen. Er überlegte, sie wieder singen zu lassen, aber wenn niemand einschlief, wurde ihr das bestimmt bald langweilig. Er wühlte in seinem Rucksack und stieß auf das Fernglas. »Hier«, sagte er. »Du bist unsere Kundschafterin. Guck durch das Fernglas und sag uns Bescheid, wenn jemand vorbeifliegt.«

Es war eine sinnlose Aufgabe. Im Licht der Strömungen und im Schein der Taschenlampe waren die anderen gut zu sehen. Aber so hatte Boots wenigstens etwas zu tun. »Temp ist groß. Temp ist klein. Temp ist groß. Temp ist klein«, sagte sie wichtig, als sie das Fernglas vor die Augen hielt und wieder sinken ließ.

»Achtung, da kommt der Krabbler«, sagte Ripred.

Temp kam angesegelt und klammerte sich an Ripreds Schwanz. Ripred zog ihn herein, und Hazard rutschte von Temps Rücken.

»Hazard, geht es dir gut?«, fragte Luxa und nahm ihn in die Arme.

»Ja, mir geht es gut. Aber den Fliegern nicht«, sagte Hazard.

Für die Fledermäuse sah es schlecht aus. Sie wurden noch immer hin und her gewirbelt und schafften es nicht, sich treiben zu lassen.

Als Nächstes kam Howard in die Höhle, er schleifte Cartesian am Schwanz hinter sich her. »Ich weiß nicht, wie wir die Flieger hereinbekommen sollen«, sagte Howard. »Ich habe versucht auf Nike zu fliegen und ihr zu helfen, doch ich habe ihre Lage nur weiter erschwert. Sie ermüden rasch.«

»Wir müssen etwas unternehmen!«, sagte Luxa.

»Vielleicht könnten wir eine Menschenkette bilden«, sagte Gregor.

»Und dann sollen sich wohl alle an meinem armen Schwanz festklammern?«, sagte Ripred. »Bei der Windstärke schaffe ich es nie, euch alle zu halten.«

»Wir können sie nicht einfach dort oben lassen!«, sagte Luxa. »Ich fliege zurück!«

Sie wollte sich wieder in die Strömungen stürzen, doch Ripred versperrte ihr mit seinem Schwanz den Weg. »Was hast du vor?«

»Ich … ich weiß noch nicht genau«, sagte Luxa.

»Na, so ein Pech aber auch«, sagte Ripred. Er ließ den Schwanz sinken, aber sie rührte sich nicht.

»Weißt du denn etwas?«, fragte sie.

»Vielleicht, wenn man mich freundlich fragt«, sagte er.

»Verrätst du mir deine Idee?«, sagte Luxa steif.

»Bitte, bitte«, sagte Ripred.

»Bitte«, sagte Luxa mit zusammengebissenen Zähnen.

»Na gut. Lass dich bis zu den Fliegern treiben. Fang mit der Kleinen an. Zwing ihre Flügel mit den Beinen hinunter, wenn nötig, mit Gewalt. Vermutlich können sie das Fliegen ebenso wenig sein lassen wie wir das Atmen. Dann musst du sie hierher befördern«, sagte Ripred. »Sie darf die Flügel nicht ausbreiten. Verstanden?«

»Ja«, sagte Luxa und stürzte sich in die Strömungen.

»Ja, *danke*!«, rief Ripred ihr nach.

Es dauerte nicht lange, bis Luxa bei Thalia war. Sie brauchte nicht nur die Beine, sondern auch die Arme, um die Flügel der Fledermaus niederzudrücken. Dann konnte Luxa Thalia zur Höhle lenken. Als Thalia Ripreds Schwanz zu fassen bekam, fasste sie ihn auf die einzig mögliche Weise, nämlich mit den Zähnen.

»Autsch!«, sagte Ripred und zog sie herein. »Schon gut, schon gut, jetzt lass los, du kleine Viper.«

Thalia öffnete das Maul und sank erschöpft nieder.

»Ich glaube, Aurora kann ich herunterholen. Bei den anderen bin ich mir nicht sicher«, sagte Luxa. Sie keuchte vor Anstrengung.

»Soll ich Ares holen, Gregor?«, fragte Howard. Er war viel größer und stärker als Gregor. Es wäre nur logisch gewesen, wenn er sich um die größte Fledermaus gekümmert hätte.

»Nein, ich bin mit ihm verbunden. Ich mache das«, sagte Gregor. Er hatte keine Ahnung, was da auf ihn zukam. Zu Ares hinzugelangen ging ja noch – Gregor wechselte von einem Luftstrom zum anderen und kam so bis auf wenige Meter an ihn heran. Erst jetzt sah Gregor, wie sehr Ares litt. Sein Körper war furchtbar verdreht, während er versuchte, sich aus den Strömungen zu befreien. Es war, als wäre er in einem Kraftfeld gefangen und könnte sich immer nur ein winziges Stück entfernen, um dann wieder ins Zentrum gerissen zu werden. Am schlimmsten war der Laut, den Ares ausstieß. Es waren weder Worte noch die hohen, hellen Fledermaustöne, die Gregor manchmal hören konnte. Es war wie ein Schrei. Ein anhaltender Schmerzensschrei. Seine verzweifelte Lage schien Ares buchstäblich in den Wahnsinn zu treiben.

Jetzt hatte Gregor ein noch viel schlechteres Gewissen, weil er das Fliegen genossen und gar nicht auf Ares geachtet hatte.

Die erste Schwierigkeit bestand darin, Ares die Arme um den Hals zu legen. Immer, wenn Gregor nah genug dran war, fuhr einer von Ares' starken Flügeln aus und schleuderte ihn zur Seite. Das tat nicht nur weh, es verzögerte auch die Rettungsaktion, denn Gregor musste sich jedes Mal von Neuem zu Ares vorarbeiten. Es war so, wie Ripred gesagt hatte. Die Fledermäuse konnten den Drang zu fliegen überhaupt nicht unterdrücken.

Etwa beim zehnten Versuch schaffte Gregor es endlich, den zuckenden Flügeln auszuweichen und sich an Ares' Hals festzuklammern. Dabei wurde er wild herumgeschleudert. Er hatte keine Chance, die Beine um die Flügel zu klemmen. Er wusste, dass Ares ihn nicht abwerfen wollte, aber genau so fühlte es sich an.

»Nicht dagegen ankämpfen!«, sagte er zu Ares, genau wie Ripred zu ihm gesagt hatte. Doch er wusste noch nicht mal, ob Ares ihn hörte. Er schrie unvermindert weiter und bewegte sich genauso unkontrolliert wie vorher.

»Nicht kämpfen! Gib auf!«, befahl Gregor. Noch immer keine Reaktion. Gregor wusste nicht, wie lange er sich noch halten konnte. Da drückte eine günstige Strömung Gregor genau in dem Moment auf Ares' Rücken, als seine Flügel sich gerade schlossen. Gregor presste die Beine an Ares' Flanken. »Ich bin's, Gregor!«, brüllte er Ares ins Ohr. Der Schrei verstummte, erst jetzt schien Ares Gregor wahrzunehmen. »Ich hab dich! Jetzt nicht die Flügel ausbreiten! Nicht die Flügel ausbreiten, Ares!«

Jetzt spürte Gregor, dass Ares einen anderen Kampf kämpfte. Während die verschiedenen Strömungen ihn erfassten, kämpfte er gegen den Impuls an, die Flügel auszubreiten. »Überländer … ich kann nicht …!«

»Doch, du kannst. Lass sie geschlossen. Heute fliege ich zur Abwechslung mal. Okay?«, sagte Gregor.

»Na … gut«, antwortete Ares. »Lass mich nicht … im Stich!«

»Ich lass dich nicht im Stich! Versprochen!«, sagte Gregor.

Sie kamen nur langsam voran. Selbst wenn er allein flog, war Gregor noch immer ziemlich unsicher. Und seine

Fledermaus durch dieses Labyrinth von Strömungen zu dirigieren, war eine ganz besondere Herausforderung. Zumal er die ganze Zeit reden musste, um Ares zu beruhigen und ihn immer wieder daran zu erinnern, die Flügel nicht auszubreiten. Wenn er auch nur eine kleine Pause einlegte, merkte er, wie der Schrei wieder in Ares' Kehle aufstieg.

Einmal dachte er, sie wären fast bei der Höhle angelangt, aber dann wurden sie von einem starken Luftstrom weggefegt, und der Schein der Höhle entfernte sich wieder. Gregors Beine begannen zu zittern von der Anstrengung, Ares' Flügel niederzudrücken. Nachdem er Ares sein Wort gegeben hatte, konnte er auf keinen Fall loslassen.

Er merkte, dass er nicht mehr die Kraft hatte, Ares noch irgendwohin zu lenken. Er konnte nur versuchen, sich oben zu halten. Vielleicht wurden sie bald beide ohnmächtig, und dann konnten die anderen …

Da landete jemand neben ihm. Gregor hätte sich vor Erleichterung fast fallen gelassen. Dann fiel ihm ein, dass nicht er derjenige war, der gerettet werden sollte, und er verstärkte den Druck auf Ares' Flügel. Er legte seinen Kopf an Ares', schloss die Augen und redete immer weiter, immer weiter, bis sie schließlich in der Höhle lagen.

Gregor lockerte die steifen Glieder und wandte den Kopf. Sowohl Howard als auch Luxa saßen hinter ihm auf Ares.

»Nur mit vereinten Kräften ist es uns gelungen, Nike herunterzuholen«, sagte Howard. »Da dachten wir uns, auch du könntest Hilfe gebrauchen.«

»Und wie. Danke«, sagte Gregor. Er sah Luxa an. Er erinnerte sich, dass er ihr etwas hatte sagen wollen, bevor er von den Strömungen an die Decke der Höhle geschleudert worden war.

Ripred schob ihn mit der Nase von Ares hinunter. »Runter. Runter. Er muss verschnaufen.«

Gregor rollte sich auf die Seite und stand schwankend auf. Alle vier Fledermäuse lagen auf dem Boden, sie waren zu mitgenommen, um aufzustehen.

»So viel zu unserer Reise«, sagte Ripred frustriert. »Es wird Stunden dauern, bis sie weiterfliegen können.«

»Es wäre hilfreich, wenn sie hängen könnten«, sagte Howard und strich Nike übers Fell.

»Dort hinten ist ein Felsvorsprung«, sagte Hazard.

»Gut, Hazard. Ausgezeichnet«, sagte Howard. »Dann wollen wir versuchen, Thalia dorthin zu schaffen.«

Gregor wusste nicht genau, was sie vorhatten, aber er half Howard dabei, Thalia zu dem Felsvorsprung zu tragen und sie umzudrehen. Sofort krallte sie sich an dem Vorsprung fest, und ihr Körper schien sich zu entspannen. Auf Reisen schliefen die Fledermäuse meistens aneinandergekauert auf den Füßen, aber das hier war für sie die natürlichste Ruheposition.

Gregor und Howard trugen die Fledermäuse eine nach der anderen in den hinteren Teil der Höhle und hängten sie an den Felsvorsprung. Sie bewegten ihre Krallen nur, um die Reihe zu schließen. Keine von ihnen sagte etwas, aber sie wirkten etwas ruhiger.

»Ruht euch jetzt aus«, sagte Howard zu ihnen. »Alles ist gut. Ruht euch aus.«

Alle versammelten sich nah bei den Fledermäusen, so weit wie möglich von den heulenden Winden entfernt. Temp fand ein paar essbare Pilze. Sie brachen die Pilze von der Wand ab und aßen sie auf der Stelle auf, denn von der Anstrengung hatten sie alle einen Riesenhunger. Dann ließen sie einen Wasserbeutel herumgehen.

»Schlaft, ihr alle, schlaft«, sagte Temp. »Halte Wache, halte ich.«

Die Gefahr, dass jemand in die Höhle eindrang, war sehr gering, deshalb nahmen sie sein Angebot an.

Als Gregor aufwachte, hörte er die anderen atmen. Von dem Wind war nichts mehr zu hören. Gregor sah die Umrisse von Temp, der geduldig vorm Eingang der Höhle saß. Als Gregor sich umdrehte, berührte sein Ohr den Boden, und er bemerkte noch ein anderes Geräusch. Ein leises Kratzen zusammen mit einer Art Tappen. Er setzte sich auf und sah, dass Ripred neben ihm in der Dunkelheit wach war.

»Da ist ein Geräusch. So ein Kratzen«, sagte Gregor.

»Ich weiß. Mach dir keine Sorgen. Schlaf weiter«, sagte Ripred.

Wenn Ripred aufpasste, fühlte Gregor sich in Sicherheit, also schlief er wieder ein.

Stunden später rüttelte Howard Gregor an der Schulter. »Gregor, die Ströme kommen und gehen. Wir müssen weiter, solange es ruhig ist.«

Gregor war so steif und lädiert, dass er nur mit Mühe hochkam. Wie musste es erst den Fledermäusen gehen! Sie saßen jetzt auf dem Boden und knabberten ein paar Pilze. Gregor ging zu Ares hinüber. »Hallo. Alles in Ordnung?«

»Ja«, sagte Ares, aber seine Stimme war schwach.

»Wir dürfen nie wieder in diese Ströme geraten«, sagte Nike.

»Es ist ein Wahnsinn«, sagte Aurora.

Und Thalia begann beim bloßen Gedanken daran zu weinen. Unglücklich kauerte sie sich in Nikes Flügel.

»He, Thalia, ich hab was für dich«, sagte Gregor sanft. »Was sagt die eine Wand zur anderen?«

»Ich weiß nicht«, sagte Thalia schluchzend.

»Wir treffen uns an der Ecke«, sagte Gregor.

Es dauerte einen Moment, bis sie die Pointe kapiert hatte, doch dann wurden ihre Schluchzer von Kichern unterbrochen, und am Ende lachte sie nur noch. Das Lachen war etwas schriller als sonst, aber sie lachte. Und auch die anderen Fledermäuse lachten, sie freuten sich darüber, dass Thalia abgelenkt war.

Sie mussten weiter. Irgendwo waren die Huscher in Gefahr. Sie verloren wertvolle Zeit. Die Fledermäuse hätten sich eigentlich noch ausruhen müssen, aber das ging jetzt nicht.

»Haben wir irgendeine Ahnung, wo die Ratten die Mäuse hingetrieben haben?«, fragte Gregor.

»Ich glaube, wenn wir dieser Höhle folgen, werden wir ihre Spur kreuzen«, sagte Ripred.

»Fliegt nicht in den offenen Raum. Haltet euch dicht an den Wänden. Habt immer eine oder zwei Höhlen im Blick, in die wir uns notfalls flüchten können, falls die Strömungen wiederkehren«, sagte Luxa.

»Das ist ja mal ein guter Plan, Eure Hoheit. Und wie erfrischend, dass Ihr einen habt«, sagte Ripred. Aber Luxa war so müde, dass sie ihm nur einen bösen Blick zuwarf.

Sie flogen los und hielten sich dicht an den Wänden. Gregor hatte damit gerechnet, dass die Höhle irgendwann zu Ende sein oder in eine Reihe von Tunneln münden würde. Stattdessen ging sie immer weiter. Mit Ausnahme des Wasserwegs war diese Höhle der größte offene Raum, den er im Unterland je gesehen hatte. Nach etwa einer Stunde sah er den ersten Vulkan seines Lebens. Er war ruhig, abgesehen von den Rauchfahnen, die aus dem Gipfel wehten. Dann kamen sie an weiteren Vulkanen vorbei. Einige rumorten bedrohlich. Aus einem traten an mehreren Stellen Lavaströme aus. Es gab keinen richtigen Vulkanausbruch, aber die Luft war heiß und übel riechend.

Hin und wieder frischten die Luftströme wieder auf, dann flüchteten sie sich schnell in eine Höhle und warteten, bis die Winde sich so weit gelegt hatten, dass sie weiterfliegen konnten. Der Wind hatte auch sein Gutes, denn er vertrieb den üblen Geruch. Als sie etwa zum fünften Mal Schutz in einer Höhle suchten, fand Gregor, dass die Fledermäuse übertrieben. Dieser Luftstrom war kaum mehr als eine kleine Brise. Dann merkte er, dass die Pause diesmal nichts mit dem Wind zu tun hatte.

Ripred befahl allen, sich flach auf den Boden zu legen, als ihm einfiel, dass er gar nicht das Kommando hatte. »Entschuldigung«, sagte er zu Luxa. »Ist so eine Angewohnheit von mir.«

»Tut, wie er euch geheißen«, sagte Luxa. Sie lag schon auf dem Boden und spähte an einem kleinen Gesteinshaufen vorbei. Gregor legte sich auf den Bauch und robbte schnell zu ihr.

Erst wusste er nicht, wohin sie schaute. Da war ein Vulkan, goldglühend an der Spitze. Das war jedoch kein Grund, sich zu verstecken.

Da hörte er Cartesian hinter sich flüstern: »Die anderen.«

22. Kapitel

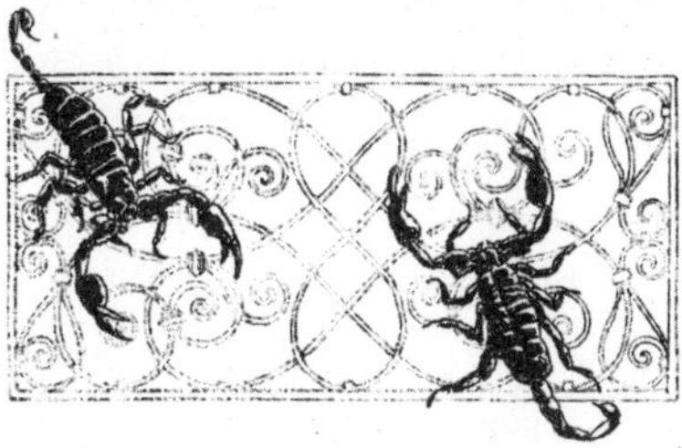

Gregor blinzelte in das aschfahle Licht, und da entdeckte er schließlich die Huscher. Im Gänsemarsch gingen sie einen langen gewundenen Weg hinunter, der an einer Tunnelöffnung hoch oben in den Felsen begann und zu einer Grube am Fuß des Vulkans führte. An der einen Seite führte der Weg an einer steilen Klippe entlang, spitze Felsen ragten vom Boden auf. Erst als die Mäuse fast unten angekommen waren, wurde ihnen klar, wohin die Ratten sie schickten.

Die Mäuse, die an der Grube angelangt waren, quiekten, um die anderen zu warnen. Gregor sah, wie die Mäuse weiter oben panisch wurden. Mehrere machten kehrt und versuchten den Weg wieder zurückzugehen, einige krabbelten über andere hinüber, um wieder zu dem Tunnel zu gelangen. Eine Handvoll schaffte es, doch sie wurden von den Ratten wieder zurückgetrieben. Dann wurde der Tunneleingang mit einem großen Felsen versperrt. Kreischend warfen sich die Mäuse gegen den Felsen, aber er ließ sich nicht bewegen.

»Wir müssen zu ihnen!«, schrie Luxa und sprang auf.

»Um was zu tun?«, fragte Ripred und stellte sich ihr in den Weg. »Ihr müsst alle mal damit aufhören, euch in gefährliche Situationen zu begeben, ohne euren Kopf zu gebrauchen! Schneller kann man sein Leben nicht verlieren!«

»Wir können sie aus der Grube herausholen und in Sicherheit bringen«, sagte Luxa.

»Ja, eine Handvoll vielleicht. Aber dadrin sind Hunderte gefangen. Glaubst du, die Nager merken es nicht, wenn wir eine Luftbrücke errichten? Und was dann? Dann haben wir unseren einzigen Vorteil verspielt. Wir müssen sie überrumpeln«, sagte Ripred.

»Was sollen wir also tun?«, fragte Luxa. »Sollen wir warten, bis sie unter der Lava begraben werden?«

»Ihr sollt mal einen Moment nachdenken!«, fauchte Ripred.

»V wie Vulkan«, verkündete Boots. »Und wie Vogel.« Sie pikste Ripred mit dem Zepter in den Po. »Piep, piep!«

Ripred seufzte. »Wieso bist du bloß hier?«

Eine Windbö ließ alle aufblicken. Oh, super. Jetzt geht's mit den Strömungen wieder los, dachte Gregor. Wenn sie zu stark wurden, konnten die Fledermäuse nicht mehr fliegen. Immerhin wurde die Luft dadurch ein kleines bisschen frischer. Aus einer nahe gelegenen Höhle schien ein stärkerer Windstoß zu kommen. Er fegte den Aschedunst in die Richtung der Mäuse, und Gregor hatte zum ersten Mal seit Stunden das Gefühl, frische Luft zu atmen.

»Seht nur, jetzt unternehmen die Huscher etwas«, sagte Howard.

Die Mäuse hatten ihre anfängliche Panik überwunden und sich offenbar einen Fluchtplan überlegt. Sie hatten sich an der hinteren Wand der Grube aufgestellt. Unten standen mehrere Mäuse in einer Reihe. Weitere Mäuse kamen herbei und kletterten schnell auf sie drauf. Im Nu erhob sich eine Pyramide.

»Gute Idee«, sagte Gregor. »Eine Pyramide.«

»Nein, das ist das gleichschenklige Dreieck«, sagte Cartesian.

Gregor sah ihn an. Zum ersten Mal, seit Cartesian bei ihnen war, schien er bei klarem Verstand zu sein. »Was ist das denn?«, fragte Gregor.

»Es ist keine richtige Pyramide, denn es hat nur drei Ecken, nicht vier. Sie versuchen eher, ein zweidimensionales Dreieck nachzubilden«, sagte Cartesian.

»Aha«, sagte Gregor. Er dachte, alles, wobei mehrere Leute übereinanderstehen, sei eine Pyramide, aber er wollte darüber nicht mit Cartesian streiten, vor allem, nachdem er so viel durchgemacht hatte.

»Leute, ich habe einen Plan. Lasst uns damit arbeiten«, sagte Ripred. »Sie brauchen jemanden, der den Weg verteidigt, falls die Nager durchkommen.«

»Dann tun wir das«, sagte Luxa.

»Einverstanden. Temp, du passt auf die Jungen auf. Die anderen steigen auf«, sagte Ripred.

Gregor wollte schon auf Ares springen, als Ripred ihn zurückhielt. »Nein, ich werde ihn brauchen, um zu dem Weg zu kommen. Flieg mit jemand anders und wechsle zu Ares, wenn er mich abgeworfen hat.«

»Komm, Gregor«, sagte Howard. Er reichte Gregor die Hand und zog ihn hinter sich auf Nike.

»Warten wir lieber, bis der Felsen sich bewegt. So haben wir genug Zeit, um zu dem Weg zu gelangen, ohne dass die Nager uns vorzeitig bemerken«, sagte Luxa.

»Gut. Sehr gut. Jetzt gebrauchst du deinen Verstand«, sagte Ripred. »Alle warten, wie sie gesagt hat.«

Sie saßen da und schauten zu, alle angespannt und bereit zum Abflug.

Jetzt war die Mäusepyramide fast am oberen Rand der Grube angelangt. Bald konnten die Mäuse sich befreien. Der Felsen bewegte sich noch immer nicht.

»Wenn Lava austreten würde, gäbe es dann vorher eine Warnung?«, fragte Howard.

»Ich glaube, im Allgemeinen ist vorher ein Donnern zu hören, irgendein Geräusch jedenfalls«, sagte Ripred. »Aber so genau kenne ich mich auch nicht aus.«

Die ersten Huscher kletterten jetzt über den Rand der Grube. Der Fluchtplan funktionierte.

»Vielleicht kommen die Ratten gar nicht wieder«, sagte

Gregor. »Vielleicht haben sie nicht gedacht, dass die Mäuse da rauskommen.«

Jetzt schickten die Mäuse ihre Jungen hinaus. Sie versuchten, sie als Erstes zu retten. Als fünf Kleine oben angekommen waren, brachten zwei ausgewachsene Mäuse sie, so schnell es ging, von der Grube weg. Keine Ratten kamen, um einzugreifen.

Gregor und die anderen saßen im Tunnel und schauten zu.

Dann brach Luxa das Schweigen. »Irgendwas stimmt da nicht. Warum lassen die Nager das zu?«

»Das würden sie nie tun«, sagte Ripred. Er schwieg einen Moment. »Es sei denn, sie glauben, dass etwas anderes die Arbeit für sie erledigt.«

»Aber da ist doch keine Lava. Der Vulkan bricht ja nicht aus«, sagte Gregor.

Plötzlich wackelte Temp mit den Fühlern und trippelte aufgeregt herum. »Nicht Lava ist es, nicht Lava«, sagte er.

»Was ist, Temp? Was ist los?«, fragte Gregor. Eins hatte er inzwischen gelernt: Wenn Temp besorgt war, gab es immer einen guten Grund.

»Nicht Lava ist es, es ist …« Temp kannte kein Wort dafür. Er brach ab und schnalzte aufgeregt.

»Was sagt er, Hazard?«, fragte Gregor.

»Ich weiß nicht. Es ist unlogisch. Ich glaube, er sagt, dass der Vulkan atmet«, sagte Hazard.

Boots blies die Backen auf und pustete Gregor ins Gesicht. »So. So atmet er.« Sie blies wieder. »Wie aus einem Luftballon.«

»Die Huscher! Irgendetwas passiert mit ihnen!«, sagte Howard.

Gregor kniff die Augen zusammen, um auf die Entfernung etwas zu erkennen. Erst schaute er zu dem Felsen, um zu sehen, ob die Ratten ihn zur Seite geschoben hatten, aber er stand unverrückt da. Er schaute zu den Mäusen. Sie sahen nicht so aus, als ob ihnen etwas fehlte. Dann fiel eine Maus von der Spitze der Pyramide. Dann eine zweite. Und dann brach die ganze Pyramide in sich zusammen.

Alle Mäuse, die noch in der Grube waren, lagen jetzt in einem Haufen übereinander. Aber sie waren nicht tot. Gregor sah, wie sie wild um sich schlugen.

Chaos brach in der Höhle aus.

»Was ist da los?«, rief Gregor.

»Wir müssen zu ihnen!«, schrie Luxa.

»Nicht gehen, sollt ihr, nicht gehen!«, bat Temp.

»Flieg los, Aurora!«, sagte Luxa.

Aurora schien ebenso dringend zu den Mäusen zu wollen wie Luxa. Sie breitete schon die Flügel aus. Blitzschnell sprang Ripred zu ihnen, warf Aurora auf den Rücken und stürzte sich auf sie. Luxa, die unter Auroras Schulter eingeklemmt war, brüllte ihn wütend an, aber Ripred achtete gar nicht auf sie.

Gregor kippte seinen Rucksack aus und schnappte sich das Fernglas. Er richtete es auf die Mäuse, und sein Herz fing an zu hämmern.

»Was siehst du, Junge? Was passiert mit ihnen?«, sagte Ripred.

Gregor stammelte, während er versuchte, das Schreckliche, was er sah, in Worte zu fassen. »Ich weiß nicht. Sie können nicht … Sie …« Die Mäuse wälzten sich auf dem Boden, fuchtelten in der Luft herum, fassten sich an die Kehle. »Sie kriegen keine Luft!«, brachte er schließlich heraus. »Sie ersticken!«

Luxa schrie wie eine Wahnsinnige. Hazard drückte gegen Ripreds Schulter und versuchte ihn wegzuschieben. »Lass sie fliegen! Lass sie fliegen!«

Howard packte Hazard und presste das Gesicht des Jungen an seine Schulter. »Nein, Hazard. Sie kann nicht hinfliegen. Sie kann ihnen nicht helfen«, sagte er. Tränen liefen ihm über die Wangen.

Jetzt hörten sie die verzweifelten Schreie, die aus der Grube kamen. Cartesian humpelte zum Eingang der Höhle und versuchte sich in die Luft zu stürzen, entweder um eine Strömung zu erwischen und den anderen Mäusen zu helfen oder um sich umzubringen, Gregor wusste es nicht. Aber Ares packte Cartesian, ehe er fiel.

»Es sind giftige Dämpfe«, sagte Ripred. »Offenbar treten sie aus dem Vulkan aus.«

»Aber ich sehe sie nicht! Ich sehe überhaupt nichts!«,

sagte Gregor. Seine Hände zitterten, während er versuchte, das Fernglas einzustellen.

»Sie haben keine Farbe«, sagte Howard.

»Und ich kann auch keinen Geruch feststellen«, sagte Ripred. Seine Nase zuckte wie wild. »Der Wind trägt den Geruch natürlich von uns weg … Hältst du bitte mal still!«, knurrte er Luxa an. »Temp, sind wir hier in Gefahr?«

»Schwer, sind die Dämpfe, schwer«, sagte Temp.

»Dann bleibt alles in der Grube«, sagte Ripred grimmig.

Gregor ließ das Fernglas sinken. Doch durch die Luftströme war die Sicht jetzt klarer, und auch ohne Fernglas war zu erkennen, wie die Mäuse nach Luft schnappten.

»Nike, kannst du Thalia vor dem Anblick abschirmen?«, sagte Howard. »Sie hat schon zu viel gesehen!« Nike nahm Thalia unter ihre Flügel.

»Komm zu mir, Boots!«, sagte Gregor, nahm sie auf den Arm und hielt ihr eine Hand vor die Augen, damit sie die schreckliche Szene nicht sehen musste, obwohl sie gar nicht mitgenommen wirkte. Sie versuchte sich aus seiner Umarmung zu winden.

»Nein, Gre-go, ich will runter!«, sagte Boots.

»Lass mich los!« Luxa bekam ihr Schwert zu fassen und stach Ripred damit in die Schulter.

»Aah!«, schrie Ripred und machte einen Satz nach hinten. Blut strömte aus der Wunde. Er bleckte die frisch geschliffenen Zähne.

Aurora erhob sich, und Luxa sprang auf die Füße. Ripreds Blut troff von ihrem Schwert.

Gregor setzte Boots ab und zog sein Schwert, um sich zwischen die beiden zu stellen, als Ripred wütend knurrte: »Na gut, du dumme Göre! Dann flieg doch hin und geh dabei drauf!«

»Pssst«, machte Boots und legte einen Zeigefinger auf die Lippen. »Du bist zu laut.«

Luxa wirbelte zum Eingang der Höhle herum und wollte auf Aurora springen. Dann sah sie die Mäuse und erstarrte. Sie krallte sich mit einer Hand an Auroras Nackenfell fest.

Die Schreie waren verhallt. Hier und da war noch ein leichtes Zucken zu sehen. Dann regte sich nichts mehr.

Das einzige Geräusch in der Höhle war Howards leises Weinen.

»Schsch«, machte Boots und tätschelte ihn. »Schsch. Die Mäuse schlafen.«

23. Kapitel

Sie schlafen doch? Oder, Gre-go?«, sagte Boots und runzelte leicht die Stirn.

»Ja, Boots«, sagte Gregor und gab sich Mühe, seine Stimme nicht zittern zu lassen. »Sie schlafen.« Das sagte er immer zu ihr, wenn jemand starb. Selbst wenn sie einen toten Vogel auf dem Spielplatz fanden, sagte er ihr, er schlafe, und später nahm er heimlich eine alte Zeitung und versteckte den Vogel im Mülleimer. Wenn sie dann sah, dass der Vogel nicht mehr da war, freute sie sich, dass er nach Hause geflogen war. Und Gregor tat so, als ob er sich mit ihr freute. Wenn er ihr nicht mal sagen konnte, dass eine Taube gestorben war, brachte er es bei den Mäusen ganz bestimmt nicht über sich.

»Ich weiß. Sie schlafen doch. Wie in dem Lied«, sagte sie beruhigt.

»Genau. Wie in dem Lied«, sagte Gregor.

»Ripred. Können wir irgendetwas tun?«, sagte Luxa heiser. »Bitte.«

»Nein, Luxa«, sagte Ripred. Es war wohl das erste Mal, dass Gregor hörte, wie Ripred Luxa mit ihrem Namen ansprach. »Niemand kann ihnen helfen.«

»Darf ich deine Gläser haben, Gregor?«, fragte sie.

Gregor wollte ihr das Fernglas nicht geben. Die Szene war schon von Weitem schlimm genug. Durch das Fernglas wirkte sie noch grausamer. »Es funktioniert nicht so richtig«, murmelte er. Doch sie nahm ihm das Fernglas aus der Hand und richtete es auf die Mäuse.

»Das ist es also«, sagte sie. »So wollen sie alle Huscher töten.«

»Und die Huscher wehren sich nicht«, sagte Ares.

»Jetzt kannst du mich loslassen«, sagte Cartesian ruhig, und Ares gab ihn frei. Die Maus rollte sich zusammen und verbarg das Gesicht.

»Ich dachte, sie würden die Huscher aushungern, vielleicht versuchen, sie zu ertränken. Doch dies hier … dies ist ohne Beispiel«, sagte Nike.

»Der Beispiele sind viel zu viele«, sagte Ripred wütend. Er leckte sich das Blut von der Schulter.

»Lass mich mal«, sagte Howard. Er übergab Hazard an Luxa und holte seinen Erste-Hilfe-Kasten hervor. »Die Wunde ist nicht allzu tief«, sagte er, nachdem er Ripreds Schulter untersucht hatte.

»Tief genug«, sagte Ripred und sah Luxa zornig an. »Jetzt sind wir quitt. Mein Leben gegen dein Leben.«

»Ja. Deine Schuld ist beglichen«, sagte Luxa.

Alle saßen wie erstarrt da und schauten zu, wie Howard Ripreds Wunde verband. Sie vermieden es, zu den ermordeten Mäusen in der Grube zu schauen.

Gregor konnte nicht begreifen, was da gerade passiert war. Er hatte schon öfter Tote gesehen, viele Tote. Aber so etwas noch nie. Es war nicht nur die Zahl der Toten. Als sie im Dschungel gegen die Ameisen gekämpft hatten, war der Boden mit Leichen übersät gewesen. Doch das war eine Schlacht gewesen, zwei bewaffnete Parteien hatten sich gegenübergestanden. Es war schrecklich gewesen, aber immerhin hatte jeder die Chance, zu kämpfen und sein Leben zu retten. Was mit den Mäusen passiert war … dass sie in einer Grube gefangen wurden … und sich nicht wehren konnten … Das war Mord in großem Stil. Es war ein Massaker. Und vermutlich nur eins von vielen.

Nur Boots schien unberührt von den Ereignissen. »Hazard tanzt mit mir?«, fragte sie und zog ihn an der Hand.

»Nein, Boots, das kann ich jetzt nicht«, sagte Hazard.

»Dann tanze ich allein«, sagte Boots. Sie fing an zu singen und sich im Kreis zu drehen.

Beim Feuertanz nimm dich in Acht
Sieh die Königin der Nacht.
Gold verströmt sie, heisse Pracht.
Vater, Mutter, Schwester, Bruder

Fort. Und wer weiss, ob wir uns sehen
An einem anderen Ort.

Gregor überlegte kurz, ob er sie davon abhalten konnte. Es kam ihm respektlos gegenüber den Mäusen vor. Aber er war nicht in der Lage zu sprechen.

Jetzt spielte Boots eine Maus, sie schlug in die Luft und drehte sich hierhin und dorthin.

Fang die Huscher in dem Loch
Sieh sie blitzschnell wirbeln noch

Es war zu schrecklich, dass Boots nach dem, was sie gerade gesehen hatten, wie eine Maus herumtanzte, während Cartesian neben Gregor lag. »Hör auf, Boots«, sagte Gregor, aber sie ging ganz in ihrem Lied auf. Sie rollte sich auf dem Boden zusammen und tat so, als ob sie schliefe.

Dann ganz still, sie schlafen doch.

»Hör auf!«, rief Gregor wieder, schärfer als beabsichtigt. Er packte sie am Arm und zog sie hoch. Sie presste die Lippen zusammen, und er sah, dass ihre Augen sich mit Tränen füllten. Gregor umarmte sie ganz fest. »Tut mir leid. Entschuldige. Es ist jetzt nur nicht der richtige Moment zum Tanzen«, sagte er.

»Die Mäuse tanzen aber«, sagte sie. »Ich tanze nur wie die Mäuse.«

»Ich weiß«, sagte Gregor. »Du hast nichts Schlimmes gemacht.«

»Ich will tanzen wie die Mäuse«, sagte Boots schniefend.

»Ist schon gut. Nicht weinen«, sagte Gregor und strich ihr über die Locken. Als die Mäuse sich vor Schmerzen gewunden hatten, hatte das von Weitem wahrscheinlich ausgesehen wie ein Tanz. Und die Zeilen aus dem Lied

Fangt die Huscher in dem Loch
Seht sie blitzschnell wirbeln noch

beschrieben ziemlich genau, was sie gerade gesehen hatten …

Dann ganz still, sie schlafen doch.

Gregor drehte sich um und betrachtete die leblosen Wesen in der Ferne. Wenn man nicht wüsste, dass sie tot waren, könnte man, wie Boots, meinen, sie schliefen nur. Die Worte des Liedes begannen sich in seinen Kopf zu hämmern.

Fangt die Huscher in dem Loch
Seht sie blitzschnell wirbeln noch
Dann ganz still, sie schlafen doch.

»Sie hat recht«, sagte er laut.

»Inwiefern?«, fragte Ares.

»Dieses Lied. Der Teil über die Huscher«, sagte Gregor. »Das haben wir gerade gesehen.«

Vater, Mutter, Schwester, Bruder

Ganze Familien waren ausgelöscht worden.

Fort. Und wer weiss, ob wir uns sehen
An einem anderen Ort.

Sie würden sich nicht mehr sehen, wenn es nach dem Fluch ging. Er war entschlossen, alle Mäuse umzubringen und …

»Das ist gar kein Lied«, sagte Gregor plötzlich. »Es ist eine Prophezeiung! Merkt ihr das nicht?«

An ihren Gesichtern sah er, dass sie es nicht merkten. Es war so lange ein Lied gewesen, jahrhundertelang. Das war so, als wenn man ihm erzählen würde, dass »Hänschen klein« ein Zugunglück in Nevada erklären könnte. Aber Gregor war nicht mit dem Lied aufgewachsen, er hatte nicht sein Leben lang den fröhlichen Tanz getanzt, der dazugehörte. Für ihn waren die Worte neu, und jetzt waren es auf einmal düstere Worte.

»Das hat Sandwich geschrieben, stimmt's?«, sagte Gregor. »Er hat es im Spielzimmer eingraviert.«

»Ja, er hat es dort eingraviert, nicht in den Raum mit den Prophezeiungen. Und wir wissen nicht, wer es schrieb, so alt ist es«, sagte Luxa.

»Aus dem Überland kommt es nicht, bei uns gibt es keine Huscher. Es kommt von hier unten, Sandwich hat es sich ausgedacht, und jetzt geschieht es!«, sagte Gregor. Auf einmal war er sich seiner Sache ganz sicher. »Gerade haben wir gesehen, wie die Huscher im Loch gefangen wurden, wie sie herumgewirbelt und eingeschlafen sind, nur dass es kein Schlaf ist – keiner, aus dem man wieder erwacht! ›Vater, Mutter, Schwester, Bruder fort‹! Tot! Kapiert ihr nicht?«

Die anderen sahen nicht überzeugt aus, aber Ripred schob Howards Hände weg und begann, auf und ab zu gehen. »Wie war das noch? Dieser Unsinn in der ersten Strophe. Wie ging das noch? Kann das mal jemand singen?«

Jetzt legte Hazard los:

Beim Feuertanz nimm dich in Acht
Sieh die Königin der Nacht.
Gold verströmt sie, heisse Pracht.

»Das reicht. ›Beim Feuertanz nimm dich in Acht …‹« Ripred schaute hinaus zu dem glühenden Vulkan. »Feuer haben wir hier jedenfalls.«

»›Sieh die Königin der Nacht‹«, sagte Nike. »Luxa, du könntest die Königin sein.«

»Ich tanze aber nicht«, sagte Luxa. »Und ich habe auch nicht getanzt.«

»Vielleicht tanzt ja nicht die Königin«, sagte Howard. »Auch Dinge können im Licht tanzen. Wenn es flackert. Die Augen eines Menschen oder eines Tiers. Wasser. Eigentlich alles …«

»Die Huscher haben am Feuer getanzt«, sagte Aurora.

»Wir brauchen aber noch immer eine Königin«, sagte Ripred.

»›Gold verströmt sie, heiße Pracht‹«, sagte Ares. »Luxa hat kein Gold.«

»Ich habe nichts als Lumpen«, sagte Luxa und schaute auf ihre zerfetzten Kleider. »Ich kann nicht gemeint sein.«

Da hörten sie ein leises, aber unverkennbares Grummeln. Alle ließen den Kopf zu dem Vulkan herumfahren. Aus der Spitze blubberte ein dünner Lavastrahl und lief seitlich herunter zu der Grube. So golden, wie Gold nur sein kann.

»›Gold verströmt sie, heiße Pracht …‹«, sagte Nike. »Ihr glaubt doch nicht …«

»Ich glaube, der Überländer hat recht«, sagte Ripred. Er machte eine Kopfbewegung zu dem Vulkan. »Da habt ihr euer Gold.«

»Und da habt ihr eure Königin«, sagte Gregor.

24. Kapitel

Ein zweites, lauteres Grummeln ließ den Boden unter ihnen erbeben. »Alle raus hier!«, rief Ripred.

Als sie auf die Fledermäuse steigen wollten, gab es ein großes Durcheinander. Sie hatten auf der Reise so oft die Plätze getauscht, dass keiner mehr genau wusste, auf welcher Fledermaus er nun fliegen sollte. Gregor schnappte sich Boots und sprang auf Ares, als ihm einfiel, dass Ares der Einzige war, der Ripred tragen konnte. Er sprang wieder ab und rutschte auf einer Batterie aus. Das war nur gut, denn jetzt fiel ihm ein, dass er die Sachen, die er vorhin ausgekippt hatte, wieder in den Rucksack packen musste. Als er den Rucksack endlich aufgesetzt hatte, war Boots schon weggelaufen und auf Temps Rücken geklettert.

»Halt!«, rief Ares. »Luxa, Hazard, Gregor und Boots auf Aurora. Howard, Temp und Cartesian auf Nike. Thalia, du fliegst unter mir für den Fall, dass du ermüden solltest.« Er ging in Startposition und sagte zu Ripred: »Auf geht's.«

Alle stolperten durcheinander, aber sie befolgten Ares' Anweisungen, und so hatte am Ende jeder einen Platz. Gregor saß ganz vorn auf Aurora, Boots hatte die Arme um seinen Nacken geschlungen. Hazard und Luxa setzten sich dahinter.

In dem Moment, als die Fledermäuse aus der Höhle herausflogen, wurden sie von einem starken Luftstrom erfasst, der aus einer höher gelegenen Höhle zu ihnen herüberwehte. Es war derselbe Luftstrom, der die Asche aus der Luft gefegt und dafür gesorgt hatte, dass die giftigen Dämpfe nicht zu ihnen geweht wurden. Jetzt trug er sie direkt zu dem glühenden Vulkan.

Gregor hatte Angst davor, die Fledermäuse könnten wieder durchdrehen, aber sie hielten sich gut. Es war nicht eine einzige Strömung, die sie erfasste, sondern ein Zusammenfluss vieler verschiedener Luftströme. Fast augenblicklich merkte Gregor, wie Aurora sich von dem Vulkan abwandte und in den Wind hineinflog. Er war so stark, dass sie kaum vorankamen. Gregor schlang die Arme um Boots und versuchte, sie so gut wie möglich vor dem Wind zu schützen. Jetzt änderten die Fledermäuse plötzlich ihre Taktik, sie wendeten und flogen direkt auf den Vulkan zu. Erst kam es Gregor irrsinnig vor, doch dann begriff er, dass sie von dem Vulkan nur wegkommen konnten, indem sie mit der Strömung flogen, die genau darüber hinwegwehte.

Der kräftige Wind, gepaart mit den starken Flügeln der Fledermäuse, sorgte dafür, dass sie atemberaubend schnell dahinsausten. Der Vulkan, eben noch in der Ferne, erhob sich nun direkt vor ihnen.

Gregor erstarrte in Ehrfurcht vor der »Königin«. Sie war majestätisch und beeindruckend, aber vor allem zornig. Dampf trat aus seitlichen Rissen aus. Geschmolzene Lava floss oben aus der Öffnung und lief in glühenden Strömen hinunter. Obwohl ihm der Wind in den Ohren pfiff, hörte Gregor, wie das Grummeln in ein Donnern überging.

Als sie über den Vulkan hinwegflogen, sah Gregor den brodelnden Lavasee im Innern. Die Luft brannte ihm in der Lunge. Alles war von einem rot glühenden Licht überflutet, auch die Grube mit den toten Mäusen darin. Gregor presste seine Wange an die von Boots, damit sie den Kopf nicht zu den Mäusen drehen konnte. Doch sich selbst zwang er hinzuschauen, damit sich das Bild für immer in sein Gedächtnis einbrannte. Er wusste, dass er ihre Geschichte in Regalia möglichst vollständig würde erzählen müssen. Um allen die Ungeheuerlichkeit dessen klarzumachen, was geschehen war und noch immer geschah. So viel hing davon ab.

Gregor spürte, wie ihm schwindelig wurde. Offenbar hatten sich die Dämpfe, die aus dem Vulkan austraten, in den Luftstrom gemischt. Bestimmt machten sie auch den Fledermäusen zu schaffen, doch keine von ihnen zeigte Zeichen von Ermüdung. Genauso schnell, wie sie zu dem Vulkan hingeflogen waren, ließen sie ihn auch hinter sich.

Ein weiteres unheilvolles Grummeln erschütterte die Erde unter ihnen. Als sie weiterflogen, ging es Gregor nicht besser, er fühlte sich sogar noch elender. Was, wenn sie in einer Giftgaswolke dahinflogen und es nur eine Frage der Zeit war, bis sie umfielen? Er umarmte Boots noch fester.

»Alles klar bei dir, Boots?«, brüllte er über den Wind hinweg.

»Ich bin müde«, sagte sie. »Ich schlafe.«

»Nein, nein! Du darfst jetzt nicht schlafen!«, rief Gregor panisch. »Du bleibst wach, ja?«

»Ja«, sagte Boots schwach, aber er merkte, wie sie sich an ihn schmiegte.

»Einen Tunnel! Sucht einen Tunnel!«, rief Ripred.

Sie flogen auf eine gewaltige Felswand zu, das Ende der riesigen Höhle. Die Fledermäuse schlüpften in verschiedene Öffnungen in der Wand und wieder heraus, um festzustellen, was nur Höhlen waren und wo sich möglicherweise ein Tunnel und damit ein Fluchtweg auftat.

Über sich sah Gregor, wie Nike vor einer Öffnung kreiste. Howard winkte wild zum Zeichen, dass sie nachkommen sollten. Aurora flog auf den Tunnel zu. Nike verschwand als Erste darin, dann folgte Ares, der Thalia jetzt in den Klauen hielt. Aurora bildete das Schlusslicht.

Im Tunnel fühlte Gregor sich sofort sicherer. Die Luft war noch immer unangenehm, aber wenigstens waren sie hier außer Reichweite des Vulkans. Er lockerte den Griff um Boots und wollte sich gerade nach Luxa und Howard umdrehen, als die »Königin« ausbrach.

Das war jedenfalls die einzige Erklärung für den ohrenbetäubenden Knall, der dafür sorgte, dass Gregors Zähne aufeinanderschlugen, Farbflecken vor seinen Augen tanzten und er bis auf ein schrilles Klingeln in den Ohren taub war.

Ein Schwall heißer Luft kam ihnen entgegen, und dann gab es keine Luft mehr, nur eine beißende Wolke aus Asche und Staub, die alles andere ausblendete. Er versuchte verzweifelt zu atmen, versuchte etwas zu sehen, dachte daran, dass er Boots das T-Shirt über den Kopf ziehen musste, um sie zu schützen. Er merkte, wie er das Bewusstsein verlor, und spürte, wie Luxas Griff um seine Schulter schwächer wurde. »Nein!«, wollte er rufen. »Halt dich fest! Halt dich fest! Boots!« Das war das Letzte, woran er sich erinnerte …

Als er wieder zu sich kam, lag er mit dem Gesicht auf etwas, das sich anfühlte wie ein großer Felsen. Sein Kinn lag auf einem scharfkantigen Felsvorsprung. Sofort musste er husten. Als er sich aufsetzte, rieselte die Asche von seinem Körper, und eine Wolke wirbelte auf, die das Atmen noch mehr erschwerte. Er taumelte ein paar Schritte vorwärts und fiel hart von dem Felsen. Er landete auf dem Boden, der über einen Meter hoch mit Asche bedeckt war. Er rappelte sich auf und begann, durch die Asche zu waten, dabei blind mit den Händen vor sich tastend. Sein Kopf hämmerte so heftig, dass er meinte, er müsse zerspringen. Als er an einer Wand anlangte, nahm er sich zusammen und erbrach sich, bis nur noch Galle aus seinem Magen kam. Zitternd und orientierungslos lehnte er sich an die Wand und versuchte seine Gedanken zu ordnen.

Was ist passiert?, dachte er. Er erinnerte sich an den Vulkan … Er war geflogen … eine Vision von den Mäusen im rot glühenden Licht … Licht … Er brauchte Licht …

Gregor tastete nach seiner Taschenlampe und fand den Schalter. Im ersten Moment dachte er, sie sei kaputt, aber dann merkte er, dass der Scheinwerfer mit Asche bedeckt war. Er klopfte mit der Taschenlampe gegen die Wand und wischte sie notdürftig an der Innenseite seines T-Shirts ab.

Im Lichtstrahl sah er einen großen Tunnel, der mit grauem Staub bedeckt war. An einigen Stellen war die Asche hoch aufgehäuft wie Schnee im Winter. An anderen Stellen war der Boden nur mit einer feinen Schicht bedeckt. Gregor watete zu einer einigermaßen sauberen Stelle und versuchte klar zu denken. Er musste das Bewusstsein verloren haben und von Auroras Rücken gerutscht sein. Aber wo war Boots? Er hatte sie in den Armen gehalten. Wo waren Luxa und Hazard? Wo waren die anderen?

»Wo sind die anderen?!« Gregor erinnerte sich an Cartesians panische Rufe. »Wo sind die anderen?!«

Gregor stapfte zurück zu dem Felsen und durchpflügte die Asche dabei mit den Füßen. Er suchte die Umgebung nach den anderen ab. Als er alles durchkämmt hatte, hustete er vor Staub, aber gefunden hatte er niemanden. Dann ging er weiter in die Richtung, in die sein Kopf beim Aufwachen gezeigt hatte. Vielleicht konnte er dort den Rest der Gruppe finden.

Die Asche lag glatt und unberührt da. Sie dämpfte seine Schritte, für seine klingelnden Ohren waren sie kaum hörbar. Noch nie in seinem Leben hatte er sich so allein gefühlt. So allein war er wohl auch noch nie gewesen. Nirgends gab es ein Zeichen von Leben. Es war ein Wunder, dass er überlebt hatte, dass er bei dem Vulkanausbruch nicht erstickt war. Wahrscheinlich wäre er erstickt, hätte sein Kinn nicht über den Felsen geragt. Wäre er auf dem Boden gelandet, wäre er wahrscheinlich lebendig unter der Asche begraben worden und gestorben.

»Wo sind die anderen?! Wo sind die anderen?!«, schrie Cartesians Stimme in Gregors Kopf.

Und wenn nun keiner von den anderen überlebt hatte? Wenn sie alle bewusstlos zu Boden gefallen waren? Vielleicht ging er an ihnen vorbei, während er weiterschlurfte, ohne zu wissen, dass sie unter der …

Gregor hielt inne und hielt sich die Hände vor die Augen. Nein. So darf ich nicht denken. Ich muss einfach weitergehen. Einfach weitergehen.

Es war unmöglich zu schätzen, wie viel Zeit verging. Der Tunnel veränderte sich nicht. Gregor atmete keuchend und stoßweise. Es kam ihm vor, als wäre jede Stelle seines Körpers von innen und außen mit Asche bedeckt.

Ihm fiel das Wasser in seinem Rucksack ein, und er öffnete die Flasche. Mit dem ersten Schluck spülte er nur den Mund aus, wusch den Staub von den Zähnen und spuckte dann aus. Dann trank er einen langen Zug, ohne sich darum zu kümmern, das Wasser einzuteilen. Danach ging es ihm ein wenig besser, und er trottete weiter.

Plötzlich spürte er eine schwache Brise im Gesicht. Schon wieder eine Strömung, dachte er und überlegte, ob er hinter einem Felsen Schutz suchen sollte. Aber der Wind blieb schwach und wehte Luft herein, die sehr viel angenehmer war als das, was er bisher eingeatmet hatte. Sie linderte den Schmerz in seiner Brust, und auch hinter den Schläfen tat es nicht mehr ganz so weh.

Das Flackern in der Ferne hielt er zuerst für eine Spiegelung des Lichts seiner Taschenlampe. Doch als er den Strahl nach unten richtete, war das Flackern noch immer da. Er ging schneller und wirbelte noch mehr Staub auf. Er versuchte »Hallo!« zu rufen. »Hallo!« Aber er konnte seine eigene Stimme nicht hören.

Dann erkannte er eine Gestalt, so gespenstisch und grau wie die Umgebung. Und wieder sah er das Licht aufflackern, heller jetzt. Gregor fing an zu rennen, oder eigentlich war es eher ein ungelenkes Galoppieren, denn bei dem Sprung vom Felsen hatte er sich am Knie verletzt.

»Hallo!«, rief er wieder, und diesmal hörte er sich selbst, und die Gestalt drehte sich um.

Gregor blieb abrupt stehen. Ein Blick in Howards Gesicht bestätigte seine Befürchtungen. Jemand war tot.

»Wer ist es?«, fragte Gregor, und das Herz hämmerte ihm in der Brust. »Doch nicht Boots?«

Howard trat zur Seite und warf einen Blick auf die grauen Gestalten vor ihm. Boots war wohlauf. Sie saß auf Temps Rücken und hielt ihr Zepter mit dem winzigen Licht. Auf den ersten Blick schien alles in Ordnung. Ripred, Cartesian, Luxa, Hazard, das Knäuel aus vier Fledermäusen. Aber Gregor hatte nicht richtig gezählt. Nur drei Fledermäuse saßen zusammengekauert da.

Auf dem Boden lag, fast ganz vom Staub bedeckt, den Kopf in Hazards Schoß gebettet, Thalia.

25. Kapitel

Oh … nicht Thalia«, sagte Gregor. Die alberne, kicherige kleine Fledermaus. So tapfer war sie gewesen. Sie war in den Fluss getaucht, um Hazard zu retten. Und sie hatte sich so bemüht, mit den erwachsenen Fledermäusen mitzuhalten. Selbst nach der Überschwemmung und der Begegnung mit den Skorpionen und den albtraumhaften Luftströmen noch.

Gregor dachte an den letzten Witz, den er ihr erzählt hatte: »Was sagt die eine Wand zur anderen?« Und wie ihr ängstliches Schluchzen in Kichern übergegangen war, als die Pointe kam. »Wir treffen uns an der Ecke.« Sie war eigentlich noch ein Kind gewesen.

Er ging zu Thalia und kniete bei ihr nieder. Mit angelegten Flügeln sah sie so klein aus. Nicht mehr das lebhafte, sprudelnde Wesen, das sie war. Sanft legte er eine Hand auf ihre Brust, wischte ein wenig Asche weg, und ein kleiner Fleck ihres pfirsichfarbenen Fells wurde sichtbar.

Hazard weinte herzzerreißend, seine Tränen strömten auf Thalias Gesicht. »Es war das Zeichen. Das geheime Zeichen. Erst nahm es meine Mutter und jetzt sie.«

Unter der grauen Staubschicht war Luxas Gesicht unbewegt und abwesend. »Es ist meine Schuld«, sagte sie. »Nie hätte ich zulassen dürfen, dass einer von ihnen mit zu dem Picknick kommt.«

»Das Picknick war nicht das Gefährliche, Cousine«, sagte Howard. »Ich habe darauf bestanden, durch den Stollen zu reisen, und damit begannen die Schwierigkeiten.«

»Nein, ich bin nicht schnell genug geflogen«, sagte Ares. »Ich hatte sie in den Klauen, aber ich bin nicht schnell genug geflogen.«

»Hört auf damit«, sagte Ripred. »Sie ist an giftigen Dämpfen gestorben, nicht durch einen von euch. Sie ist geflogen, deshalb hat sie tiefer geatmet. Sie ist klein, deshalb hat sie nicht so lange durchgehalten. Keiner von euch hat Schuld.«

Das Ganze begann Boots zu beunruhigen. Sie rutschte von Temps Rücken und ging zu Thalia. »Wach auf! Wach auf, Thalia!«

»Nicht, Boots«, sagte Gregor und nahm ihre Hand.

»Sie muss aufwachen«, sagte Boots. »Hazard weint. Wann wacht sie auf?«

Gregor brachte es nicht über sich, die übliche Antwort zu geben. So zu tun, als würde Thalia bald wieder bei ihnen sein und lachen und scherzen. Und es kam ihm auch nicht mehr richtig vor. Boots wurde größer. Schon sehr bald würde sie die Wahrheit sowieso herausfinden. »Sie wacht nicht mehr auf«, sagte er. »Sie ist tot.«

»Sie wacht nicht auf?«, sagte Boots.

»Nein, diesmal nicht«, sagte Gregor. »Diesmal musste sie fortgehen.«

Boots sah alle der Reihe nach an, sie sah den weinenden Hazard. »Wohin ist sie gegangen?« Darauf wusste niemand eine Antwort. »Wo ist Thalia, wenn sie nicht mehr aufwacht?«

Die Frage hing eine Ewigkeit in der Luft. Schließlich war es Howard, der etwas sagte. »Sie ist in unseren Herzen, Boots.«

»In meinem Herzen?«, sagte Boots und legte beide Hände auf ihre Brust.

»Ja. Dort lebt sie jetzt«, sagte Howard.

»Kann sie wegfliegen?«, fragte Boots und drückte die Hände fest auf ihr Herz, als wollte sie Thalia nicht hinauslassen.

»Oh nein, dort bleibt sie jetzt für immer«, sagte Howard.

Boots schaute Gregor fragend an. Er nickte. Sie ging wieder zurück und kletterte nachdenklich auf Temps Rücken.

»Wenn ihr irgendwas mit ihr vorhabt, tut es jetzt. Wir können hier nicht lange bleiben, sonst rafft der Staub uns alle dahin«, sagte Ripred.

»Ich nehme sie«, sagte Ares.

»Hazard, du musst jetzt Abschied nehmen«, sagte Luxa.

»Nein!«, schrie Hazard. »Nein! Du darfst sie mir nicht wegnehmen! Das erlaube ich nicht!«

Und dann folgte eine schreckliche Szene, sie mussten Hazard buchstäblich von Thalia wegzerren, damit Ares sie forttragen konnte. Wohin, wusste Gregor nicht. Hazard war untröstlich. Schließlich verabreichte Howard ihm ein Beruhigungsmittel, und sein Schluchzen verstummte.

Ripred sagte Aurora und Nike, sie sollten einen weniger gefährlichen Platz suchen. Während sie unterwegs waren, nahm Howard Hazard in die Arme und wiegte ihn hin und her. »Weißt du, ich habe auch meine Fledermaus verloren«, sagte Howard. Thalia und Hazard waren nicht offiziell miteinander verbunden gewesen, aber das war jetzt nicht wichtig. »Sie hieß Pandora.«

»Was ist mit ihr passiert?«, fragte Hazard.

»Wir waren auf dem Wasserweg. Sie flog über eine Insel und wurde von Mücken angegriffen. Sie haben sie getötet«, sagte Howard.

»Konntest du ihr nicht helfen?«, fragte Hazard.

»Nein. Ich wollte ihr helfen. Selbst als sie nicht mehr zu retten war, wollte ich es noch versuchen. Aber ich konnte nichts tun«, sagte Howard. »Ich konnte nur weinen, so wie du jetzt weinst.«

»Wie war sie?«, fragte Hazard.

»Witzig. Und neugierig. Sie wollte immer als Erste etwas

Neues entdecken. Und sie aß für ihr Leben gern Muscheln«, sagte Howard mit einem Lächeln. »Haufenweise Muscheln.«

Gregor dachte an die schleimigen Muscheln, die Howard ihnen als Delikatesse angepriesen hatte, und fragte sich, ob er vielleicht deshalb so dafür schwärmte, weil er sie mit Pandora verband.

»Jetzt weinst du nicht mehr ihretwegen«, sagte Hazard.

»Nein«, sagte Howard. »Ich habe mich daran gewöhnt, sie im Herzen zu tragen.«

»In meinem Herzen ist es schon so voll«, flüsterte Hazard. »Aber bestimmt machen die anderen Thalia Platz. Sie ist ja keine große Fledermaus.« Und mit diesen Worten schlief er ein.

Gregor dachte an all die anderen, die Hazard schon verloren hatte – seine Mutter, seinen Vater, Frill … und jetzt auch noch Thalia.

Alle schwiegen eine Weile. Keiner wollte Hazard wecken und ihn in die traurige Wirklichkeit zurückholen.

Schließlich sagte Ripred zu Gregor: »Na ja, immerhin bist du aufgetaucht. Wir dachten schon, wir hätten dich endgültig verloren.«

»Mir geht's gut«, sagte Gregor. »Was ist passiert?«

»So genau weiß ich das nicht. Du bist ohnmächtig geworden und gefallen. Zum Glück warst du noch so geistesgegenwärtig, deine Schwester auf den Kopf der Fledermaus zu setzen«, sagte Ripred. »Ares hat versucht dich zu finden, aber wir hatten keine Ahnung, wo du steckst, und die Asche lag so hoch.«

»Mir geht es gut«, sagte Gregor wieder, obwohl es einer der schrecklichsten Tage seines Lebens war.

Aurora und Nike kamen zurück. Sie hatten einen Tunnel entdeckt, der nach oben führte, wo die Luft sauberer war. Alle quetschten sich auf die beiden Fledermäuse, bis auf Ripred, der sagte, er wolle sowieso auf Ares warten und ihnen dann folgen. Bis zu dem Tunnel war es nur ein kurzes Stück. Je höher er führte, desto angenehmer und reiner wurde die Luft. Der Tunnel endete an einer steilen, oben abgeflachten Felsformation. Hier wehte ein frischer Wind. Aus einem Felsspalt sprudelte eine kühle Quelle. Das Wasser fiel über hundert Meter tief und verschwand in schwach erleuchtetem Lianengestrüpp.

»Wir sind wieder im Dschungel«, sagte Gregor.

»Ja, er grenzt an die Feuerländer«, sagte Howard.

Abwechselnd stillten sie ihren Durst an der Quelle und wuschen sich die Asche von der Haut. Boots sagte, sie habe Hunger, und Howard gab ihr das letzte Stück altbackenes Brot. Sie rollte sich neben Hazard auf eine Decke und schlief ein. Cartesian war in eine Art Starre gefallen. Hin und wieder setzte er sich auf und schaute sich um, sprach schnell vor sich hin, dann sank er wieder zu Boden.

Die anderen konnten nicht schlafen. Und auch nicht reden. Sie saßen nur da, starrten in den Schein der Taschenlampe oder in den Dschungel. Gregor sah Luxa eine Weile zu, wie sie zu der Quelle schaute. Sie wirkte unnatürlich ruhig.

Etwa eine Stunde später kam Ares mit Ripred. »Wohin hast du sie gebracht?«, fragte Howard.

»Zurück zur Königin. Damit sie bei den Huschern liegen kann und nicht allein ist«, sagte Ares. »Die Lava wird sie bald alle bedecken. Die Hälfte der Huscher war schon begraben.«

»Ja. Der Fluch will sie nicht nur töten. Sie sollen spurlos verschwinden«, sagte Ripred. »Aber der Überländer hatte doch etwas über das Lied herausgefunden.«

»Dass es eine Prophezeiung ist, meinst du das?«, sagte Gregor.

»Wenn es eine ist, sollten wir ihr einen Namen geben«, sagte Aurora.

»Das habe ich im Geiste bereits getan, aber es muss nicht der endgültige Name sein«, sagte Nike. »Ich nenne sie die geheime Prophezeiung.«

»Das ist ein treffender Name«, sagte Ares. »Da uns die geheimen Zeichen zu ihr führten.«

»Und sie selbst war auch geheim«, sagte Howard. »Niemand hätte vermutet, dass unser Kinderlied eine Prophezeiung sein könnte.«

»Eine Strophe müssen wir noch knacken«, sagte Ripred. »Ich glaube, die ersten beiden haben wir entschlüsselt. Wir wissen, wer die Königin ist. Wir wissen, was es mit den Huschern auf sich hat. Wie geht die letzte Strophe?«

Luxa sagte sie auf. Ohne die heitere Melodie waren es nur Worte. Bedeutungsschwere Worte.

Jetzt kommen alle Gäste rein.
Wir grüssen sie, so soll es sein.
Wir schneiden ab, wir giessen ein.
Vater, Mutter, Schwester, Bruder
Fort. Und wer weiss, ob wir uns sehen
An einem anderen Ort.

»Die erste Frage ist wohl, um wen es sich bei den Gästen handelt«, sagte Howard.

»Ich nehme an, dass die Gäste nach Regalia hereinkommen, und dann sind es vermutlich diejenigen, denen Eure Hoheit kürzlich den Krieg erklärt hat«, sagte Ripred.

»Die Nager«, sagte Luxa. »Und wir grüßen sie, wie sie es verdienen.«

Gregor erinnerte sich daran, dass an dieser Stelle bei dem Tanz alle so taten, als würden sie Tee einschenken und Kuchen servieren.

Wir schneiden ab, wir giessen ein.

»Was bedeutet das?«, fragte er.

»Schwerter schneiden ab«, sagte Luxa. »Und wenn die Stadt belagert wird, gießen wir siedendes Öl über die Wände und auf unsere Feinde.«

Weder Angst noch Abscheu schwang in ihren Worten mit. Gregor empfand beides.

»Ich frage mich, wann sie wohl angreifen«, sagte Howard.

»Einer von uns muss zurückfliegen und die Regalianer warnen«, sagte Nike.

»Ich brauche da gar nicht mitzukommen. Ich wäre auf keiner Seite willkommen. Nein, ich glaube, ich treibe mich hier noch ein bisschen rum«, sagte Ripred.

»Und was hast du hier vor?«, fragte Gregor. Ripred hatte immer einen Plan.

»Diese Huscher, die wir heute gesehen haben … das war nur ein Bruchteil derer, die hierher getrieben worden sind. Die anderen sind vielleicht noch am Leben. Ich dachte … sie könnten eine ganz brauchbare Armee bilden«, sagte Ripred.

»Unter deinem Kommando?«, sagte Luxa. »Sie würden niemals auf dich hören.«

»An dieser Stelle kommt Ihr ins Spiel, Eure Hoheit«, sagte Ripred. »Wenn wir zusammen gehen, können wir sie vielleicht dazu bewegen.«

»Das kann ich auch allein. Was hast du dabei zu suchen?«, fragte Luxa.

»Werd jetzt nicht unverschämt. Ja oder nein?«, sagte Ripred ungeduldig.

Luxa überlegte nur eine Sekunde. »Ja«, sagte sie. »Howard, kommst du mit?«

»Das muss ich wohl, Cousine, wenn du auf diesem Plan

bestehst«, sagte Howard zweifelnd. »Cartesian wird auch mit von der Partie sein wollen.«

»Er ist zu angeschlagen«, sagte Ripred. »Aber mit euch beiden auf den Fliegern und mir am Boden könnten wir sie mobilisieren.«

»Wenn wir nah genug herankommen, dass sie meine Stimme hören, werden sie mir ganz gewiss folgen«, sagte Luxa.

»Darauf zähle ich«, sagte Ripred. »Jetzt machen wir erst mal vier Stunden Pause, dann geht's los.«

Gregor kam sich allmählich vor, als wäre er unsichtbar. Die anderen bezogen ihn überhaupt nicht in ihre Pläne ein. »Ich bin bereit«, sagte er.

»Nein!«, sagten Ripred und Luxa wie aus einem Mund und in demselben heftigen Ton.

»Was?«, sagte Gregor überrascht.

»Du nicht, Junge. Du bringst die Kleinen zurück nach Regalia«, sagte Ripred.

26. Kapitel

Nein!«, sagte Gregor. »Ich komme mit euch!«

»Das ist ausgeschlossen«, sagte Luxa. Ihr Blick huschte hin und her, als suchte sie nach einem Grund. »Was soll dann mit Boots und Hazard geschehen?«

»Ich weiß nicht, sie können … Howard, du kannst sie zurückbringen«, sagte Gregor.

Ripred, Howard und Luxa wechselten Blicke. Gregor hatte das schreckliche Gefühl, dass sie ihn nicht dabeihaben wollten. Bestimmt dachten sie daran, wie er beim Kampf gegen Twirltongue gescheitert war, und jetzt glaubten sie, er würde wieder versagen.

»Ihr glaubt, ich kann nicht kämpfen«, sagte er geradeheraus. »Na gut. Kann schon sein, dass ich Panik gekriegt hab, als meine Taschenlampe plötzlich weg war, aber hier mit den Vulkanen ist es ja nicht richtig dunkel, und ich hab doch schon ein paarmal bewiesen, dass ich …«

»Das ist es nicht, Gregor. Wir wissen alle, dass du kämpfen kannst. Weit besser als ich«, sagte Howard.

»Was dann? Bist du noch immer sauer auf mich?«, fragte er Luxa.

»Nein«, sagte Luxa.

»Was dann?«, sagte Gregor.

»Hat man ihm nichts gesagt?«, fragte Howard.

»Was denn?«, fragte Gregor genervt.

»Hör einfach auf mich. Du musst zurück nach Regalia. Jetzt, wo der Krieg ausgebrochen ist, können wir dich ohne dein Schwert nicht gebrauchen«, sagte Ripred.

Gregor fasste sich verwirrt an den Gürtel. Seine Hand schloss sich um den Griff seiner Waffe. »Aber ich hab doch ein Schwert.«

»Nicht irgendein Schwert. Dein Schwert«, sagte Ripred. Er machte die Augen schmal. »Du hast es doch nicht im Tunnel verloren, oder? Als du gegen Twirltongue gekämpft hast?«

»Was?«, sagte Gregor, jetzt völlig durcheinander. »Ja, ich hab das Schwert verloren. Ich hab damit auf die Ratten gezielt. Na und? Es war ein Schwert wie jedes andere.«

»Nein, Gregor, er meint das Schwert, das Vikus dir gab. Sandwichs Schwert«, sagte Howard.

»Ach, das«, sagte Gregor. Es stimmte, Vikus wollte ihm einmal ein beeindruckendes, juwelenbesetztes Schwert überreichen, das Sandwich gehört hatte, aber Gregor hatte es nicht angenommen. Doch er wusste, wo es sich befand.

Es lag im Museum, was Gregor immer merkwürdig gefunden hatte, weil im Museum eigentlich nur Gegenstände aus dem Überland versammelt waren. Das Schwert lag in einem Regal, es war in das Seidentuch eingewickelt, in dem Vikus es Gregor überreicht hatte. Zum ersten Mal fragte sich Gregor, ob das Schwert vielleicht deshalb im Museum lag, weil alle dachten, dass es ihm, Gregor, gehörte, ob er es nun angenommen hatte oder nicht. »Das ist eigentlich gar nicht meins.«

»Oh doch. So heißt es in der Prophezeiung, die ich erwähnte, in der es darum geht, den Fluch zu töten. ›Die Prophezeiung der Zeit‹«, sagte Ripred.

»Und da steht drin, dass ich Sandwichs Schwert brauche?«, fragte Gregor.

»Unter anderem. Ich war davon ausgegangen, dass Vikus dich wenigstens über die Bedeutung des Schwerts aufgeklärt hätte. Dass du auserkoren bist, es zu erben«, sagte Ripred. »Dass wir alle glauben, es ist dein Schwert. Kommt dir irgendwas davon bekannt vor?«

»Nein. Er schien ganz erleichtert zu sein, dass ich es nicht haben wollte«, sagte Gregor.

»Noch immer der alte Optimist, euer Großvater«, sagte Ripred zu Luxa und Howard.

»Ja. Vielleicht sollten wir dafür sorgen, dass er öfter einmal auf dem Schlachtfeld dabei ist«, sagte Luxa grimmig.

»Gute Idee«, sagte Ripred und lachte in sich hinein.

»Weißt du, was er sagte, als die Spinner uns damals festnahmen? Er sagte, er habe nicht damit gerechnet, dass so etwas passieren könnte, weil er kürzlich ein Handelsabkommen mit ihnen geschlossen habe«, sagte Luxa. »Damals war ich elf, und ich wusste, dass das Irrsinn war.«

Ripred grinste. »Er hätte recht haben können.«

»Wir hätten tot sein können«, sagte Luxa.

»Wir *wären* tot gewesen, wenn dein Großvater nicht gewesen wäre«, sagte Gregor. Er hatte plötzlich das Bedürfnis, Vikus zu verteidigen. »Die Spinnen wollten mich umbringen, bis ich seinen Namen erwähnte.«

»Ja, ja, du brauchst Vikus nicht in Schutz zu nehmen. Aber wir waren bei dem Schwert. Weißt du, wo es ist?«, sagte Ripred.

»Ja«, sagte Gregor.

»Gut. Dann flieg nach Regalia, steck es in deinen Gürtel und lass es nicht mehr aus den Augen«, sagte Ripred.

»Warum macht ihr so ein großes Geheimnis um die Prophezeiung?«, sagte Gregor. »Ich hab jetzt schon vier von den Dingern hinter mir. So viel schlimmer kann's nicht mehr kommen.«

»Wir wussten nicht so genau, ob sie eintreffen würde. Manche glaubten, gewisse Ereignisse müssten ihr vorausgehen. Doch nach dem heutigen Tag sieht es so aus, als sei das geschehen«, sagte Howard.

»Und?«, sagte Gregor.

»Und keiner will dir davon erzählen, weil … Es ist wahrscheinlich, dass … Wir wissen ja noch nicht einmal, ob wir sie richtig deuten«, sagte Ripred. »Normalerweise liegen wir daneben, stimmt's?«

Gregor wollte jetzt nicht länger darauf warten, dass Vikus ihm die Prophezeiung erklärte. »Was steht dadrin, Ripred?«

»Es steht drin … nun ja … es wird angedeutet … dass du wahrscheinlich …« Ripred brach abrupt ab. »Das wird Vikus dir erzählen. Dieses verrückte Mädchen, wie heißt sie noch mal? Nerissa. Frag sie. Sie kann es besser erklären als ich«, sagte Ripred.

»Aber ich …«, setzte Gregor an.

»Nein!«, sagte Ripred. »Du fragst in Regalia. Sobald deine Fledermaus ausgeruht ist, könnt ihr los. Nimm die Jungen und Cartesian und Temp mit.«

»Zum Kämpfen, ich bleibe, zum Kämpfen«, widersprach Temp.

»Nein, Temp«, sagte Luxa und kniete sich vor ihn hin. »Ich hätte dich sehr gern an meiner Seite, doch zu Hause wirst du dringender gebraucht. Du musst zu den anderen Krabblern gehen, ihnen erzählen, was geschehen ist, und sie für unsere Sache gewinnen.«

Temp trat unschlüssig hin und her.

»Und ich möchte dich um einen weiteren Gefallen bitten«, sagte Luxa. »Ich bitte dich darum, auf Hazard aufzupassen, so wie du auf Boots und Gregor aufgepasst hast. Ich vertraue ihn dir an.«

»Mir anvertrauen, willst du den Jungen, mir anvertrauen?«, sagte Temp überrascht.

»Wenn du das tun würdest. Denn unter uns gibt es niemanden, der Gefahren so schnell und zuverlässig erkennt wie du«, sagte Luxa. »Und sich ihnen mit solchem Mut stellt.«

Das stimmte, wie sie alle schmerzlich erfahren hatten. Temp hatte sie damals davor gewarnt, die Insel mit den Mücken zu erkunden – sie hatten nicht auf ihn gehört, und Howards Fledermaus Pandora war bei lebendigem Leib aufgefressen worden. Temp hatte ihnen im Dschungel davon abgeraten, dem süßen Duft der Früchte zu folgen – sie hatten nicht auf ihn gehört, und eine Ratte, Mange, war von einer fleischfressenden Pflanze verschlungen worden. Temp hatte sie vor den Dämpfen des Vulkans gewarnt – Luxa hatte nicht auf ihn gehört, und hätte Ripred nicht eingegriffen, wäre sie zusammen mit Aurora vergiftet worden. Ja, es stimmte, aber …

Gregor dachte an das Mädchen zurück, das er bei seiner Ankunft im Unterland kennengelernt hatte. Das Mädchen, das sich über die Kakerlaken lustig gemacht hatte – über ihre Langsamkeit, ihre Unfähigkeit zu kämpfen, ihre Feigheit …

Luxa hatte wirklich einiges dazugelernt.

»Du sagst das, du?«, sagte Temp.

»Ich sage das, ich«, sagte Luxa. »Wirst du das tun, Temp?«

»Ja«, sagte der Kakerlak.

»Ich danke dir«, sagte Luxa. Sie legte ihm die Hand auf den Kopf, und seine Fühler bebten. Es war der einzige schöne Moment an einem sehr finsteren Tag.

Gregor meldete sich freiwillig zur Nachtwache, denn am nächsten Tag würde er ja sowieso die ganze Zeit auf Ares fliegen. Luxa sagte, sie könne nicht schlafen, und ging zum Rand des Felsens. Sie setzte sich und ließ die Beine baumeln, unbeeindruckt von der steilen Klippe unter ihr. Sie sah so traurig aus, dass Gregors Herz sich zusammenzog. Er konnte den Blick nicht von ihr wenden. Es war egal. Sie merkte es gar nicht. Aber jemand anders merkte es sehr wohl.

»Was ist da los mit dir und der Königin?«, fragte Ripred leise.

»Nichts«, sagte Gregor. »Ich dachte, du schläfst.«

»Du hast sie sehr gern«, sagte Ripred.

»Ich weiß nicht. Kann schon sein«, sagte Gregor.

»Willst du meinen Rat hören?«, sagte Ripred.

»Spar dir den Atem. Ich weiß schon, was du sagen willst. Dass ich mir die Sache aus dem Kopf schlagen soll«, sagte Gregor.

»Ganz im Gegenteil. Ich wollte sagen, dass das Leben kurz ist. Es gibt eigentlich nur wenig Schönes im Leben. Und wenn mal etwas Schönes passiert, dann sollte man nicht so tun, als würde es nicht passieren«, sagte Ripred.

Der Rat war völlig untypisch für Ripred. Wollte er Gregor auf den Arm nehmen? Nein, er schien es ernst zu meinen.

»Das ist verrückt. Ich meine, wir beide könnten sowieso nie …« Gregor wusste noch nicht mal, wie er den Satz beenden sollte.

»Junge, wir haben Krieg. In ein oder zwei Tagen sind wir vielleicht alle tot. Ich würde an deiner Stelle nicht zu weit in die Zukunft denken«, sagte Ripred. Er gähnte herzhaft. »Also, ich bin jetzt fällig.« Er drehte noch ein paar Runden, dann legte er sich hin. Keine Minute später schnarchte er schon.

Gregor saß noch eine Weile da und schaute Luxa an. Dann ging er auf einmal zu ihr. Er hatte sich nicht überlegt, was er sagen sollte, wie er ihr erklären könnte, dass ihm etwas an ihr lag. Also setzte er sich einfach neben sie an den Felsrand; aber er ließ die Beine nicht baumeln. Obwohl er schon so oft in der Luft gewesen war, hatte er noch immer Höhenangst.

Luxa sprach als Erste. »Die Huscher in der Grube. Sie waren nicht vom Quell. Sie kamen aus dem Dschungel. Viele von ihnen waren meine Freunde. Einige der Jungen sah ich zur Welt kommen. Einem gab ich sogar seinen Namen.«

Bis jetzt hatte sie nicht geweint. Auch Gregor nicht. Weder über die Huscher noch über Thalia. Das würde später kommen. Wenn Zeit war.

»Sie sind große Mathematiker, weißt du«, sagte sie. Das hatte Gregor nicht gewusst. Sowieso wusste er nicht viel über die Mäuse, aber das sagte er nicht. »Also nannte ich ihn Kubus.«

»Das ist ein guter Name«, sagte Gregor.

»Er lag heute in der Grube«, sagte Luxa. »Ich habe ihn erkannt.«

Eine leichte Brise wehte über sie hinweg, sie war warm und schwül und trug die Gerüche des Dschungels zu ihnen herauf. Gregors Gedanken wanderten von den toten Mäusen in der Grube zu Hamnet und Frill, die in der Schlacht gegen die Ameisen im Dschungel ums Leben gekommen waren. Er fragte sich, ob die Ranken ihre Körper überwuchert hatten. Inzwischen wahrscheinlich …

»Gregor, ich habe über das nachgedacht, was du im Tunnel sagtest«, sagte Luxa. »Dass du hier nur zu Besuch seiest.«

»Vergiss es. Ich bin einfach in die Luft gegangen«, sagte Gregor.

»Nein, hör mir zu. Du hattest recht«, sagte Luxa. »Wenn du wieder in Regalia bist, ganz gleich, was man dir dort sagt, du bist nicht verpflichtet zu bleiben. Es ist nicht deine Welt, nicht dein Krieg. Solltest du nach Hause zurückkehren, nachdem du die Prophezeiung gelesen hast, so könnte ich es dir nicht verdenken.«

»Das muss ja eine Prophezeiung sein«, sagte Gregor.

Doch sie ging nicht darauf ein und redete weiter. »Es war schon nicht richtig von mir, dich in die Sache mit den Huschern hineinzuziehen. Du bist ihnen nichts schuldig.«

»Ich habe nicht deshalb versucht, ihnen zu helfen, weil ich ihnen etwas schuldig gewesen wäre«, sagte Gregor. »Es war schlimm, was man ihnen angetan hat.«

»Doch wenn du erfährst, was die Prophezeiung von dir verlangt, dann genügt das vielleicht nicht«, sagte Luxa. »Ich habe der Huscher wegen den Krieg erklärt. Du hast keine gemeinsame Geschichte mit ihnen. Wir Menschen hier haben ihnen viel zu verdanken. Was haben die Huscher je für dich getan?«

Der Wind zauste ihr Haar und wehte es ihr aus dem Gesicht, sodass Gregor ihre Augen genau sehen konnte. Sie baten um eine Antwort. Sie wollte wissen, ob sie auf ihn zählen konnte.

»Sie haben dir das Leben gerettet«, sagte er.

Und für einen kurzen Moment wurden Luxas Züge weich, und sie lächelte.

27. Kapitel

Gregor bestand darauf, dass Luxa sich ein wenig ausruhte. Er wollte nicht, dass sie todmüde in die Schlacht ging. Erst wehrte sie sich, und Gregor musste damit drohen, Ripred als Verstärkung zu wecken. »Und der wird dir keine Ruhe lassen, bis du auf Knien darum bettelst, schlafen zu dürfen«, sagte Gregor.

»Nun gut, nun gut«, sagte sie. Sie legte sich mit Hazard und Boots hin, und er war froh, als sie schon bald einschlief.

Gregor ging wieder auf seinen Wachposten. Er hatte keine Uhr und keine Möglichkeit, die Zeit festzustellen. Aber das war kein Problem. Ripred wachte nach vermutlich exakt vier Stunden auf und weckte alle außer Hazard, Boots und Cartesian.

Cartesian regte sich, als sie sich reisefertig machten, und war bald auf den Beinen. Als er von dem Plan erfuhr, war er sofort entschlossen, sich ihnen anzuschließen, um die Huscher zu befreien.

»Ich muss los! Ich muss Heronian finden! Ihr werdet sie brauchen, um den Code zu knacken!«, sagte Cartesian eindringlich.

»Heronian? Ich werde mich nach ihr umhören. Aber du fliegst mit nach Regalia«, sagte Ripred.

Sie fingen an zu streiten, und es wäre wohl ausgeartet, wenn Howard nicht gerufen hätte: »Genug! Cartesian hat recht. Es geht um seine Familie, seine Freunde. Wir können ihm nicht verbieten mitzukommen. Doch zunächst ...« Howard kramte in seinem Erste-Hilfe-Kasten und holte ein Fläschchen mit einer rötlichen Flüssigkeit heraus, das Gregor noch nie gesehen hatte. Howard hielt es Cartesian hin. »Erst musst du hiervon eine Dosis nehmen. Es ist ein Kräuterelixier, das dich stark machen wird.«

Ohne zu zögern, schluckte Cartesian die Flüssigkeit hinunter, blinzelte ein paarmal verwirrt und fiel dann wie ein Stein zu Boden.

»Was hast du ihm gegeben?«, fragte Gregor.

»Ein sehr starkes Schlafmittel. Wir benutzen es nur ausnahmsweise, wenn ein Patient auf der Stelle das Bewusstsein verlieren soll, damit wir operieren können. Um einen Körperteil zu amputieren oder etwas ähnlich Dramatisches«, sagte Howard. »Habe ich einen Fehler gemacht?«

»Ganz im Gegenteil. Aber jetzt wissen wir, dass wir uns

vor dir in Acht nehmen müssen«, sagte Ripred halb im Spaß, halb im Ernst.

Sie hoben Cartesian, Boots, Hazard und Temp auf Ares' Rücken. Gregor schüttete sein Wasser aus und füllte die Flasche mit frischem Quellwasser. Er packte sie in seinen Rucksack, außerdem das Fernglas, das Klebeband, die Batterien und alle Taschenlampen, sogar die, die er normalerweise am Gürtel trug. Dann setzte er Luxa den Rucksack auf.

»Was soll das?«, fragte sie, als er die Gurte einstellte. Während die Vorräte aus Regalia auf Reisen Allgemeingut waren, wurde Gregors Rucksack als sein persönliches Eigentum betrachtet.

»Ich brauche ihn nicht. Du vielleicht schon«, sagte er. »Du weißt doch, wie man die Batterien der Taschenlampen wechselt, oder?«

»Ich glaube schon. Braucht ihr denn auf dem Rückweg nach Regalia kein Licht?«, fragte sie.

Gregor hielt Boots' Zepter hoch und schaltete es ein. »Dafür ist gesorgt.«

Als sie sich zum Abschied umarmten, dachte Gregor einen Moment lang, er würde sie nicht mehr loslassen. Aber dann ließ er sie doch los. Er umarmte auch Howard. Tätschelte die Fledermäuse ein wenig. Nickte Ripred zu, weil Ripred nicht so viel von Körperkontakt hielt, es sei denn, er schlug jemanden k. o.

Dann stieg Gregor auf Ares. Er schaute sie alle noch einmal

an – Luxa, Howard, Nike, Aurora und Ripred –, denn er wusste, dass er sie womöglich nie wiedersehen würde.

»Lauf wie der Fluss, Junge«, sagte Ripred.

»Fliege hoch«, sagte Gregor. Doch er konnte den Blick nicht von Luxas Gesicht lösen, als Ares sich in die Luft erhob.

Er legte sich hin, einen Arm um Boots und einen um Hazard, die rechts und links von ihm lagen. Temp saß zu seinen Füßen und passte auf Cartesian auf.

Gregor schaltete das Zepter aus, um das bisschen Energie zu sparen, das es noch hergab. Das Ding hatte schon erstaunlich lange funktioniert. Eine Weile sahen sie noch einen schwachen Schein vom Dschungel unter ihnen. Dann war es stockfinster.

Gregor wollte unbedingt schlafen, er wusste, dass er es dringend nötig hatte. Aber der Schlaf wollte nicht kommen. In der Dunkelheit nahm er alle Geräusche überdeutlich wahr. Manchmal hörte er einen rauschenden Strom oder den Ruf eines Tiers, doch vor allem waren da die Geräusche, die sie selbst machten. Die Schläge von Ares' Flügeln, Boots' leise Atemzüge, Hazards unruhiges Gemurmel im Schlaf. Hier und da schnappte Gregor ein Wort auf: Thalia … Mutter … Geheimnis …

Geheimnis. Schon bei dem Wort wurde es Gregor mulmig. Wie anstrengend war es, ein Geheimnis für sich zu behalten, zu wahren, zu enthüllen, zu wissen, dass es eines gab und im Dunkeln auf einen lauerte.

Dieser Sommer hatte nur aus Geheimnissen bestanden. Die Narben an seinen Beinen, die niemand in New York sehen durfte. Der heimliche Ausflug zum Queenshead. Das versteckte Zeichen der Sense unter der toten Cevian. Das Picknick, von dem Vikus nichts erfahren durfte. Die Prophezeiung, die Sandwich als Kinderlied getarnt hatte. Und das schlimmste Geheimnis von allen – die Wahrheit darüber, was die Ratten den Mäusen antaten.

Und in Regalia wartete ein weiteres Geheimnis – jedenfalls war es für Gregor ein Geheimnis: Sandwichs »Prophezeiung der Zeit«.

Aber Gregor bezweifelte, dass es ein so großes Rätsel war, wie seine Freunde glaubten. Niemand brachte es über sich, ihm die Wahrheit darüber zu erzählen. Seiner Meinung nach konnte das nur eins bedeuten. Dass die neue Prophezeiung ziemlich unmissverständlich ein Leben forderte. Entweder sein eigenes oder das eines Menschen, den er liebte. Warum sonst hätte Ripred herumstammeln sollen, als die Sprache darauf kam?

Ein neues Geräusch unterbrach seine Gedanken. Das Geräusch von Füßen, Rattenfüßen, auf den Steinen unter ihm. Gregor drehte sich auf den Bauch und schaute über Ares' Schulter, aber natürlich konnte er ohne Licht nichts sehen. Die Ratten spürten ihre Gegenwart, sie witterten sie, erkannten sogar Gregors Geruch, denn sie riefen seinen Namen, forderten seinen Tod.

Nach ein paar Minuten war es wieder still.

»Wie viele waren es?«, fragte Gregor Ares.

»Sechs- oder siebenhundert«, sagte Ares.

»Sind sie auf dem Weg nach Regalia oder in die Feuerländer?«, sagte Gregor.

»Nach Regalia«, sagte Ares.

»Glaubst du, in Regalia wissen sie, dass die Ratten kommen?«, fragte Gregor.

»Ich weiß es nicht«, sagte Ares, und seine Flügel schlugen jetzt noch schneller.

Gregor dachte an die ahnungslose Stadt, an all die Menschen, an seine Mutter in ihrem Krankenbett – und Ares konnte gar nicht schnell genug fliegen.

Als sie in der Hohen Halle landeten, merkten sie, dass niemand etwas von der Rattenarmee wusste, die im Anmarsch war. Ohne besondere Kontrollen wurden sie durch die Tore gewinkt, nur einige besorgte Blicke trafen sie. Keine zusätzlichen Wachen waren aufgestellt worden. In der Stadt ging alles seinen gewohnten Gang.

Kaum waren sie angekommen, befahl Gregor den Wachen, den Rest der Gruppe ins Krankenhaus zu bringen. »Und sagt Vikus, dass die Nager die Stadt angreifen.«

Bevor die Wachen Fragen stellen konnten, war Gregor schon durch die Halle gegangen. Sein Knie war geschwollen, und er spürte bei jedem Schritt einen stechenden Schmerz, aber er blieb nicht stehen. Inzwischen kannte er sich im Palast gut aus. Er brauchte nicht lange, bis er im Museum war.

Sandwichs Schwert lag noch immer an seinem Platz, und es war noch immer sorgfältig in Stoff eingewickelt. Seit Gregor es zuletzt gesehen hatte, war es nicht angerührt worden. Als er die Hand danach ausstreckte, stach ihm etwas ins Auge. Mrs Cormacis Fotoapparat. Den hatte er nach dem Fest hier hingelegt, damit er nicht kaputtging. Daneben lagen die Fotos, die er an Hazards Geburtstag geknipst hatte. Seine Mutter hatte ihm vorgeschlagen, sie mit nach Hause zu nehmen und für Hazard in ein Album zu kleben.

Er nahm die Fotos, er konnte nicht anders. Oben auf dem Stapel war das erste Bild – ein strahlender Hazard mit Thalia. Es war erst eine Woche her, aber Gregor kam es vor wie in einem anderen Leben. Jetzt war Hazard verrückt vor Kummer, und Thalia lag tot in der Grube bei den Huschern. Fünf seiner Freunde waren in einer verzweifelten Mission in den Feuerländern unterwegs, um die Huscher zu warnen und eine Armee zusammenzustellen. In wenigen Stunden würden die Ratten die Stadt umzingeln, angestachelt vom Hass des Fluchs.

Gregors Hände fingen an zu zittern. Ein paar Fotos fielen zu Boden. Schnell hob er sie auf, und sein Blick fiel auf ein Bild, das er noch nicht gesehen hatte. Wer hatte das gemacht? Es war ein Foto von ihm und Luxa, wie sie zusammen tanzten. Die Kamera hatte den Moment eingefangen, in dem er sie in die Luft hob. Sie lachten beide. Er dachte daran, wie glücklich er gewesen war …

Dann hörte er den Fanfarenstoß. Ängstliche Stimmen in der Halle. Jetzt wussten es alle. Die Ratten kamen.

Gregor steckte das Foto in die Hosentasche und legte die übrigen zurück ins Regal. Er zog sein Schwert aus dem Gürtel und warf es weg. Der weiche, seidige Stoff fühlte sich kühl an, als er Sandwichs Schwert auswickelte. Mit den Juwelen und den feinen Gravuren sah es atemberaubend aus. Er hatte vergessen, wie wunderschön es war.

Einen Augenblick zögerte er, das Schwert zu nehmen. Aber warum? Er hatte sich schon entschieden, schon in dem Moment, als er sah, wie die Mäuse in den giftigen Dämpfen starben. Er wollte kämpfen, weil er keine andere Möglichkeit sah. Doch was bedeutete das für ihn, den Krieger? Wer würde er sein … falls er überlebte … Wer würde er sein, wenn er Sandwichs Schwert wieder niederlegte?

Nein, nicht Sandwichs Schwert. Es gehörte jetzt ihm. Er umfasste den Griff und schwang es ein paarmal durch die Luft. Jede Bewegung wurde von einem tiefen, befriedigenden Zischen begleitet. Das Schwert war schwerer als erwartet, aber es lag sehr gut in der Hand. Im Vergleich dazu kam ihm jedes Schwert, das er bis dahin benutzt hatte, wie ein billiges Plastikding vor, das man zu einem Kostümfest trug. Er steckte das Schwert in den Gürtel und ließ die Hand noch eine Weile am Griff; er spürte, wie schwer es war und wie gut es sich anfühlte. Ein neues Gefühl stieg in ihm auf. Ein Gefühl von Macht, das er nicht an sich kannte. Es lag daran, dass er das Schwert trug. »Lass es nicht mehr aus den

Augen«, hatte Ripred gesagt. Gregor war sich sicher, dass das nicht passieren würde.

»Hast du alles gefunden, was du brauchst?« Trauer lag in Vikus' Stimme. Er hatte Gregor das Schwert eigentlich nie geben wollen.

»Ja«, sagte Gregor, ohne sich nach ihm umzudrehen. Er umfasste den mit Edelsteinen besetzten Griff noch fester. »Ja, ich glaube, jetzt hab ich's.«